बिजूका
बाबू

बिजूका बाबू

बालकवि बैरागी

प्रकाशक • **प्रभात प्रकाशन प्रा. लि.**
4/19 आसफ अली रोड,
नई दिल्ली–110002

संस्करण • 2025
मूल्य • चार सौ रुपए
मुद्रक • नरुला प्रिंटर्स, दिल्ली

BIJUKA BABU
stories by Balkavi Bairagi ₹ 400.00
Published by Prabhat Prakashan Pvt. Ltd., 4/19 Asaf Ali Road, New Delhi-2
e-mail: prabhatbooks@gmail.com ISBN 978-93-5266-474-0

इन कहानियों में बैठे-बोलते-बतियाते
सभी पात्रों को, जो कि मेरे आस-पास
ही मुझपर नजर रखे देख रहे हैं—
सादर, सस्नेह।

कृपया! बतिया लें मेरे पात्रों से

'बिजूका बाबू' मेरा दूसरा कहानी संग्रह है। आप तक इससे पहले मेरा कहानी संग्रह 'मनुहार भाभी' शायद पहुँचा होगा। उन कहानियों पर पाठक संसार का स्नेह-वर्षण मुझे 'धनी' बनाता जा रहा है। धनी का तात्पर्य 'स्नेह-धन' से ही लें। कृपा होगी।

पाठकों ने पूछा है, सो मैं बता रहा हूँ कि मेरी कहानियों के सारे पात्र मेरे आस-पास सजीव, सशरीर और साकार हैं। परिवेश तो परिचित है ही। कई कहानियाँ संस्मरणवत् हो गई हैं। इस संग्रह में भी एक या दो कहा़नियाँ संस्मरण श्रेणी की हैं। दो-चार पात्र इन कहानियों के पत्र-पत्रिकाओं में प्रकाशन के बाद मिले और मुझसे लड़े भी। ऐसी कहा-सुनी की परिणति नई प्रेरणा और नई कहानी में हुई। वे मेरे पाठक भी रहे और प्रशंसक भी। एक-दो पात्र अब दुनिया में नहीं हैं, किंतु उनके परिवारों में इन कहानियों की कतरनें सुरक्षित हैं।

दैनंदिन दिनचर्या में कुछ लोग, कुछ प्रसंग, कुछ क्षण ऐसे आ जाते हैं कि उन्हें लिखे बिना रहा नहीं जाता। यह वैसा ही स्फुरण है। हाँ, समय-समय पर ये सभी कहानियाँ यत्र-तत्र प्रकाशित जरूर हो चुकी हैं। अप्रकाशित एक भी नहीं।

अपने लिखे को प्रकाशित करने-करवाने में मैं स्वयं के प्रति बहुत आलसी और लापरवाह रहा हूँ। तब भी दो दर्जन से अधिक छोटी-बड़ी पुस्तकें छप-छपा गईं।

उन पात्रों का मैं ऋणी हूँ, जो कि इन कहानियों में सादर बैठे बतिया रहे हैं।

मुझे प्रसन्नता होगी, यदि आप इन पात्रों से पाठकीय संवाद स्थापित कर सकें।

मेरा प्रणाम स्वीकार करें।

मेरी कलम सतत और अनवरत है। आपका आशीर्वाद चाहिए।

प्रणाम!!

१४ नवंबर, २००१ **—बालकवि बैरागी**

दीपावली–२०५८ विक्रमी

अनुक्रम

बिजूका बाबू

बीस बरसों की अपनी नौकरी में इतने विचलित कभी नहीं थे बिजूका बाबू, जितने कि आज। पहले कभी कुछ कड़वा-मीठा होता भी था तो वे संयम से काम लेते थे; लेकिन आज तो उनका सारा संयम शायद नंगा होकर नदी नहाने चला गया लग रहा था। नदी भी पानीवाली नहीं, आग की नदी। सुननेवाले चकित थे। आखिर बात क्या हो गई?

बाबू बैजनाथ को सारा दफ्तर 'बिजूका बाबू' ही कहकर संबोधित करता था और वे बोलते भी इसी नाम के संबोधन से। और तो और, कोई उनके घर जाकर मिलता तो वहाँ भी इसी नाम से बातचीत होती थी। उनकी पत्नी को जरूर आपत्ति होती थी; लेकिन धीरे-धीरे इस नाम से उनका भी समझौता हो गया। आएदिन स्कूल-मदरसे में उनका बेटा इस नाम पर जरूर अपने साथियों से हाथापाई कर लेता था, लेकिन बिजूका बाबू का नाम बिजूका बाबू ही रहा। सरकारी फाइलों में रहा होगा बैजनाथ नाम, जनता में तो वे बिजूका बाबू ही थे। यदा-कदा उनके वरिष्ठ अधिकारी भी उन्हें इसी नाम से पुकारते थे।

तकलीफ यह हुई कि आज बिजूका बाबू अपनी जिंदगी की बाजी हार रहे थे। ताव-ताव में उन्होंने सौ-दो सौ गालियाँ साइंस को दे डालीं। फिर हजार-दो हजार गालियाँ दीं उन्होंने अपने बचपन बिताए गाँव को। गाँव के भी उन लोगों को जिन्होंने उन्हें बिजूका बनाना सिखाया। बिजूका बाबू का

बचपन ठेठ देहात में बीता। वे किसान के बेटे नहीं थे, लेकिन किसानों के बीच ही जनमे-पले, खेले-कूदे और बड़े हुए। प्राइमरी और मिडिल तक की उनकी शिक्षा देहात में ही हुई। स्कूल जाते-आते खेतों की मेंड़ों पर खेलते-कूदते वे प्रायः हर खेत में एक-दो बिजूके खड़े हुए देखते थे। हरी-भरी फसल को पक्षियों और छोटे-बड़े पशुओं से बचाने के लिए किसान लोग दो बाँसों को आड़ा-खड़ा बाँधकर फटा-पुराना कुरता पहना देते। आड़े बाँस पर आस्तीनें फैला देते। खड़े बाँस के ऊपरी सिरे पर एक पुरानी फूटी हाँड़ी टाँग देते। उसपर फटा साफा या पगड़ी बाँधकर खेत में गाड़ देते। रात-दिन रखवाली करने कौन रह सकता है! पशु-पक्षी बिजूके को रखवाला समझकर खेत में नुकसान नहीं कर पाते। आदमी का भ्रम पैदा करता बिजूका मजे से रखवाली करता रहता।

ये वे दिन थे, जब कच्ची उम्र में ही बैजनाथ ने बिजूका बनाना सीख लिया। उसके बनाए बिजूके कई खेतों में खड़े दिखाई देते थे। खास बात यह थी कि बैजनाथ अपने बनाए बिजूकों का सिंगार बड़ी कारीगरी से करता था। फटे-पुराने चिथड़ों को भी वह अपनी कला से विचित्र परिधानों में बदल देता था। हाँड़ी पर आँख, कान, नाक बनाता; पगड़ी-साफे पर तुर्रे बाँधता और बिजूके को पूरा आदमी बना देता। जब तक बैजनाथ हाई स्कूल पढ़ने जाता-आता रहा तब तक वह ऐसे बिजूके बनाता रहा। लोग उसे घर का काठ-कबाड़, आँस-बाँस-फाँस दे देते, एकाध गिलास चाय पिलाते और बिजूके बनवाते। उसकी कलात्मकता की तारीफ करते, बिजूके को सजीव बताते और खेत में खड़ा करवाने बैजनाथ को ही ले जाते। जब बिजूका खड़ा कर दिया जाता तो बैजनाथ खुद उस बिजूके से बात करता। लोग बैजनाथ की इस कला का गुण गाते।

आज वही बैजनाथ अपने उन्हीं गुण-गायकों और बिजूका बनाने की प्रेरणा देनेवाले ग्रामीणों को भला-बुरा कह रहा था। एक-से-एक वजनदार गालियाँ दे रहा था। क्या पुलिस का थानेदार-हवलदार वैसी गाली देगा! बिजूका बाबू सारे रिकॉर्ड तोड़ रहे थे। न बिजूका बनाना सीखता, न ये दिन आते, यह बिजूका बाबू का दर्द था।

पढ़-लिखकर बैजनाथ ने सरकारी दफ्तर में नौकरी कर ली। गाँव छूट गया। शहरनुमा जिला मुख्यालय पर तैनाती हो गई। बैजनाथ सीखने की कला में माहिर था। धीरे-धीरे कारकूनी और बाबूगिरी के सारे गुर सीख गया। बड़ों से कैसे पेश आना, छोटों से कैसा व्यवहार करना, वकीलों को कैसे निपटाना, नेताओं को कैसे खुश रखना, देहातियों और सरकारी गलियारों में फँसे पक्षकारों को किस तरह लल देना, मुकदमों की दुर्गत कैसे करना, फैसलों को किस तरह टलवाना और तारीख-पेशियाँ किस तरह बढ़ाते रहना चाहिए। यानी कि साल-दो साल में ही बैजनाथ पारंगत हो गया। उसकी समझ में आ गया कि मुकदमा-प्रकरण पर पूर्णविराम लगने का मतलब है—'बाबू' की रोटी पर पूर्णविराम। प्रकरण जीवित रहेगा तो बाबू जीवित रहेगा। अंतिम फैसला हो गया तो समझो, बाबूगिरी मर गई। बाबूगिरी को जीवित रखने का आसान तरीका है अपनी कुरसी से गायब रहना। काम को टालो और सौ-पचास रुपए रोज बना लो। गरज का मारा पक्षकार ढूँढ़ता रहेगा। दफ्तर से गैर-हाजिर रहने के बाद कोई ढूँढ़ ले। अपना ठीया निश्चित रखो। मिलोगे ही नहीं तो क्या खाक ऊपर की कमाई होगी! इसी प्रक्रिया में बैजनाथ 'बिजूका बाबू' बनने की दिशा में चल निकला।

दफ्तर की अवधि में बिलकुल ठीक समय पर बैजनाथ बाबू कार्यालय में पहुँचते, हाजिरी रजिस्टर पर दस्तखत करते, कुरसी-टेबल को चपरासी से झड़वाते, अलमारी की चाबी देते, टेबल पर दो-चार फाइलें रखवाते, कलमों का स्टैंड करीने से रखते, घंटी को बजाकर देखते; फिर कुरसी पर बैठते। किसी-न-किसी बहाने साहब के चेंबर में जाते। उन्हें शक्ल दिखाते। घर का कुशल-क्षेम और अपने लायक विशेष सेवा पूछते। 'भीतर किसको भेजूँ, सर?' जैसा सवाल चस्पाँ करते। दफ्तर के मौसम का हाल बयान करते और 'आपकी मेहरबानी का धन्यवाद, मेहरबान' कहकर सिर झुकाए बाहर आ जाते। बाहर आकर अपनी कुरसी पर बैठते। और···बिजूका बनाना शुरू कर देते। घर से लाए झोले को कुरसी पर लटका देते। अलमारी में से अपनी खैनी-तंबाकू की डिबिया टेबल पर रखते। चूने की डिबिया को आधी खुली रखकर पोजीशन देते। कलमदान में से एक कलम निकालकर उसे खुली

छोड़ते। घर से लाए अतिरिक्त चश्मे को खोलकर सामनेवाली फाइल पर रखते। फिर चुपचाप अलमारी में से अपनी एडीशनल जैकेट निकालकर कुरसी के पीछे फैलाकर टाँग देते। सारा दफ्तर कनखियों से देखता था कि बिजूका बन रहा है। फिर बाबू बैजनाथ उठकर कोने में बैठे नीतिन वैद्य बाबू की टेबल तक जाते। दफ्तर के फोन से शहर में दो-चार फोन करते। अगर नीतिन बाबू रोकते तो वे चेतावनी देते हुए कहते, 'नीतिन बाबू! दफ्तर में काम करना और इसी शहर में टिके रहना मुझसे सीख लो। मैं यहीं अपॉइंट हुआ हूँ, यहीं मेरा प्रमोशन हुआ है और यहीं मैं रिटायरमेंट भी लूँगा। यह टेलीफोन न मेरा है, न तुम्हारे बाप का है। यह सरकारी है—और सरकार का मतलब आप जानो न जानो, मैं जानता हूँ।'

नीतिन बाबू आखिर क्या करते? चुप लगा जाते। उनकी चुप्पी तब खीझ में बदल जाती जब बैजनाथ बाबू टेलीफोन के पास पड़ा हुआ पीतल का छोटा ताला चाबी सहित जेब में रखकर चल पड़ते। चलते-चलते एक झाड़ और पिलाते—'सरकारी फोन है, ताला-वाला मत लगाया करो। शाम को लगा देना। इस दफ्तर का सीनियर मोस्ट कर्मचारी हूँ। मेरा लिहाज करो। थैंक्यू।'

बाहर निकलने से पहले वे अपनी टेबल का एक गहरा निरीक्षण और करते। चपरासी से फुसफुसाकर कुछ कहते और बाहर निकल पड़ते। बाहर जाते ही सीधे चाय की गुमटी पर खड़े होकर पेशी पर आए लोगों को सूँघते। जिन्हें पहचान जाते उन्हें इशारों से कुछ कहते। लोग पीछे-पीछे और बैजनाथ बाबू लहराते घूमते-घूमते कचहरी का फाटक पार कर जाते। जो लोग नहीं मिल पाते, वे दफ्तर में बैजनाथ बाबू की कुरसी तक जाते। सारा आल-जाल देखकर सोचते कि शायद अभी-अभी उठकर यहीं कहीं गए होंगे, बस आते होंगे। चश्मा, जैकेट, कलम, खैनी, चूना, फाइलें, कागजात—सभी तो फैले पड़े हैं। चपरासी से पूछते तो वही जवाब मिलता, 'अभी-अभी गए हैं, आते ही होंगे। शायद कोई चाय पिलाने ले गया होगा।' बिजूका बाबू आखिर जाते कहाँ थे? वे सीधे कपड़ा बाजार में जाते। बरसों की ऊपर की कमाई से उन्होंने अपने साले के नाम पर रेडीमेड की बड़ी दूकान खोल ली थी। उस

दूकान का निरीक्षण करते, स्टॉक चेक करते, साले से कुछ हिसाब-किताब की बात करते और मुख्य बाजार पार करके छोटे बाजार में अपनी पत्नी द्वारा चलाए जा रहे ब्यूटी पार्लर में घुस जाते। यही वह स्थान था जहाँ वे मुकदमों में 'फँसे लोगों' से लेन-देन करते। पक्षकार वहीं उनसे मिलते। नोट-नकदी जो भी मिलता, उसे बीवी के गल्ले में डालते और वापस दफ्तर पहुँच जाते। फिर वही चाय की गुमटी और अंदर-बाहर के समाचार लेते-लिवाते अपनी कुरसी पर बिराजित हो जाते। घंटी बजाते, चपरासी से कुछ पूछते और फाइलें लेकर साहब के चेंबर में पहुँच जाते।

जो भी बड़ा अधिकारी इस दफ्तर में नियुक्त होता, वह दस-पाँच दिनों में ही बिजूका बाबू की कला से परिचित हो जाता; लेकिन राम जाने, पेशी करवाते समय कौन सा मंतर बिजूका बाबू पढ़ देते कि ऑफिसर भी मुसकरा कर अपने दस्तखत करता जाता और फाइलें निपटती जातीं।

लेकिन जब से सीनियर बॉस बनकर ये पाराशर साहब आए हैं तब से बिजूका बाबू का बिजूका बन तो रहा है, लेकिन बात नहीं बन रही है। एक दिन तो गजब ही हो गया, जब पाराशरजी ने चपरासी के सामने ही कह दिया, 'बिजूका बाबू! मेरी कोशिश होगी कि अब आपको यह बिजूका नहीं बनाना पड़े। शायद आप जानते ही होंगे कि जो किसान अपनी खेती बिजूकों के भरोसे छोड़ देता है, वह अपने खेत तक से हाथ धो बठता है। फसल तो गधे, घोड़े, सूअर, सुग्गे खा ही जाते हैं। जाइए, अपनी सीट पर शाम पाँच बजे तक बने रहिए। बुलाने पर भीतर आ जाइए, वरना हमेशा के लिए बाहर ही रह जाएँगे। साले की दूकान और बीवी का ब्यूटी पार्लर इन्कम टैक्सवालों की गिरफ्त में आ गया है। अपने आपको सँभालिए। ओ.के.।'

पसीना-पसीना होते और अघट की आशंका से थरथराते बिजूका बाबू चेंबर से बाहर निकले। चपरासी पीछे का पीछे। दस-बीस मिनट में ही कुरसी-कुरसी, दराज-दराज और अलमारी-अलमारी बात फैल गई। नीतिन वैद्य ही काम आया। बिजूका बाबू को पानी का गिलास थमाते हुए बोला, 'पी लो बैजनाथ बाबू! चिंता मत करो। पाराशर सर इतने कठोर नहीं हैं। घर से कुछ सुनकर आए होंगे तो यहाँ बोल पड़े। चलता है। नौकरी में यह सुना-

सुनी नई बात नहीं है। सब ठीक हो जाएगा।'

एक ही घुड़की ने बिजूका बाबू का न जाने क्या-क्या बदल दिया। दो-एक महीने तो लगा कि गाड़ी पटरी पर आ गई, लेकिन पाराशर सर बैजनाथ बाबू से भी बड़े बिजूकेबाज निकले। तान तुकतान भिड़ाकर अपने दफ्तर के लिए एक कंप्यूटर ले आए। दफ्तर में छोटा सा समारोह किया।

अपने अधिकारियों-कर्मचारियों को कंप्यूटर का मतलब समझाते हुए भाषण दे बैठे, 'मित्रो! यह कंप्यूटर क्या है? यह एक मशीनी साइंटिफिक 'बाबू' ही है। बाबू लोग क्या करते हैं? फाइलें रखते हैं, कागज सँभालते हैं, माँगने पर टीप लगाकर पेश करते हैं, फाइल की जिम्मेदारी लेते हैं। यह कंप्यूटर भी ये सारे काम करेगा। हाँ, यह अपनी कुरसी छोड़कर बाहर चाय पीने नहीं जा सकेगा। आज्ञाकारी इतना होगा कि चाहा गया कागज बटन दबाते ही दे देगा। न कोई गलती, न कोई गुमान। बटन खटखटाते जाओ और कागज लेते जाओ। साफ-सुथरा, शुद्ध और प्रामाणिक। इसका किसी से झगड़ा नहीं, लाग-लगाव नहीं, ईर्ष्या-द्वेष नहीं। दूध-का-दूध, पानी-का-पानी। इसके पास दिमाग है, दिल नहीं। ऐसा 'बाबू' आपके दफ्तर में आ गया है। अब इसे कहाँ बैठाया जाए? मेरी नजर में इसे बैजनाथ बाबूवाली कुरसी-टेबल दे देना ठीक रहेगा। वैसे भी, उस टेबल पर वर्षों से बिजूका ही बनता चला आ रहा है। अब बैजनाथ बाबू के बिजूके की जगह विज्ञान का यह आज्ञाकारी बाबू बैठ जाए तो खुद बैजनाथ बाबू तक को खुशी होगी। आप लोग तालियाँ बजाकर इस नए 'बाबू' का स्वागत कीजिए। बधाई।'

और पाराशरजी ने बैजनाथ बाबू को अपने चेंबर में आने का आदेश दिया। सिर झुकाए बिजूका बाबू पाराशर सर के पीछे-पीछे चेंबर में गए। साहब कुरसी पर बैठे, एक फाइल खोली, शांत-ठंडी नजर से बैजनाथ बाबू को देखा, एक कागज पर हस्ताक्षर किए। दूसरे वैसे ही कागज पर एक और दस्तखत किए। पहला कागज बैजनाथ बाबू को थमाया, दूसरा आगे किया—'मिस्टर बैजनाथ! लिखो कि मूल पत्र प्राप्त हुआ। इसे रिसीव करो।'

सिर से पैर तक थरथराते हुए बिजूका बाबू ने मूल पत्र की प्राप्ति पर हस्ताक्षर किया। साहब को प्रणाम किया और निकलने लगे।

पाराशर साहब उतने ही ठंडे स्वर में बोले, 'फिलहाल यह आपका निलंबन आदेश है। पचासों मामले ऐसे हैं कि आप बरखास्त हो जाएँगे। आपकी सर्विस का लंबा समय शेष है। आप चाहें तो अनिवार्य सेवानिवृत्ति माँग सकते हैं, इस्तीफा दे सकते हैं। कानून अपना काम करेगा, आप अपना काम करें। बड़े आराम से न्यायालय की शरण लें। सारे रास्ते खुले पड़े हैं। जब तक यह इन्क्वायरी चले तब तक आपका पदांकन जिला मुख्यालय से यही चालीस कि.मी. दूर अनुविभागीय कार्यालय में किया जाता है। अब आप जा सकते हैं। आपके कार्यकाल और आपकी कार्यशैली से इस कार्यालय का सिर नीचा हुआ है। ओ.के.।'

सिर नीचा किए बिजूका बाबू पहले चेंबर से बाहर निकले, फिर अपनी टेबल को देखा। कंप्यूटर ऑपरेटर कंप्यूटर चला रहा था। दफ्तर के कर्मचारी अपनी-अपनी कुरसियों पर बैठकर फाइलों में सिर गड़ाए काम कर रहे थे। हाँ, नीतिन वैद्य उठे। बिजूका बाबू को सहारा देकर दफ्तर के बाहर तक लाए, ढाढ़स बँधाया, समझाने की कोशिश की। चाय की गुमटी पर आकर बिजूका बाबू अपनी रोजवाली बेंच पर बैठे और बस दे गाली, दे गाली, दे गाली। कभी साइंस को तो कभी कंप्यूटर को। आँखों में आँसू, मुँह से फसूकर निरंतर बह रहा था। वे कंप्यूटर निर्माता को भला-बुरा कह रहे थे। नास पीट रहे थे बिजूका बनाना सिखानेवाले अपने बचपन के देहातियों पर।

वे बेंच से उठे, चले; पर खुद उन्हें पता नहीं था कि वे कहाँ जा रहे थे।

□

आस्था सतवंती

तेरह महीनों का विशु अपनी दादी कृष्णा के आस-पास खेलता-ठुमकता अनायास बोल उठा, 'मा··मा··पा··न न··म···'

कृष्णा ने चौंककर उसे देखा। पल भर को वह अवाक् रह गई। उसने विशु को लपककर थामा, उसको कलेजे से लगाया और गाल, सिर, मुँह, पीठ, पेट, ओठ, हाथ चूम-चूमकर चुंबनों से जड़ दिए। रोमांच और पुलक के मारे वह चीख मारकर गाँव-मुहल्ले को सुना देना चाहती थी; पर चुप रहने को वह विवश थी। उसका अवाक्पन शनैः-शनैः चुप्पी में बदलता जा रहा था। आँसू थे कि टूटने का नाम नहीं ले रहे थे। बार-बार वह आँचल से अपनी आँखें पोंछती थी और विशु को सीने से लगाए कमरे में यहाँ-वहाँ बावली-सी घूमती फिर रही थी। विह्वलता के आवेग ने उसकी क्रियाओं का सारा क्रम ध्वस्त कर दिया था। उसकी समझ में ही नहीं आ रहा था कि वह क्या करे और कैसे करे? पहले क्या करे और बाद में क्या करे? उसने विशु को एक बार फिर सीने से लगाया, उसे संयत होकर चूमा। विशु ने अपनी अबोध आँखों से अपनी दादी को किलकते हुए देखा और वह फिर से बोलने की कोशिश करने लगा। वह बोला, 'मा··मा··न··पा··मा··दे··।' और फिर किलकने लगा। हालाँकि विशु तेरह ही महीनों का था, पर उसे दादी का यह व्यवहार रास नहीं आ रहा था। उसे अपने मुक्त रमनक मन में दादी का यह नया रूप बाधा जैसा लगा। अपनी झुँझलाहट उसने अप्रकट नहीं रखी। जितना दादी उसे सीने से लगाती उतना ही वह छूटकर भागने की कोशिश करता और दादी को उसने दिखा दिया कि कमरा आज उसके लिए छोटा पड़ रहा है।

कृष्णा कुछ संयत हुई। उसे स्वयं भी पता नहीं था कि आनेवाले कितने दिनों

तक अब उसे इसी तरह अवाक्, अबोले, चुपचाप और गूँगी बनकर अपने ही घर में अपनों के ही साथ रहना होगा। वह समझ नहीं पा रही थी कि अब उसके बोल उगलवाने के लिए जब विशु उसके ओठों को उँगली से टटोलकर सितार के तारों की तरह झनझनाएगा तब वह बिना बोले विशु को किस तरह समझा सकेगी। इस सर्वथा नई स्थिति के लिए उसकी न तो मानसिक तैयारी ही थी, न शारीरिक ही। वह यह भी नहीं समझ पा रही थी कि अपने घरवालों को वह किस तरह इस सबसे अवगत कराएगी। वह उठी। अपना पल्लू उसने माथे पर डाला। किलकारियाँ भरते विशु को गोद में लिया। उसके कपड़ों को खींच-झटककर करीने से किया। खड़ी हो गई सीधी पूजावाले आले के सामने। ताली बजाकर उसने हाथ जोड़े। विशु को भी हाथ जुड़वाकर प्रणाम करवाया। फिर आले का परदा खोला। देवी मैया के दर्शन किए। मन-ही-मन इस अपराध की माफी माँगी कि मैया, तेरे विश्राम का समय है। आज और अब माफ कर दे माँ। अब सबकुछ बदल गया है। न वह बोल सकती थी, न बुदबुदा सकती थी, बिलकुल चुप ही तो रह सकती थी। उसने विशु का मुँह मैया की ओर करके चुटकी बजाकर विशु का ध्यान देवी माँ की ओर लगाने की कोशिश की। विशु ने एक पल को माँ की मूर्ति की तरफ देखा और वह फिर बोल उठा, 'मा··मा··मा··न न··दा··पा··दे··।' और कृष्णा फूट पड़ी। उसकी हिचकियाँ बँध गईं। आज वह चिल्ला-चिल्लाकर सारे मुहल्ले में विशु को लेकर यहाँ से वहाँ तक दौड़ लगाना चाहती थी, आसमान भर चीखना चाहती थी, मैया की आरती गाना चाहती थी; पर वह अवाक् थी, गूँगी थी, चुप थी।

उसने घड़ी देखी। अभी दोपहर के सवा तीन भी नहीं बजे थे। उसका कलेजा रह-रहकर मुँह को आ रहा था। उसने समय का गणित लगाया। बाती बहू सवा पाँच बजे तक स्कूल से पढ़ाकर घर आएगी। पूरन मास्टर रात आठ या नौ बजे के आस-पास ही घर लौटेंगे। उमेश बेटा प्रेस शाम को सात बजे तक बंद शायद ही करे। वह भी कभी-कभार रात को देर से घर लौटता है। दिनेश तो खैर घर के काम-काज से गया है एक सप्ताह के लिए अपनी मौसी के शहर।

विशु को कमरे में बैठाकर कृष्णा ने देवी माता के पूजा-स्थान को नए सिरे से साफ किया। सुबह की पूजा के बाद आस-पास जो धूल जम गई थी उसे झाड़ा। कमरे की झाड़ू निकाली। हाथ-पाँव धोए, साड़ी बदली। सलीके से अपने बाल सँवारे और शुद्ध घी का नया-निकोर दीया माँ के सामने जलाकर रख दिया। अगरबत्ती जलाकर माँ को अक्षत-कुंकुम चढ़ाए। दीपक की लौ पर हथेलियाँ फिराकर पवित्र धूप से रचे हाथों का ताता-ताता स्पर्श पहले विशु की आँखों को

दिया और फिर अपनी आँखों पर हाथ फिराकर वह विशु को उठाने को जा रही थी कि वह फिर बोल उठा, 'पा···न न···दा···दे···पा···मा।' कृष्णा नए आँसुओं से नहा उठी। उसने मैया को फिर प्रणाम किया। कमरे से बाहर अपने आँगन में आई। गमले में लगीं सदा सुहागन के चार-पाँच फूल तोड़े और ताजे फूल मैया को चढ़ाने के लिए कमरे में चली गई। पहले उसने दो-एक फूल विशु से चढ़वाने का उपक्रम किया, फिर खुद से बचे हुए फूल चढ़ाकर माँ को प्रणाम किया। चौके में जाकर टाँड़ पर जमे तरह-तरह के कनस्तर व डिब्बों को देखा। एक डिब्बे में से उसने गुड़ की भेली निकाली, उसे तश्तरी में रखा। माँ को भोग लगाया और छोटा सा टुकड़ा विशु के मुँह में जबरन ठूसकर एक टुकड़ा खुद भी खाया। विशु ने फिर बोलने का उपक्रम किया। कृष्णा ने घड़ी की ओर देखा। समय काटना उसके लिए कठिन ही नहीं; असंभव सा होता चला जा रहा था। मन-ही-मन वह न जाने क्या-क्या सोच रही थी, न जाने क्या-क्या गणित लगा रही थी, न जाने कौन-कौन से कुलाबे जोड़ती चली जा रही थी।

इसी बीच पड़ोसवाली चाची आ गई। उसने दादी-पोते को अकेले देखकर तरह-तरह के सवाल किए, रोजमर्रा की दिनचर्यावाले प्रश्न उछाले। पर कृष्णा आज किसी भी सवाल का उत्तर नहीं दे रही थी। एक नजर उसने फिर विशु पर डाली। चाची को देखा और बाजूवाले कमरे में सिलाई की मशीन पर रखी खलेची उठाकर उसमें से एक काला रेशमी डोरा निकाला। विशु के गले में उसे बाँधा और बचा हुआ लंबा डोरा कैंची से काटकर मैया के दीपक की लौ से निकला हलका सा काजल उँगली पर लिया और उसे विशु के दाहिने गाल पर लगाकर चाची की गोद में दे दिया। दादी के हाथों से चाची के हाथों में जाते-जाते विशु ने थोड़ा सा प्रतिरोध किया; पर वह चला गया। कृष्णा ने उसके हाथ में एक बिस्कुट थमा दिया और बिना बोले चुपचाप वह चाची के सामने खड़ी रह गई। विशु फिर कुछ बोलने की कोशिश करता हुआ अपने हाथ का बिस्कुट खाने लगा। वह खा कम रहा था, तोड़-तोड़कर जमीन पर फेंक अधिक रहा था। चाची ने पूरन मास्टर के बारे में कुछ पूछना चाहा तो कृष्णा ने कोई उत्तर नहीं दिया। बाती बहू कितनी देर में आएगी? सब्जी क्या बनेगी? बड़ा बेटा दिनेश कहाँ है और उमेश से चाची को जरा सा काम है तो प्रेस पर किसे भेजे? ऐसे कितने ही सवालों में से कृष्णा ने जब एक भी सवाल का उत्तर नहीं दिया तो चाची ने विशु को गोद में लिया और बाहर जाकर सारे मुहल्ले को सिर पर उठा लिया, "चलो रे, चलो लोगो! आज पूरन मास्टर की घरवाली को कोई अवा-हवा लग-लगा गई है। वह गूँगी हो गई है। न

बोलती है, न बात करती है। किसी भी सवाल का जवाब नहीं देती है। और तो और, अपने पोते तक से लाड़-प्यार के दो बोल नहीं बोल रही है। कुछ हकीम, डॉक्टर, ओझा-वोझा करो। उसकी बहू को मदरसे से बुलवाओ। साइकिल या मोटर साइकिल भेजकर पासवाले गाँव से पूरन मास्टर को समाचार करवाओ कि स्कूल को ताला लगाए। औरत गूँगी हो गई तो सारी हेडमास्टरी धरी रह जाएगी। कोई भाग-भूगकर उमेश को प्रेस से बुला लाओ। खड़े-खड़े मेरा मुँह क्या देख रहे हो!'' और देखते-देखते सारा मुहल्ला पूरन मास्टर के आँगन में ठसाठस खड़ा हो गया। सौ मुँह और हजार बातें। कृष्णा अवाक्, हक्की-बक्की, चुपचाप, बिलकुल गूँगी। अपने आस-पास अपने मुहल्ले को देखकर नए रोमांच और नई विह्वलता से सराबोर होकर कभी रोए, कभी हँसे, कभी मुसकराए; पर बोले एक बोल भी नहीं। लोगों ने यहाँ-वहाँ से दरियाँ-चटाइयाँ लाकर अपने आप बिछा लीं। कृष्णा को औरतों ने बीच में बैठा लिया। विशु को उसकी गोद में छोड़ दिया और तरह-तरह के सवाल करने लगीं। विशु रह-रहकर अपने अटपटे शब्दों से वातावरण को सजीव बनाए हुए किलकारियाँ भरता अपनी दादी की गोद में खेलता लोट लगाता रहा। सारा वातावरण उदास और उत्सुक था। आखिर कृष्णा भाभी को हो क्या गया है? अच्छी-भली थी दोपहर तक तो। खाना खाने के बाद उसकी सिलाई मशीन की आवाज से सारा मुहल्ला थरथरा रहा था। थोड़ी-थोड़ी देर में विशु को पुचकारने-दुलारने और हलकी सी डाँट-फटकार लगाने की आवाजें भी लोगों ने सुनी थीं। रास्ते आते लोग अपने-अपने सुने वाक्यों को दुहरा रहे थे। कृष्णा ने उठने की कोशिश की तो पड़ोसिनों ने उसे फिर खींच-खाँचकर बैठा लिया। न वह कुछ करने की, न कुछ कहने की। पड़ोसी प्रकाश ने कृष्णा के सामने कागज और कलम रखा कि वह लिखकर ही कुछ बता दे। अगर बोलती नहीं तो लिख दे। पर कृष्णा ने कागज और कलम भी परे सरका दिया। अपने आँसू पोंछकर वह विशु का सिर सहलाती रही। न कोई संकेत, न कोई इशारा। बोलने का तो सवाल ही नहीं। वही गूँगापन, वही अबोला। कभी वह देवी के आले की ओर देखे, कभी विशु को और कभी अपने पड़ोसियों को।

सबसे पहले पाँच बजते-बजते स्कूल में हेड मास्टरनी बाई से आधा घंटे पूर्व जाने की माफी माँगते हुए बाती बहू घर पहुँची। उसने कोलाहल और कुहराम में अपना स्थान बनाया, विशु को लाड़ से उठाया। विशु ने अपने शब्द एकाएक बुदबुदाकर बोलने शुरू कर दिए, 'मा···दे···पा···न न···मा···ले···।' विचित्र स्थिति थी। अपने कलेजे के टुकड़े के पहले-पहले बोले बोल बाती सुन रही थी। पर

सामने उसकी सास कृष्णा गूँगी होकर बैठी-बैठी आँखों की झीलें उलीच रही थीं। बाती को देखकर कृष्णा की विह्वलता और अधिक बढ़ गई। वह तेजी से उठी और उसने विशु सहित बाती को बाँहों में भरकर, कसकर सीने से लगाकर खुले आँगन भरे दरबार में पागलों की तरह चूम लिया। अपनी सास का यह रूप बाती के लिए बिलकुल नया था। वह समझ ही नहीं पाई कि करे तो क्या और किससे क्या कहे ?

बात सँभले-सँभले तब तक प्रेस से उमेश भी आ गया। उसने साइकिल दीवार से लगाकर खड़ी की और वातावरण में घुले सवालों को छाँटने की कोशिश करे, तब तक कृष्णा की रुलाई और फूट पड़ी। अब वह करीब-करीब बदहवास जैसी हो चली थी। इस बार उसने उमेश, बाती और विशु—तीनों को बाँहों में भरकर चूमने की कोशिश की। तब तक चार-पाँच महिलाओं और युवकों ने तीनों प्राणियों को कृष्णा की कसावट से मुक्त करने के लिए खींचतान मचा दी। आँसुओं से तर कृष्णा श्लथ होकर धम्म से आँगन में बैठ गई। बाती बहू घर के भीतर गई। देवी मैया के सामने लगा दीया देखा। चढ़े हुए ताजे फूल देखे। तश्तरी में गुड़ के कण देखे। असमय की यह पूजा देखी। फिर विशु की ओर देखा। उसके गले में नया काला डोरा देखा। काजल का डिठौना देखा। कुछ समझने की कोशिश की। हवा में हाथ लहराया और कातर होकर फिर अपनी सास की तरफ देखने लगी। उमेश तो मानो जड़वत् हो चला था। इस समय घर में एकमात्र वही अकेला पुरुष सदस्य था। पूरन मास्टर पता नहीं कब आएँगे। वह हक्का-बक्का खड़ा कभी सोचता, कभी बैठ जाता और कभी हवा में हाथ हिलाता इधर-उधर देखता था। तभी कृष्णा उठी। उसने सारी भीड़ को खड़े होकर प्रणाम किया और माथा नवाते हुए कमरे के भीतर चली गई। लोग देखते रह गए।

"अपना घर सँभालो भाई। बहू, तुम सयानी हो। पूछ-परख करो। डॉक्टर-हकीम को बुलाओ। किसी जानकार को दिखाओ। कुछ करो बहू, वरना पूरन मास्टर का तो बुढ़ापा बिगड़ जाएगा। वह बिचारा···" ऐसे ही कुछ कहते-सुनाते भीड़ छँटने लगी।

विशु ने उमेश की गोद में जाते ही फिर बोलने की कोशिश की, 'मा···मा···पे···न न···दे···पा···।' अब आँसुओं में तर होने की बारी उमेश की थी। अपने बेटे के पहले बोल उसके ओठों से फूटते वह पहली बार देख रहा था। बाती बहू ने कृष्णा को तरह-तरह से पूछने का प्रयत्न किया; पर वह एक हजार फीसदी असफल रही। अपने दो साल के वैवाहिक जीवन में इस घर में यह उसकी पहली असफलता निकली। वह हैरान और परेशान थी।

शायद किसी ने फटफटी भेज-भाजकर पूरन मास्टर को भी समाचार दे दिया होगा। सो वे भी आज दीया-बत्ती होते-होते अपने आँगन में आकर खड़े हो गए। वे बस छुट्टी के दिन ही विशु को जागता हुआ देखते थे। वरना शाम को जब वे आते, तब तक तो विशु सो जाता था। ललककर विशु ने अपने दादा की तरफ दोनों हाथ बढ़ाए और बाती बहू ने विशु को अपने ससुर के हाथों में सौंप दिया। विशु ने दादाजी का चश्मा पकड़कर खींचा ही था कि साथ-की-साथ वह बोल पड़ा, '…दा…मा…न न…पे…ल…पा।'

पूरन मास्टर निहाल हो गए। पोते का पहला बोल सुनकर वे भगवान् को धन्यवाद देने के लिए आकाश की ओर देखने लगे। विशु को उन्होंने चूमा। घर में उन्हें सबकुछ सहज लगा। अपनी-अपनी जगह सभी अपनी दिनचर्या को जी रहे थे। कहीं कोई नई बात उन्होंने महसूस नहीं की। हाँ, यह जरूर पाया कि कृष्णा बार-बार अपनी आँखों को पल्लू से पोंछ रही है और कभी विशु को, कभी बाती को, कभी उमेश को, कभी पूरन को तो कभी देवी मैया को भर-भर साँसें देखती है। एकाएक उन्होंने देखा कि उस समाचार का वह अंश बिलकुल सच है कि कृष्णा भाभी ने बात करना बंद कर दिया है। वह बिलकुल गूँगी हो गई है। पूरन मास्टर ने बेटे-बहू का लिहाज तोड़कर भी कृष्णा का हाथ थामा। अपने प्रिय संबोधन से उसे पुकारा। कृष्णा लजाकर, अपना हाथ छुड़ाकर, मुँह बिचकाकर, पल्ला झटककर पासवाले कमरे में चली गई। उसकी आँखें गीली थीं, पर वह हँसने में कोई संकोच नहीं कर रही थी।

पति आखिर पति होता है। जनम-जनम के साथ का सवाल है। मन नहीं माना। साइकिल उठाकर सीधे अस्पताल गया पूरन मास्टर। डॉक्टर को घर लाया। डॉक्टर को देखकर कृष्णा संकोच में पड़ गई। बात, न बात का नाम। बीमारी तो दूर की बात है, कृष्णा के तो नख में भी रोग नहीं है। डॉक्टर क्या करेगा? खुद ही चौके में गई। चाय बनाकर प्याली हाथ में लिये सहज मन से डॉक्टर के सामने खड़ी हो गई। डॉक्टर ने भी ऐसा मरीज कभी देखा नहीं था। सिर से पैर तक कृष्णा को डॉक्टर साहब देखते रहे। चाय का प्याला एक तरफ रखकर उन्होंने स्टेथेस्कोप गले में लटकाया। एक पल को भी कृष्णा ने नष्ट नहीं किया, फौरन डॉक्टर के सामने अपना हाथ बढ़ा दिया नाड़ी दिखाने के लिए। डॉक्टर ने हर तरह से जाँच करके ऐलान कर दिया कि कहीं कोई बीमारी नहीं है। बाती बहू से लंबी पूछताछ की। मुद्दा यह है कि आधे दिन के बाद आज कृष्णा बोल नहीं रही है। सारा कामकाज सहज है। बस रोती है, आँसू पोंछती है, विशु को कलेजे से लगा-

लगाकर चूमती है। बार-बार देवी मैया को निहारती है। सुनती सब है, पर बोलती नहीं। और तो और, कागज-कलम थमाओ तो परे सरका देती है और लिखकर भी कुछ नहीं बताती। पड़ोसिनें बताती हैं कि घंटे-दो घंटे वह असहज रही, पर बाद में सारा काम खुद करने लगी। अब कहिए कि किस डॉक्टर को और बताया जाए। कोई मंतर-टोना-टोटका किया जाए या दवा-इंजेक्शन का सहारा लिया जाए।

गंभीर होकर डॉक्टर ने कहा, ''रात भर नजर रखिए। सवेरे देखना होगा कि क्या किया जाए।''

डॉक्टर की बात सुनकर कृष्णा ने दोनों हाथों से सिर पकड़ लिया। हलका सा हँसते हुए उसने डॉक्टर साहब को हाथ जोड़कर नमस्ते कर लिया। पूरन मास्टर डॉक्टर साहब को छोड़ने बाहर तक चले गए।

बात को चलने और दौड़ने से कौन रोकता है। देखते-देखते बात के पंख लग गए। एक गली से दूसरी गली और दूसरी से तीसरी। गाँव के लोगों ने ताजा स्थिति जानने के लिए नए सिरे से आना-जाना शुरू कर दिया। पूरन मास्टर जवाब देते-देते तंग आ गए। सिवाय इसके कि ''भैया, मैं कुछ समझूँ तो कुछ कहूँ। रोग-बीमारी होती तो इलाज करवा लिया होता। जब से मैं घर में आया तब से सिवा इसके कि इसकी बोलती बंद है, सबकुछ रोज जैसा ही है। खुद देख लो, सारा काम कर रही है या नहीं। कहीं कोई कसर नहीं, लिख-लिखाकर कुछ कह दे तो मैं इस गाँठ को खोलूँ भी। मार-पीट मैं कर सकता नहीं। कोर्ट-कचहरी, पुलिस-उलिसवाला केस है नहीं। डॉक्टर देख ही गया है। अब आप लोग ही बता दो कि मैं क्या करूँ? पास-पड़ोस में किसी से कोई कहा-सुनी भी नहीं हुई। बस एक ही बची है—वह देवी मैया की आले में बैठी मूरत। बस उससे पूछना बाकी है। पर मूरत कुछ बोली है कभी। आप में से कोई उससे पूछताछ कर सकता हो तो पूछकर मुझे भी बता दो। मेरी तो जिंदगी का सवाल है। बेटा-बहू अपराधियों की तरह अनमने बैठे हैं। न खाने में मन लग रहा है, न किसी दूसरे कामकाज में। दिनेश आएगा तो भगवान् जाने क्या समझेगा और क्या कर बैठेगा! मेरा तो दिमाग ही काम नहीं कर रहा है। अभी आप लोग पूछ रहे हैं, सवेरे तक उस गाँव के लोग पूछने आ जाएँगे जहाँ कि मैं हेड मास्टरी करता हूँ। खबर फैलती जाएगी और लोग आते जाएँगे। कल की शाम तक नाते-रिश्तेवाले लोग घर खूँद डालेंगे। छोटे-मोटे अखबारों में कुछ छप-छपा गया तो न जाने कहाँ-कहाँ से कौन-कौन कैसे-कैसे सवाल करते आ खड़े हो जाएँगे। मैं जिंदगी भर की क्या बात करूँ, मेरी तो यह रात कटनी ही दुश्वार हो रही है।'' और घबड़ाया हुआ पूरन मास्टर क्या करे, क्या

न करेवाली मुद्रा में असहाय सा अपने आँगन में टहलने लगा।

बाती बहू विशु को लेकर रात का खाना पकाने की व्यवस्था में जुट गई। उमेश वापस प्रेस चला गया। उसे छापाखाना बंद करना था। कृष्णा ने देवी माँ का दीया फिर से जलाया, धूप-अगरबत्ती की और आँचल माथे पर ठीक से डालकर प्रार्थना में खड़ी हो गई। इक्का-दुक्का लोग अपनी ताक-झाँक करते रहे। आँगन में पूरन मास्टर अकेला टहलता न जाने किन-किन विचारों में खो गया। अपनी सरकारी नौकरी में उसने न जाने कितनी गाँठें सुलझाई हैं, अपने विद्यार्थियों को अविचल रहने के पाठ पढ़ाए हैं; पर आज की तरह विचलित होने का अंदाजा उसने कभी नहीं लगाया था। इस समस्या को सुलझाने के लिए उसने मन-ही-मन न जाने कहाँ-कहाँ की उड़ानें भर डालीं। किस-किससे क्या-क्या सहायता लेना, इस संकट की घड़ी में कौन कितना काम आएगा, वह ऐसे मित्रों की सूची अपने मन में बनाने लगा। दिनेश वापस कब लौटेगा, इसकी पूरी जानकारी अगर थी तो बस कृष्णा के पास ही। वह मौन लेकर बैठ गई थी। बाती बहू को यह तो पता था कि दिनेश भैया अपनी मौसी के यहाँ गए हैं; पर वापस पाँच दिन में आएँगे कि सात दिनों में, पक्की जानकारी उसे भी नहीं थी। सारा परिवार आस-पास ही था, पर पूरन मास्टर कितना अकेला पड़ गया था। उसकी साँसें छटपटाहट के मारे लंबी चलने लगीं। जरा-जरा सी आहट पर वह चौंकता और झल्ला जाता। उसने अपने बीते सालों पर सिंहावलोकन करने का सिलसिला शुरू किया। गंभीर होकर वह सोच में डूबा अपने छोटे से आँगन को नापता रहा। दस कदम इधर तो पाँच कदम उधर। उसने तारों भरे आकाश को आशा भरी नजर से देखा, शायद कोई सितारा उसे रास्ता दिखा दे। बस्ती की गलियाँ बिजली की रोशनी से जगमगा उठी थीं। कई घंटों से जो मुहल्ला अशांत और असहज बना हुआ था उसकी सहजता वापस लौटने लगी थी। वातावरण में तब भी एक बेचैनी थी। जरूर लोग अपने-अपने घरों में अपनी रोजमर्रा की जिंदगी को जीने लगे थे।

बाती ने पूरन मास्टर से खाना खाने का आग्रह किया। विशु को उसने कृष्णा की गोद में सुला दिया। उदास, अनमना और असहाय पूरन ने खाना टालने की कोशिश की; पर बाती नहीं मानी। अपने सास-ससुर दोनों की थालियाँ लगाकर उसने खाना परोसा। कृष्णा विशु को गोद में लिये ही खाना खाने लगी। उसने देखा कि पूरन मास्टर भोजन की थाली को जरा सा परे सरकाकर हारा-हारा सा देवी माँ के सामने जा खड़ा हुआ है और कुछ बुदबुदा रहा है।

बाती ने आग्रह किया, "बाबूजी, आप देवी माँ का प्रसाद मानकर ही पहले

खाना खा लीजिए। इससे मन में थोड़ा सा बदलाव भी आ जाएगा।''

मास्टर ने बहू की बात मानकर पूरे परिवेश को मन-ही-मन तौला और खाना खाने की कोशिश करने लगा। एक-एक कौर तोड़ता पूरन मास्टर आज भोजन का स्वाद भूल गया। पहला ही कौर उसने पानी के घूँट के साथ हलक से नीचे उतारा। ऐसा पहले कभी नहीं हुआ था। उधर कृष्णा आराम से अपना खाना खा रही थी। पूरन मास्टर ने सोचा कि वह कृष्णा से फिर कुछ पूछे; पर उसके महामौन ने उसे इतना आतंकित किया कि वह अपने आपमें ही डूबता चला गया। दिखाई जरूर दे रहा था कि मास्टर खाना खा रहा है, पर बाती सही समझ रही थी कि आज उसका ससुर निवाले नहीं चबा रहा है। वह कहीं और कुछ सोच रहा है। और था भी ऐसा ही।

पिछले तीस सालों के अपने जीवन पर पूरन मास्टर ने सिंहावलोकन जैसा आभास अपने भीतर महसूस किया। एक के बाद एक करके विभिन्न घटनाक्रम चलचित्र की तरह उसके मानस-पटल पर उभरते चले जा रहे थे। वह गस्से निगल रहा था, खा रहा था या चबा रहा था, उसे कुछ भी पता नहीं था। एक मशीन की तरह उसका शरीर अपनी प्रतिक्रियागत क्रिया में लिप्त था। उसे याद आया वह दिन, जब कि आज से तीस वर्ष पहले कृष्णा इस घर की लक्ष्मी बनकर पहले-पहल इस घर की देहरी पूजने के लिए अपनी सुहाग चूनर का पल्ला माथे पर सरका रही थी। यह पूरन मास्टर की गृहस्थी का पहला दिन था। मास्टर के माता-पिता और नाते-रिश्तेदार कृष्णा और पूरन पर आशीर्वाद बरसा रहे थे। महिलाएँ मंगल गीत गा रही थीं और कृष्णा एक भारतीय तेजस् आभा से दिपदिपा रही थी। देहरी पूजन के साथ ही हवा में किसी का जुमला उछला था कि 'साल भर में पता चल जाएगा कि बहू का पगफेरा कैसा है।' हर जुमले पर एक पल को कृष्णा सहमी जरूर थी; पर उसने जिस आत्मविश्वास और चमक भरी आँखों के साथ अपने सास-ससुर और पति को प्रणाम करते हुए इनके पाँव छुए थे, उसी से पारखियों ने पहचान लिया था कि वह जोड़ा एक सुखी और समृद्ध जोड़ा साबित होगा।

पहले ही सप्ताह में कृष्णा ने अपने कमरे के आले को साफ करके उसे लीप-छाबकर, उसमें देवी मैया की स्थापना करके अखंड दीपक लगा दिया था। उसका पूजा-पाठ शुरू हो चुका था। मास्टर के घर-आँगन की भाषा मानो बदल ही गई थी।

एक साल बीतते-बीतते पूरन को सरकारी नौकरी मिल गई और वह पूरन से

'पूरन मास्टर' हो गया। जानकार लोगों ने इसका सारा यश कृष्णा के पगफेरे को दिया। देखते-देखते पूरन मास्टर के घर का रुतबा, रोब, रहन-सहन, रीत-रस्म और राग-पराग सब बदलने लगा। आने-जाने के हेतु मुलाकातियों की भाषा बदल गई। समाज में कृष्णा के प्रति आदरभाव में एकाएक इजाफा हो गया। तब कृष्णा बीस वर्ष की और पूरन बाईस वर्ष का था। माता-पिता ने पूरन को जिस मुसीबत से पढ़ाया-लिखाया और एम.ए. करवाया था, वह सभी को सफल लगने लगा। पड़ोसन चाची ने गहरी नजर से देखकर कानाफूसी की कि बेशक नापकर देख लो, कृष्णा बहू की सुहाग बिंदिया का घेरा पहले से जरा बड़ा हो गया है। कुंकुम का रंग चाहे वही था, पर रंगत बदल गई है। और एक दिन खुद पूरन मास्टर ने इस बदलाव को अपने चुंबन से रेखांकित कर दिया था।

तीसरे साल कृष्णा ने दिनेश को जन्म दिया। वंश-बेल पल्लवित हुई। पूरन मास्टर को लड़की की ललक और चाह थी, पर आया लड़का। कृष्णा की सास ने सारे मुहल्ले में नारियल और बताशे बाँटे थे। पूरन के पिताजी ने कृष्णा के पगफेरे के क्या-क्या बखान नहीं किए थे। दिनेश के आगमन ने मास्टर के घर का गणित और सारे समीकरण इधर-उधर कर दिए; पर सारा घर एक नए उजास से भर जो गया था। हर नया जीव अपना भाग्य और अपना भोग साथ में लेकर आता है। इस सोच ने कृष्णा और पूरन की गृहस्थी को नई उमंग और ताजगी से भर दिया। चार कलेजों और आठ हाथों में दिनेश ने पूरन मास्टर के सपनों तक को बदल दिया। कृष्णा के सपनों की तो कोई थाह ही नहीं थी।

और दो साल बाद जब कृष्णा ने फिर से पूरन मास्टर से खट्टी अमिया माँगी तो पूरन मास्टर ने एक ही शर्त पर उसकी मुराद पूरी करने का वचन दिया कि इस बार अवश्य ही लड़की होगी। कृष्णा हँस दी। चौथे महीने ही सास ने कह दिया कि फिर से लड़का ही होगा। पूरा गर्भकाल तरह-तरह की शर्तों और उल्लसित, किंतु आतुर आशाओं में बीता। देवी मैया से कृष्णा न जाने कितनी प्रार्थनाएँ करती थी कि इस बार उसके पति का मन मीठा हो जाए। राखी के दिन दिनेश की कलाई पर दो डोरे बाँधनेवाली एक गुड़िया-सी बेटी उसके पालने में आ जाए। पर मैया ने मास्टर को मीठी सी झिड़की दे दी। दाई ने जब कहा कि बधाई हो मास्टरजी! बेटा आया है, तो पूरन बस इतना ही बोल पाया—भाई वाह! यह उमेश था गुदगुदा-गुलगुला और लाल सुर्ख, बिलकुल कश्मीरी सेब की तरह।

मन-ही-मन पूरन मास्टर ने अपना भला-बुरा सोचा, तनख्वाह का गणित लगाया, ट्यूशन नहीं करने की अपनी कसम को फिर से खाया और चुपचाप

अस्पताल पहुँचकर खुद को डॉ. भट्टाचार्य के हाथों में सौंप दिया। बोला, 'डॉक्टर साहब! हम दो, हमारे दो और बस।' यह वह मुकाम था जहाँ से पूरन मास्टर की जिंदगी में एकदम नया मोड़ आ गया।

उमेश बड़ा होता जा रहा था। उसकी सेहत आम बच्चों की अपेक्षा ज्यादा बेहतर थी। खूब खिलंदड़ा और सारे मुहल्ले का चहेता था। पहले उसके दाँत आए। फिर साल भर का होते-होते उसने पाँव भी ले लिये। वह चलने लगा, मचलने लगा। होती रीत है कि कोई बच्चा पहले पाँव ले लेता है, उसके बाद बोलना सीखता है। कोई पहले बोलना सीखता है, फिर पाँव लेता है। उमेश ने पहले पाँव ले लिये। यह वह बच्चा था जो कि दस हाथों और पाँच कलेजों के बीच पल रहा था। दो बरस का दिनेश भी उससे लाड़ लड़ाता था। उमेश डेढ़ साल का हो गया, पर बोला नहीं। कृष्णा ने डॉक्टर, वैद्य शुरू किए। दो साल की उम्र तक भी वह नहीं बोला। घर में चिंता हो गई। कृष्णा अनमनी रहने लगी। पूरन परेशान हो चला। सास-ससुर देवी-देवता मनाने लगे। तीन-साढ़े तीन साल का होते-होते उमेश के बारे में डॉक्टरों ने घोषणा कर दी कि बच्चा न तो सुनता है, न बोलता है। और यह सुनेगा तो बोलेगा। मास्टर के परिवार का सारा अर्थशास्त्र बदल गया। आज यह डॉक्टर, कल वह डॉक्टर; आज वह देवी, कल वह देवता; आज यह मंदिर, कल वह मंदिर; आज वह औलिया, कल वह फकीर; आज वह ओझा, कल वह जती; आज वह तीरथ, कल वह तीरथ; आज उसका गंडा, कल उसका तावीज। और कृष्णा हार गई। पूरन असहज हो गया। पूरन के माता-पिता परिवार को और खुद को ढाढ़स देते-देते टूट गए। अच्छा-भला दिखनौटा बच्चा दिनानुदिन बड़ा होता चला जा रहा है, पर दीन-दुनिया से बेखबर—न सुनता है, न बोलता है। उसकी पढ़ाई कैसे होगी? तसल्ली थी तो इस बात की कि मैया पूरन मास्टर की आस नहीं पुराई। अगर कहीं यह लड़की हो जाती तो भगवान् ही जाने कि कैसे क्या होता! और उमेश साल भर का हुआ, तब तक सरकार ने पूरन मास्टर का तबादला कहीं और कर दिया। सारा संतुलन चौपट हो गया।

जो नहीं कहा जाना था, वह सब कहा जाने लगा। जो नहीं बोला जाना था, वह सब बोला जाने लगा। छह बरस का दिनेश स्कूल जाने लगा था। उसे उसके हमउम्र लड़के 'गूँगे का भाई' कहकर चिढ़ाते। बच्चा मदरसे से अधमरा होकर लौटता था। सुबह जब कृष्णा उसे स्कूल के लिए तैयार करती तो न जाने किन-किन आशंकाओं में डूबी, बुझी-बुझी सी उसका बस्ता कंधे पर लटकाती थी। सारा बगीचा कुम्हलाता जा रहा था। फिर से अपने तबादले के लिए पूरन मास्टर ने

जमीन-आसमान एक कर दिया; पर सरकार नहीं पसीजी तो नहीं ही पसीजी। वह हाथ किसी के जोड़ नहीं सकता था, गिड़गिड़ाना उसके संस्कार में था नहीं। शिष्ट भाषा में जो कुछ वह जिस किसी से भी कह या लिख सकता था वह सब उसने करके देख लिया, पर सरकार को सरकारजी बने रहना था। भला वह क्यों पिघलती! कल तक जो पूरन मास्टर सरकार के यहाँ एक आदर्श शिक्षक माना जाता था वह आज नौकरशाही का खिलौना बन गया। उससे आज एक ऑफिसर खेला तो कल दूसरा। तबादले-दर-तबादले झेलना उसकी नियति हो गई। उसका लिखना-पढ़ना अस्त-व्यस्त हो गया।

कृष्णा अतिरिक्त गंभीर लगने लगी थी। मास्टर असमय बूढ़ा होता जा रहा था। इन दिनों मास्टर ने कई संतों-ऋषियों और राष्ट्रनायकों के जीवन को अपना समय काटने के लिए पढ़ा। उसने निश्चय किया कि पहले मनोबल लौटाया जाना चाहिए।

उसके मुँह का स्वाद कड़वा हो चला था। उसे पता ही नहीं था कि रोटी गेहूँ की थी या मक्के की। सब्जी का स्वाद वह भूल सा गया था। बाती ने कोशिश की कि वह अपने ससुर की थाली में कुछ और भी परोसे, पर पूरन ने एक उदास नजर बाती के चेहरे पर फेंककर दोनों हाथों से थाली ढक ली, ''बस बेटा, बस। मुझे कुछ नहीं चाहिए।'' और मास्टर थाली परे सरकाकर हाथ धोने के लिए खड़ा हो गया। कृष्णा खाना खा चुकी थी। विशु को सुलाने के लिए वह बिस्तर की ओर बढ़ी। बाती चौके में अपने भोजन का उपक्रम करती दिखाई दे रही थी।

मास्टर आँगन में आकर उमेश की प्रतीक्षा करने लगा। यह वह समय था, जब कि उमेश को प्रेस से आ जाना चाहिए था। रात वैसे भी आज ज्यादा गहरी लग रही थी। पूरन ने दरवाजे के भीतर झाँका। देखा कि कृष्णा देवी माँ के आले का परदा सरकाकर माँ को प्रणाम करती हुई शयन की प्रार्थना कर रही थी। यह कृष्णा का रोज का नियम था। तीस वर्ष से कृष्णा की यह पूजा बराबर चल रही थी।

आँगन में घूमते-फिरते मास्टर के मस्तिष्क का चलचित्र फिर से चल पड़ा। पल-पल, छिन-छिन सारे चित्र उसके दिमाग में उभरने लगे। सरकार के प्रहारों को झेलता पूरन मास्टर अपनी गृहस्थी चला ही रहा था कि पहले माँ चली गई। माँ की याद में घुल-घुलकर तीन साल बाद पिता भी चल बसे। इधर बच्चे बराबर बड़े होते चले जा रहे थे। दिनेश उम्र से ज्यादा सयाना और समझदार निकला। पढ़ाई में पूरा मन लगाया उसने। औसत से ज्यादा नंबर से उसने परीक्षाएँ पास कीं। उमेश की पढ़ाई की सारी कोशिशें असफल हो गई थीं। इस बीच पूरन मास्टर ने तीन

गाँवों में और मास्टरी कर ली। शांतभाव से वह अपना काम करता और जिस भी गाँव में नौकरी करता उस गाँव को अपना गाँव मानकर वहाँ का नागरिक बन जाता। वह एक सहज शिक्षक था, इसलिए एक असहज जीवन जीना उसकी नियति बन गई थी। कभी-कभी वह अकेले में अपनी उदास हँसी से इन हालातों पर अपने पौरुष की छाप लगा लेता था। समय ने उसे टूटे शरीर में मर्द मनवाला आदमी बना दिया था।

अपनी बिखरी गृहस्थी को उसने सँवारने की कोशिश शुरू की। विकलांग उमेश के लिए उसने बैंक से लोन लिया और एक छोटा सा छापाखाना गाँव में लगा लिया। उमेश भला उसे कैसे चलाता। सारा काम दिनेश के हाथों में सौंपकर पूरन ने निगरानी भर अपने जिम्मे रखी। सप्ताह में एकाध दिन आते-जाते वह छापाखाने का काम देख लेता, समयानुकूल निर्देश दे देता और फिर अपनी ड्यूटी पर चला जाता। दिनेश ने अपनी सूझ-बूझ से इस प्रेस को दो आदमियों की रोटी के लायक चलाना सीख लिया। छोटे-मोटे टेंडर पेश करके यहाँ-वहाँ का सरकारी काम भी उसने लेना सीख लिया। व्यवहार-कुशल तो समय ने उसे बना ही दिया था। मास्टर इस ओर से आश्वस्त हो चला।

दोनों भाइयों की उम्र में कोई ज्यादा फर्क तो था भी नहीं। उमेश की शारीरिक उठान भी अच्छी थी। प्रकृति यदि मनुष्य के शरीर से कुछ ले लेती है तो उसका मुआवजा किसी दूसरी तरफ दे भी देती है। दोनों की मसें साथ-साथ ही भीग चलीं। उधर पूरन और कृष्णा के बाल सफेदी ले रहे थे तो इधर दोनों भाइयों के चेहरे पर काली-स्याह मूँछों की लकीरें फूट रही थीं।

मास्टर ने फिर कमरे के भीतर झाँका। कृष्णा कमरे में बिखरा सामान करीने से लगा रही थी और बाती बहू सोने के लिए सास-ससुर के बिस्तर लगाने की तैयारी कर रही थी। तभी उमेश प्रेस से लौटा। उसने आँगन के उस छोर पर हमेशा की तरह अपनी साइकिल को लगाया, कंधे का झोला उतारा, अपने पिताजी को हँसकर देखा। मास्टर ने उसे खाना खाने का इशारा किया। और उमेश अपनी माँ को झोला थमाता हुआ अपनी पत्नी के सामने पहले खड़ा रहा, फिर बैठ गया। कृष्णा ने उसे हाथ-मुँह धोने का इशारा किया। वह फिर खड़ा हुआ। उसने सोए हुए विशु को पिता की मीठी सी नजर से देखा। फिर इशारे से ही बाती से पूछा कि माँ बोली या नहीं? जब उसे पता लगा कि कृष्णा का बोल बिलकुल नहीं फूटा है तो वह मुँह लटकाए हाथ-मुँह धोने की ओर प्रवृत्त हो गया।

पूरन का दिमाग पुरानी यादों में उसी तरह खोया हुआ था। वह चहलकदमी

भी कर रहा था और मन-ही-मन कुछ-न-कुछ बोलता बुदबुदाने भी लगता था। उसे याद आया कि किस तरह एक दिन दिनेश ने सारे घर की चिंता को यह कहकर और भी बढ़ा दिया था कि चाहे वह उम्र में बड़ा हो, पर जब तक उसके छोटे और गूँगे-बहरे भाई उमेश की शादी नहीं होगी, वह भी शादी नहीं करेगा। वह उसकी प्रतिज्ञा ही नहीं, देवी माँ के सामने ली गई कसम थी। और उस दिन से वह भूल गया कि उसके पास एक भरा-पूरा जवान मर्द का ठाठें मारता जिस्म भी है। पूरन मास्टर और कृष्णा उसे समझा-समझाकर हार गए, पर दिनेश था कि भीष्म बना अपना काम करता रहा। उसने सारी शक्ति प्रेस के विकास में लगा दी। जितना होता उतना उमेश भी काम करता; पर दिनेश ने तो अपना सबकुछ अपने व्रत और प्रेस को ही मान लिया था।

दिन बीतते गए। समय पंख लगाकर उड़ता गया। दिनेश के लिए आनेवाले रिश्ते ठिठक गए। कौन होगा जो अपने हाथों से अपनी जवान बेटी एक गूँगे और बहरे लड़के के हाथों में दे देगा। सयानों ने भविष्यवाणी कर दी कि मास्टर का वंश डूब ही गया मानो। दोनों कुँआरे रह जाएँगे। न उमेश की शादी होगी, न दिनेश ही शादी करेगा। कृष्णा और पूरन के लिए यह तनाव एक ऐसा तनाव था जिसे झेलने की हिम्मत जुटाना दोनों के लिए कठिन होता जा रहा था। पर जिंदगी को चलना था और वह चल रही थी।

इतने थके-हारे और टूटे से परिवार में दिनेश ने अचानक एक काम ऐसा कर दिया कि जिसकी भनक पूरन मास्टर तक को कई दिनों के बाद पड़ी। उसने अपने प्रेस में एक परचा छापा। उस परचे में पूरे परिवार का सच्चा-सच्चा विवरण था। उमेश के बारे में सारा सत्य लिखा हुआ था और अपनी जाति-धंधा वगैरह सब साफ लिखकर अपील की गई थी कि ऐसे गूँगे-बहरे, किंतु हट्टे-कट्टे कर्मठ नवयुवक के लिए उसकी हमउम्र विकलांग कन्या की आवश्यकता विवाह के लिए है। दिनेश ने यह परचा अपनी जाति के कई लोगों को पोस्ट कर दिया। पूरन मास्टर ने भी इस परचे को अपने स्कूलवाले गाँव में अपनी जाति समाज के एक महाशय के यहाँ डाक से आया हुआ देखा। दिनेश की सूझ पर पूरन चकित रह गया। जिस-जिसने भी यह परचा पढ़ा, उस-उसने उसका मखौल ही उड़ाया। पर एक शनिवार की दोपहर गजब हो गया। प्रेस का पता पूछती-पूछती एक सयानी सी कन्या दिनेश के प्रेस पर उतरी। उसका एक पाँव या तो पोलियो का शिकार था या फिर किसी दुर्घटना से ग्रस्त। बायाँ हाथ पंजे से कंधे तक निष्प्राण था और वह लँगड़ाती-लँगड़ाती ताँगे से उतरकर प्रेस के बाहर पड़ी कुरसी पर बैठ गई। बैठे-

बैठे ही उसने ताँगेवाले को किराया चुकाया, उसे शालीनता से धन्यवाद दिया। उमेश ने उसे देखा। वह पास में आया और इशारे से पूछताछ करने लगा। लड़की समझ गई कि यही उमेश है। प्रेस के आस-पास की दुकानवालों को वह परचा दिखाया और पूरन मास्टर तथा दिनेश के बारे में जानकारी ली। जब उसे पता चला कि दिनेश जिला मुख्यालय गया है और पूरन मास्टर शनिवार की रात तक पासवाले गाँव से आएगा तो उसने इशारों से उमेश से ही पीने को पानी माँगा। अपने बैग में से वह परचा निकाला, पड़ोसियों से उस परचे की प्रामाणिकता को समझा। एक साइकिलवाले का सहारा लेकर फिर से ताँगा बुलवाया। हाथ जोड़कर उमेश से ताँगे में बैठने की प्रार्थना की। छोटे से बाजारवालों के लिए यह सर्वथा नया दृश्य था। वे उत्सुकता से देख रहे थे कि आगे क्या होता है। लूली-लँगड़ी वह कन्या ताँगे में उमेश के साथ बैठ गई। प्रेस पर दो-तीन कर्मचारी काम कर रहे थे। उनके भरोसे प्रेस को छोड़कर ताँगा सीधा पूरन मास्टर के घर पहुँच गया। सारे मुहल्ले में हलचल मच गई। लोग अपना-अपना काम छोड़कर मास्टर के आँगन में आ जुटे। कृष्णा रोमांचित थी। वह समझ ही नहीं रही थी कि कैसे क्या करे और क्या होगा! पर उस लड़की ने अपनी राम कहानी विस्तार से समझाते हुए कह दिया कि वह अपनी विधवा माँ और दोनों मामाओं के अत्याचारों से तंग आ चुकी है। बी.ए. करने के बाद उसने जैसे अपनी अक्ल-होशियारी से सरकार से विकलांग कोटे में शिक्षक का पद प्राप्त कर लिया है। गए डेढ़ साल से वह अपनी तनख्वाह से सारा घर चला रही है। खाती-कमाती है। पर उसके मामा लोग उसे दुधारू गाय मानकर रात-दिन उसका शोषण कर रहे हैं। उसने अपनी माँ और अपने मामाओं से विद्रोह करके ऐलान कर दिया है कि वह अब उमेश और बस उमेश से ही शादी करेगी, यहीं रहेगी। अगर उसका तबादला नहीं हुआ तो वह नौकरी छोड़ देगी। प्रेस का काम देखेगी, पर रहेगी कृष्णा की बहू बनकर ही। उसे पता है कि उमेश बिलकुल पढ़ा-लिखा नहीं है—गूँगा है, बहरा है और उसके कारण उसका सगा बड़ा भाई अभी कुँआरा बैठा हुआ है।

सारा वातावरण चकित था। लड़की की हिम्मत पर हर कोई मुग्ध था। कृष्णा हक्की-बक्की थी। घर में न दिनेश, न पूरन मास्टर। निर्णय ले भी तो कैसे ले। जाति, समाज, धर्म, आयु, योग्यता और साहस—सब कृष्णा को अनुकूल लग रहा था इस लड़की में। लड़की ने अपना नाम बताया था—बाती।

और···और···बस, पूरन मास्टर का घर इस बाती की ज्योति से नई जगमगाहट में डूब गया। कौन से पंडित और कौन से लग्न, कौन सा मुहूर्त और कौन सी

बारात। दोस्तों और पड़ोसियों ने दूसरे दिन अन्नपूर्णा मंदिर में जाकर उमेश और बाती का ब्याह रचा दिया। कृष्णा ने नई उमंग और नई आशाओं के साथ सभी के मुँह मीठे करवा दिए। जिस तरह कृष्णा ने इस घर में देहरी पूजन किया था उसी तरह उसने बाती बहू से भी देहरी पुजवा ली। बाती अपने आपमें साहस की प्रतिमूर्ति थी, सयानी थी, समझदार थी। तीन-चार महीनों में ही मामाओं और बाती की माँ ने घुटने टेक दिए। पूरन मास्टर ससुर हो गए। दिनेश भैया के लिए नए सिरे से रिश्ते आने लग गए। दिनेश ने अधिक समझदारी से काम लिया। उसका विश्वास भाग्य से ज्यादा भगवान् पर बढ़ गया। उसने माता-पिता को समझाया कि वे लोग उसके विवाह की जल्दी नहीं करें। पहले बाती और उमेश की गृहस्थी को जरा सा जम जाने दें। इतने साल मैं रह लिया तो एकाध साल और रह लूँगा। मेरी किसी किस्म की ताक-झाँक की शिकायत आई हो तो आप ही बता दें।

और जब बाती बहू गर्भवती हुई तो क्या आलम था इस घर का। लगता था, मानो सारा पतझर बीत गया हो। कृष्णा अधिकांश समय देवी माँ के आस-पास नजर आती और बाती बहू को सँभालती। पूरन मास्टर बाती को तरह-तरह की सात्त्विक सामग्री से भरपूर पुस्तकें देते और अपनी विकलांग बहू और उसके गर्भ का विशेष ध्यान रखते। बाती ने सारे पड़ोस को अपनी प्रतिभा से मुग्ध कर रखा था। जब भी उसे समय मिलता, वह पड़ोस के बच्चों को पढ़ाती। सारा प्रकरण देखकर सरकार के लोगों ने बाती को अपनी ससुराल में ही स्थानांतरित कर दिया था। अपने समय पर वह स्कूल जाती। वहाँ से आते-जाते प्रेस पर भी कुछ काम देख लेती। अपनी सास का हाथ बँटाती। पूरन मास्टर की हलकी-फुलकी डाक भी निपटाती और अपना घर चलाती। घर में सहजता लौटती चली आ रही थी।

इस विवाह के सवा साल बाद ही बाती ने विशु को जन्म दिया। लड़की की आशा में प्रार्थना करते पूरन मास्टर ठहाकों में खो गए। उनके मुँह से अपनी तीसरी पीढ़ी के लिए निकला, 'भई वाह!'

एक बार फिर सारे दिन चर्चाएँ बदल गईं। वैसा ही फिर होने लगा जैसा कि दिनेश के पैदा होने के बाद हुआ था। जमाना बदल गया था। दुनिया इतने बरस आगे बढ़ चली थी। पूरी एक-चौथाई शताब्दी हाथ से खिसक गई थी। बाजार महँगे हो चले थे। जीवन जटिल होता जा रहा था। पूरन मास्टर रिटायरमेंट की तरफ बढ़ रहे थे। और घर में विशु ने जन्म लिया। बहुत सोच-समझकर पूरन मास्टर ने बच्चे को नाम दिया—'विशेष' और यही विशेष लाड़-प्यार में हो गया 'विशु'।

कृष्णा ने जितना ध्यान विशु पर दिया शायद उतना ध्यान उसने अपने जाये और अपने धाए दिनेश-उमेश पर भी नहीं दिया था। विशु सौ फीसदी अपने बाप पर ही गया था। वैसा ही गुदगुदा, वैसा ही गुलगुला, वैसा ही गद्दर, वैसा ही लाल-सुर्ख, वैसा ही कश्मीरी सेब जैसा और वैसा ही खिलंदड़ा, सलोना, प्यारा-प्यारा सा बच्चा। कभी इसकी गोद में तो कभी उसकी गोद में; कभी इसके कंधे पर तो कभी उसके कंधे पर; कभी प्रेस पर तो कभी स्कूल में। कृष्णा के साथ वह गाँव के मंदिरों पर दर्शन कराने भी ले जाया जाता था।

पहले विशु के दाँत आए। परिवार प्रफुल्ल। मिठाइयाँ बँटीं। ग्यारह महीने के विशु ने पाँव ले लिये। वह चलने और मचलने लगा। परिवार प्रसन्न हो गया। पर कृष्णा का माथा ठनका। वह कातर हो उठी। उसने रो-रोकर माँ का पूजाघर तर कर दिया। माँ···वैसा मत करना। वह आशंकित और आतंकित लगती थी। उसे लग रहा था कि हो न हो, भाग्य उसके साथ फिर छल करने जा रहा है। उमेश के साथ भी तो यही हुआ था न। मास्टर उसे ढाढ़स देता, दिनेश समझाता, उमेश तरह-तरह के इशारे करता। पड़ोसनें पचास तरह के व्रत-उपवास सुझातीं। कृष्णा का सारा समय देवी-देवताओं और व्रत-उपवासों ने ले लिया।

और आज तेरह महीनों का विशु अनायास बोल पड़ा, 'मा···मा···न न···प···पा···दे।' पड़ोसियों ने जो ब्योरा दिया उससे पूरन मास्टर को ज्ञात हुआ कि इधर विशु का पहला बोल फूटा और उधर कृष्णा गूँगी हो गई। बस, मास्टर समझने की कोशिश कर रहा था कि गुत्थी क्या है। कृष्णा सहज थी, पर सारा वातावरण असहज था।

हर तरफ से निराश पूरन मास्टर ने अंतिम, किंतु पहला निर्णय लिया। उसने मन-ही-मन कहा—चलो, निकलो इस घर से। सवेरा न जाने कौन-कौन सी समस्याएँ लेकर आएगा। छोड़ दो इस गाँव को। वह अपने मित्रों से मिलने निकल पड़ा। दो-एक घंटों में उसने एक जीप की व्यवस्था की। सभी को उसमें लादा। कृष्णा से कहा, "चलो, हम सबसे पहले बात करते हैं तेरी अम्मा उस देवी मैया से जिसके कि मंदिर पर तू साल-छह महीनों में दौड़-दौड़कर जाती है और उसकी न जाने कितनी तकलीफें, न जाने कितनी तरह से आज ये मनौती, कल ये मनौती कर-करके देती रहती है।" बाँधा सामान। यात्रा के जरूरी कपड़े और दो-तीन दिन खाने के लिए आटा-दाल बाँधकर मास्टर ने जीप में पीछे बैठा कृष्णा को, बाती को, उमेश को और सोए हुए विशु को खुद अपनी गोद में लेकर मास्टर ड्राइवर के साथवाली सीट पर बैठ गया।

रात ग्यारह बजते-बजते जीप ने गाँव छोड़ दिया। मास्टर ने ड्राइवर को उस तीर्थ का पता दिया। यही कोई साढ़े तीन सौ किलोमीटर का सफर रहा होगा। भागते-दौड़ते, ठहरते-ठहरते वह सफर चलता रहा। ड्राइवर सहित छह यात्रियों में से दो तो गूँगे ही थे—उमेश और कृष्णा।

सवेरे दस बजते-बजते मास्टर सपरिवार अपनी मंजिल पर था। साल-छह महीने में ये लोग वैसे ही आते-जाते रहते थे, सो सबकुछ तो परिचित था ही। अतिथिशाला में सामान रखकर परिवार नहाया। विशु की किलकारियाँ और अटपटे बोल सारे वातावरण को नया अर्थ दे रहे थे।

स्नान के बाद सास-बहू ने पूजा का थाल सजाया। मंदिर के नियमानुसार पूजा गीले आँचल होनी थी, सो एक वस्त्र दोनों ने गीला ही पहना। उमेश और विशु को साथ में लिया। नगाड़ों-ढोलों, घंटों-घड़ियालों और मंगल गीतों के धार्मिक दिव्य और भव्य समवेत स्वरों में परिवार ने मंदिर की पहली सीढ़ी पर पाँव रखा। पूरन मास्टर ने देखा कि कृष्णा विह्वल होकर काँप रही है। उसने सहारा दिया। विकलांग बेटा, विकलांग बहू, अबोध बच्चा और अब कृष्णा भी करीब-करीब विकलांग। पूरन मास्टर ने मंदिर के विशाल और गगनचुंबी शिखर को देखा। फिर प्रार्थना में उसके दोनों हाथ जुड़ गए। सहारा देकर वह सारे परिवार को ऊपर माँ के आँगन तक ले गया। रास्ते में सीढ़ियाँ चढ़ते-उतरते लोग तरह-तरह से अपनी-अपनी प्रार्थनाएँ और जयकारे उचार रहे थे। यह आँगन सभी का आँगन था। माँ का आँगन। न कोई किसी से जाति पूछता था, न धर्म। यहाँ सब बराबर थे।

आँगन में जाते ही दर्शनार्थियों की नजर सीधी माँ की विशाल मूर्ति पर पड़ती थी। दर्शन का पहला रोमांच यहीं होता था। उसके बाद पूजा का प्रावधान था। ज्यों ही कृष्णा ने मैया का पहला दर्शन किया कि वह कातर-विह्वल और करीब-करीब अचेत-सी होकर वहीं आँगन में लोट गई। मछली की तरह तड़पती कृष्णा बदहवास होकर रोए जा रही थी। शब्द उसके मुँह पर थे, "माँ···माँ···माँ···माँ···" और अनंत, अटूट आँसुओं से वह सारी सुध-बुध खोकर नहाए चली जा रही थी।

पूरन मास्टर के आँसू भी आज बाँध तोड़कर बह चले थे। अगर परेशान था तो बस उमेश। विशु के समझाने को यहाँ कुछ था ही नहीं। वह चारों ओर देखकर फिर बोला, "···मा···मा···दा···न न···दे···पा।" बाती ने स्थिति को सँभाला। पूजा का प्रावधान पूरा हुआ। नारियल और प्रसाद चढ़ाया गया।

कृष्णा ने विशु को माँ के चरणों में सुलाते हुए कहा, "ऐसी कठिन परीक्षा मत ले, माँ। ले, मैंने अपना वचन निभा दिया। तूने मेरी लाज रखी। अपने पति तक

से मैंने तेरी इस मनौती को कितने बरस तक छिपाए रखा है। किस तरह मेरे दिन कटे होंगे। किस तरह मैंने उम्र के ये बरस काटे। माँ···माँ···'' और पागलों की तरह वह फिर रोने लग गई।

दूसरे श्रद्धालुओं ने इस परिवार को आँगन के एक कोने में सरकाया। गुत्थी उस कोने में जाकर खुली। कृष्णा ने कहा, ''जिस दिन दिनेश ने उमेश की शादीवाला व्रत लिया था उसी दिन मैंने भी मन-ही-मन माँ की कसम खाकर गाँठ बाँध ली थी कि चाहे बेटा हो या बेटी, पर जिस दिन उमेश की पहली संतान अपना पहला बोल बोलेगी, मैं उसी पल से अपने को गूँगा बना लूँगी। न किसी से कुछ कहूँगी, न कोई इशारा या लिखत में किसी को समझाने की कोशिश करूँगी। उस दिन घर में जो-जो भी लोग होंगे, उन सभी के साथ इस माँ के आँगन में अपने आँचल से बुहारी दूँगी और अपनी जबान माँ के आँगन में, माँ के सामने ही खोलूँगी। इसमें चाहे मुझे कितने ही दिनों तक गूँगा बने रहना पड़ जाए। मैं अपनी ओर से कोई प्रयत्न नहीं करूँगी। कितने बरस तक मैंने डरावने सपने देखे हैं। यह तो मास्टर को जाने या अनजाने सबसे पहले यहाँ आने की प्रेरणा हो गई, वरना चाहे जो हो जाता, मैं अपनी कसम नहीं तोड़ती। जब भी बोलती, बस यहीं आकर बोलती।''

पूरन जैसा पढ़ा-लिखा मास्टर इस हटौटी पर हैरान था। बाती विशु का सिर सहलाती सब सुन रही थी।

पूरन ने पूछा, ''आखिर ऐसी गाँठ बाँधने का कारण क्या था?''

छोटा सा उत्तर था कृष्णा का, ''मुझे डर था कि कहीं गूँगे का बेटा या बेटी भी वैसा ही नहीं हो जाए जैसा कि बाप है।''

पूरन हँसा, ''अगर ऐसा ही होता तो फिर न तू गूँगी-बहरी, न मैं, फिर अपना उमेश कैसे गूँगा बहरा हो गया? अपने देवी-देवताओं को तुम लोग कितनी तकलीफें देती हो। उन्हें कभी तो आराम से रहने दो।''

सारा परिवार वापसी के लिए नीचे उतरने के लिए खड़ा हुआ। कृष्णा ने विशु को एक बार फिर से माँ के चरणों में लिटाया। लेटते-लेटते वह फिर बोला, ''मा···मा···मा···न न···पा···दे···दा···'' और पूरन मास्टर चकित था यह देखकर कि उसके साथ-ही-साथ कृष्णा भी बोले चली जा रही थी, ''मा···मा···मा···न न···पा···दे···दा···।''

□

चमचम गली

अब तो शायद ही किसी को याद हो कि नगरपालिका के रिकॉर्ड में इसका सही नाम क्या है ? किसने किसके नाम का प्रस्ताव रखा था और किस शहीद या भद्र आदमी के नाम पर तब कैसी क्या बहस हुई होगी—ये सारी बातें न किसी को आज याद रही हैं, न कोई इन्हें याद रखेगा। पर न जाने कब और न जाने किसने 'चमचम गली' नाम रख दिया और वह चल भी गया। अब लोग यहाँ तक कहने लगे हैं कि कल अगर चमचम चाचा खुदा को प्यारे हो गए तो भी इस गली का नाम 'चमचम गली' ही पुकारा जाएगा। मजा तो तब आता है जब खुद चमचम चाचा अपने आपको भी 'चमचम गली' का निवासी बताकर संकोच से सिर नीचा कर लेते हैं।

इसी गली में समागम शर्मा जैसा विद्वान् शास्त्री रहता है; पर समय की बलिहारी है कि गली का नाम 'समागम गली' नहीं हो सका। समागम शास्त्री को कष्ट तब होता है जब दूर या पास से आई हुई डाक चिट्ठियों पर उनके नाम के बाद ठिकाना लिखते समय लोग 'चमचम गली' लिख देते हैं। चिट्ठी समागम शास्त्रीं को मिलती है और वे चिट्ठी को पढ़ने से पहले शून्य क्षितिज को पढ़ने लग जाते हैं। इसे कहते हैं किस्मत की बात। नगरपालिका ने जिसके नाम पर गली का नाम रखा, उस आदमी को लोग जानते भी नहीं। समागम शास्त्री जैसा उद्‌भट विद्वान् इस गली में जगजाहिर निवास करता है, पर गली का नाम उनके नाम पर हुआ नहीं। नाम पड़ा भी तो चमचम चाचा

के नाम पर।

चमचम चाचा मजेदार आदमी हैं। वक्त को पहचानते हुए चाचा के अब्बा जान ने उनको पढ़ाने की कोशिश की थी। वे जिस मदरसे में गए, वहाँ उस पूरी गली में से तब केवल समागम शर्मा ही स्कूल जानेवाला अकेला विद्यार्थी था। चमचम और समागम साथ-साथ स्कूल जाते; पर चमचम चाचा को नहीं पढ़ना था, सो नहीं पढ़े। साल-दो साल मास्टर साहब की किमचियाँ हथेली पर खाकर घर आए और बस, घर के ही हो गए। अब्बा जान ने सोचा कि शायद उर्दू पढ़ जाएगा, सो काजी साहब के पास भेजा चमचम को। पर काजी साहब खुद एक दिन चमचम के घर आकर अब्बा जान की अमानत अब्बा जान को सौंप गए। जाते-जाते इतना और कह गए, 'तौबा करता हूँ आज से। या खुदा! इसकी माँ से जरा पूछो तो सही कि जचगी के वक्त उसने मिर्ची खाई थी या करेले! लानत है ऐसी औलाद पर।' और चमचम चाचा के लिए हर मदरसे का दरवाजा हमेशा के लिए बंद हो गया। अब्बा जान ने अपने खानदानी धंधे साग-सब्जी की खरीद-बिक्री में चमचम को लगा दिया और चमचम चाचा सब्जी मंडी के आदमी होकर रह गए। आज उनके नाम का जलवा यह है कि चमचम चाचा के घरवालों से पूछो तो उन तक को पता नहीं कि चमचम चाचा का असली नाम क्या है। यह भी खुदा ही जाने कि चमचम चाचा को 'चमचम' नाम किसने दिया। चमचम चाचा को किसी ने कभी भी गंदे कपड़ों में नहीं देखा। चमचमाता कुरता, सफेद झक पाजामा, सफेद बुर्राक कुरता और चमचमाती काली मखमली टोपी। हर कपड़ा चमकदार। बस, भाई लोगों ने नाम रख दिया 'चमचम'। नाम चला भी खूब और जैसे-जैसे चमचम चाचा गाँव में आदर पाते गए वैसे-वैसे एक दिन किसी ने उस गली का नाम ही 'चमचम गली' कर दिया और नगरपालिका का रिकॉर्ड अपनी जगह धरा-का-धरा रह गया।

एक बात और भी हुई चमचम चाचा की शोहरत में चार चाँद लगाने वाली। समागम शास्त्री हो-न-हो, इस मुद्दे पर सरेआम मात खा गए। चमचम चाचा के कारण सारी गली कच्ची-पक्की उम्र के बच्चों से क्रमशः जो भरती गई तो बस, समझ लो कि हल्ला मच गया। अब्बा जान ने और अम्मी ने

अपने आधे जवान बेटे शकूर की शादी की थी खिदमत बी से। पूरी जवानी आते-आते शकूर भाई ने कमाल कर दिखाया। जिस वक्त अब्बा जान दुनिया से रुखसत हुए, उनके जनाजे के आस-पास खिदमत बी के दिए हुए चार बच्चे अपने दादा के जनाजे पाक को देख रहे थे। पाँचवाँ पेट में था। पहले चारों बेटे थे और खिदमत बी चाहती थी कि कम-से-कम एक तो बेटी हो ही जाए। यही वह समय था, जब लोगों ने शकूर का नाम 'चमचम' रख दिया था और जब खिदमत बी ने पाँचवीं बार बेटी को जन्म दिया तो चमचम चाचा ने कहा, 'धत् तेरे की! तो अब मुझे भी दामाद ढूँढ़ने पड़ेंगे।' और यह सोचकर चमचम चाचा मन-ही-मन दूसरे गुंताड़े में लग गए।

बाजार में चमचम चाचा से मुँहफट बात करनेवाला एक ही मर्द बचा था। किस्मत की बात है कि वह भी शुरुआती जमाने में चमचम चाचा का हमउम्र सहपाठी था। पूरा बाजार आज उस आदमी को रतन डैडी के नाम से जानता है। अंग्रेजी दवाइयाँ बेचने की रतन डैडी की दूकान धन्नाट चलती थी। चूँकि बाजार में एक चाचा पहले से ही था, इसलिए लोगों ने एक डैडी भी बनाया और ताज रतनलालजी के सिर पर फिट बैठ गया। खूब चोंचबाजी होती रतन डैडी और चमचम चाचा में।

'क्या हाल है, खाँ साहब?' डैडी पूछते।

'सब अल्लाह का फजल है, सेठ साहब।' चाचा का जवाब होता।

'पाँच हो गए! अब क्या प्रोग्राम है?'

'इसके दस पूरे हो जाएँ तो एक और लाऊँ। और उसके फिर…'

'मर जाएगा! ले, ये गोलियाँ ले जा। खिदमत भाभी की खिदमत में देवर की तरफ से नजराना पेश कर देना।' डैडी चिकोटी लेते।

और चमचम चाचा अपने ठेले के पास खड़े ही कहते, 'रख ले अपनी गोलियाँ, सेठानी के काम आएँगी। भैंस मेरी दूध दे रही है, इधर पराए पाड़े का पेट फटा जा रहा है।' चमचम चाचा का करारा जवाब होता।

और एक दिन घबड़ाकर खिदमत बी ने चाचा से साफ-साफ कह दिया कि 'ये दस-वस मुझसे नहीं जने जाएँगे। इतना ही मन उफान पर है तो एक और ले आओ।'

चमचम चाचा ने इस फिकरे को लाइन क्लीयर माना। जल्द ही एक दिन पूरे गाँव ने देखा कि चमचम चाचा ने खिदमत बी की बराबरी पर लाकर एक विधवा को बैठा ही दिया। चाचा ने बाकायदा काजी साहब से पूछकर शादी की, निकाह पढ़ा, सारे रिवाज पूरा किए, रस्म-अदायगी की। बेशक चमचम चाचा की यह पसंद अब्बा जान और अम्मी की पसंद से खूबसूरती के मामले में बीस थी।

'खिदमत की खिदमत में जिसे लाया है, उसका नाम क्या है खाँ?' रतन डैडी ने अपनी दूकान पर बैठे-ही-बैठे सवाल दागा।

'देखेगा तो गश खा जाएगा, पतली दालवाले। डॉलर लाया हूँ, डॉलर। घर आ कभी। उसके हाथ की भरवाँ मिर्ची खा, जन्म तर जाएगा।' चमचम चाचा ने दावत दे दी, पर नाम नहीं बताया।

और डैडी ने फौरन नई बीवी का नाम 'डॉलर' रख दिया। डैडी ने रख दिया और चाचा ने मुसकराते हुए घर जाकर दूसरीवाली से कहा, 'खिदमत की खिदमत में कसर मत रखना, पूरा बाजार तुझे डॉलर समझता है।'

यही वह मुकाम था, जहाँ समागम शास्त्री चमचम चाचा के कहीं नहीं लगते थे। हो-न-हो, इस गली का नाम 'चमचम गली' रहने के पीछे एक यह भी कारण बन गया हो। चमचम चाचा ने अगले बारह बरसों में बड़ी और छोटी—दोनों से मिलकर तेरह बच्चे और बना दिए। चार खिदमत बी के और नौ डॉलर बीवी के। इस तरह बीस बरस में चमचम चाचा ने एक से लेकर सत्रह बरस तक की उम्र के अठारह बच्चों से गली को गुलजार कर दिया। रतन डैडी की गोलियों का रंग बदलता रहा।

गली का हाल यह हुआ कि दूसरे लोगों के बच्चे भी जब चमचम चाचा के बच्चों के साथ खेलते तो पूरी गली घनघोर कोलाहल और शोर-शराबे में डूब जाती तथा अजीब-अजीब नजारे देखने को मिलने लगते। आते-जाते लोग 'चमचम गली' के बच्चे कहकर यहाँ-वहाँ उनकी चर्चा करते। बच्चे भी जब दूसरे गली-मुहल्लों में खेलने जाते तो अपने आपको चमचम गली के बच्चे कहकर अपना परिचय देते। चमचम गली के बच्चों की एक अलग ही पहचान हो गई दूर-दूर तक।

समय बीतता गया और एक दिन ऐसा आया कि 'चमचम गली के बच्चे' कहलाते-कहलाते चमचम चाचा के बच्चे जैसा परिचय काम में आने लगा और अंततः हुआ यह कि सभी बच्चे चमचम चाचा के बच्चे कहे जाने लगे। चमचम चाचा भी सभी बच्चों पर एक जैसा अधिकार मानकर जो भी पूछता, उससे 'हाँ' भरते हुए कहते, 'जी हाँ! मेरा ही बच्चा है। कहिए, आपको क्या कहना है?' वक्त-ब-वक्त चमचम चाचा अपनी गली के बच्चों के लिए उन सभी माँ-बापों से वैसी ही लड़ाई मोल ले बैठते, मानो वह उनका अपना ही बच्चा हो। चमचम चाचा सभी के चाचा थे और गली के सारे बच्चे चमचम चाचा के ही थे। गली की माँएँ इस भरोसे आश्वस्त होती थीं कि कहीं कुछ खरा-खोटा हुआ तो चमचम चाचा सब सँभाल ही लेंगे।

शौक के नाम पर चाचा को बस एक ही शौक था। वे बाजार से दस-ग्यारह बजे आते, खाना खाते और दोनों हाथ पोंछते-मसलते सीधे पान खाने के लिए वापस बाजार की ओर चल पड़ते। जाते-जाते किसी-न-किसी तरह का एक झटका समागम शास्त्री को रास्ते में खड़े-खड़े ही सही, पर जरूर देते और पान खाने के बाद गटर में थूकते हुए रतन डैडी के सामनें जाकर खड़े हो जाते। दो-एक मिनट रतन डैडी से हँसते-बोलते। गोलियों से बात कितनी आगे बढ़ी, इसकी जानकारी लेते और बाजार में अपने परिवार के सभी सदस्यों को सब्जी बेचते हुए देखते, डॉलर चाची पर एक हसरत भरी नजर डालते और रतन डैडी का हाथ मसलकर खँखारते हुए ऊँची आवाज में पूरे बाजार को सुनाते हुए कहते, 'देखा आज का अखबार? छपा है—डॉलर मजबूत।' बाजार के जाते-आते लोग चमचम चाचा के विनोद का जी भरकर आनंद लेते। खिदमत चाची कुछ बोलती, तब तक चाचा चल पड़ते। उनकी तरफ से पूरा जवाब रतन डैडी को सुनना पड़ता।

चमचम चाचा इतना होने के बाद चैन से घर आते, खिदमत चाची से कुछ बोलते, ठिठोली करते और लंबी तानकर घंटा-सवा घंटा सोते। करीब तीन बजे वापस बाजार जाते तो फिर दीया-बत्ती के बाद ही अपना माल-असबाब समेटकर घर आते। आते समय वे समागम शास्त्री से फिर एकाध नई फेंट करते। चमचम चाचा की यह चुहल उनका चरित्र थी। आते-जाते

गली भर के बच्चे पाँच-पचास कदम तक चाचा के आगे-पीछे झूमते-झूमते, अपने शिकवे-शिकायतें करते, उनका कुरता-पाजामा खींचते और नारा लगाते, 'चमचम चाचा जिंदाबाद! हमारी गली चमचम गली! हमारा चाचा चमचम चाचा!'

ऐसे में किसी ने एक दिन पानी पर लकीर खींचने की पहली कोशिश की।

दोपहर का खाना खाकर हाथ पोंछते-मसलते चमचम चाचा पान खाने के लिए निकले। वह गली में पच्चीस-तीस कदम ही चले थे कि एक लड़के ने रोते हुए शिकायत की, 'चाचा, देखो तो इसने मुझे मारा।' शिकायत करनेवाला चमचम चाचा का पाँच बरस का बेटा था। जिसकी ओर उसने इशारा किया, वह बच्चा रहा होगा यही छह-सात बरस का।

'किसने मारा तुझे ? इसने ?' कहकर चाचा ने उस बच्चे को एक झापड़ रसीद कर दिया जिसने मारा था और सहज ही अपनी काली टोपी को सिर पर जमाते हुए बाजार की ओर चल पड़े। बच्चे फिर खेलने में लग गए। जिस बच्चे को झापड़ पड़ा, वह जोर से रोता-रोता चमचम चाचा के दरवाजे की तरफ चल दिया। उसका रोना चमचम चाचा गली के मोड़ तक सुनते रहे।

गली के लोगों के लिए यह रोजमर्रा की बात थी। अपने बच्चों को चमचम चाचा आएदिन इसी तरह की नसीहत देते रहे हैं, जब छोटे-बड़े अठारह हैं तो एकाध रोज पिटेगा ही। पर आज के झापड़ ने गली में हंगामा खड़ा कर दिया। हालात की नजाकत को सबसे पहले समझा कस्तूरी बुआ ने। भागी-भागी बाजार गई और रतन डैडी की दूकान पर जा पकड़ा चमचम चाचा को। हाँफते-हाँफते बोली, 'चमचम! कहीं दूर चला जा, लोग तुझे मार डालेंगे। तेरा घर घेर रखा है लोगों ने। वे तेरा खून पी जाएँगे।' और कस्तूरी बुआ आँख बचाती हुई दूसरी दूकान पर कुछ खरीदने का बहाना करके खड़ी हो गई।

चमचम चाचा और रतन डैडी भागे सीधे चमचम गली की ओर।

गली के मोड़ पर से ही देखा कि सारी गली में नारेबाजी हो रही है।

'आज इसका सारा नशा उतार दिया जाएगा।'

'इसकी हिम्मत कैसे हुई एक बच्चे पर हाथ उठाने की?'

हवा में नारे, लाठियाँ और घूँसे लहरा रहे थे।

चमचम चाचा कुछ समझ नहीं पाए; पर रतन डैडी ने एक पल में भाँप लिया कि जहर की जड़ कहीं और है। उन्होंने आव देखा न ताव, चमचम चाचा का हाथ पकड़कर सीधे समागम शास्त्री की बैठक में घुस गए। तब तक चमचम चाचा समझ ही नहीं पाए कि माजरा क्या है।

भीड़ समागम शास्त्री के घर को घेरकर खड़ी थी। आसमान अफवाहों से ठस्स था। पूरी बस्ती चमचम गली की तरफ मुड़ रही थी।

'शास्त्रीजी! आप इस कमीने को बाहर निकाल दो, इसको शरण मत दो। आज इस पार या उस पार हो ही जाए।' लगा कि धरती चमचम चाचा के खून से तो लाल हो या नहीं हो, पर आज हर गली में किसी-न-किसी का खून जरूर बह चलेगा। हल्ला उठा, 'डालो घासलेट, लगा दो आग! निकालो।'

तब तक चमचम चाचा ने मन-ही-मन मान लिया कि बस अब मरना ही है। गलियों से निकलकर चमचम चाचा के धर्मवाले भी वहाँ जुटने लगे। हाथ जोड़कर चमचम चाचा दरवाजे पर आए। जोर से बोले, 'जान लेना हो तो आपके सामने एक-दो नहीं, हम इक्कीस लोग अपनी जान लेकर हाजिर हैं। एक तो मैं, मेरी दो बीवियाँ और अठारह मेरे बच्चे। इस गाँव और इस मिट्टी से हम सबका तन-बदन और मन बना है। पहले मेरा कसूर बताओ। सच होगा तो मैं 'हाँ' कर लूँगा और दंड-सजा भुगत लूँगा। मेरी गलती नहीं हुई तो सब लाठीवालों को माफ कर दूँगा।'

शास्त्रीजी और डैडी जैसे दो-चार बाहोश लोग और बीच में पड़े। पुलिस पहुँची, जैसे कोई इजलास शुरू हुआ हो।

'तूने इस बच्चे को झापड़ मारा?' भीड़ में कई लोग एक साथ चिल्लाए।

दस-पाँच लोगों ने उस हक्के-बक्के बच्चे को आगे सरकाते हुए चमचम चाचा के आस-पास घेरा कसने की कोशिश की।

भीड़ में एक क्षण के लिए सन्नाटा छा गया। चमचम चाचा ने बच्चे को गौर से देखते हुए कहा, 'हाँ भैया! मैंने इस बच्चे को झापड़ मारा।'

'क्यों मारा? क्या यह तेरे बाप का है?'

हैरान होते हुए चमचम चाचा ने शास्त्रीजी से पूछा, 'महाराज, आप ही बताओ, क्या मेरा एक बेटा दूसरे बेटे को मारे और मुझ तक शिकायत आए तो मुझे इतना हक नहीं है कि मैं अपने बच्चे को एक चाँटा रसीद कर सकूँ?'

'पर यह बच्चा तेरा नहीं है।' कुछ लोग चिल्लाए।

'कौन कहता है, यह बच्चा मेरा नहीं है? अगर यह खिदमत का नहीं तो डॉलर का होगा और अगर डॉलर का नहीं तो खिदमत का होगा। है मेरा ही बच्चा।'

भीड़ में दोनों चाचियाँ भी खड़ी थीं। माथा ठोका खिदमत बी ने, 'हाय अल्लाह! तुम तो अपने बच्चों को पहचानते भी नहीं। यह बच्चा न मेरा है, न डॉलर का।'

'फिर किसका है?'

'यह बच्चा भवानीराम का है।'

भीड़ में चमचम चाचा ने भवानीराम को ढूँढ़ने की कोशिश की। आवाज देकर चाचा बोले, 'भवानीराम दादा! मैं खड़ा हूँ सामने। जो भी सजा देना हो, दे दो।'

तीन-चार लोग चिल्लाए, 'भवानीराम बेचारा खेत में है, बच्चे की माँ तालाब पर नहाने गई है! तूने इसे बिना माँ-बाप का समझकर झापड़ जड़ दिया?'

चमचम चाचा हाथ जोड़कर रतन डैडी को गवाह बनाते हुए बोले, 'रतन सेठ! तू मेरा यार है। मैं अल्लाह को गवाह मानकर कहता हूँ कि हाँ, मैंने इस बच्चे को झापड़ मारा है। पर शास्त्रीजी! कसम खुदा की, मैं अभी तक यही समझ रहा था कि यह मेरा अपना बच्चा है। मैंने अपनी औलाद समझकर हाथ उठा लिया है। मुझे पता होता कि यह मेरा अपना बच्चा नहीं है तो भला मैं···'

भीड़ की कसावट कम होने लगी। घेरा पतला पड़ने लगा। लोग एक-दूसरे को कनखियों से देखकर इधर-उधर होने लगे। पुलिसवालों ने कुछ लोगों को डाँटा, 'चलो, दफा हो जाओ यहाँ से! बात, न बात का नाम, बच्चों की लड़ाई में···' लोग बिखरने लगे।

रतन डैडी अपनी मस्ती भूल गए, चिंता में पड़ गए। शास्त्रीजी कुछ समझ ही नहीं पा रहे थे। बच्चे खेल-कूद में मगन हो गए। चमचम चाचा बहुत उदास और करीब-करीब रुआँसे होकर शास्त्रीजी के घर से बाहर निकले। गली का वातावरण बोझिल-सा हो गया। लगता था, कोई अनहोनी मँडरा रही है।

अकेली कस्तूरी बुआ की आवाज थी, जो सुनाई पड़ रही थी, 'जाओ रे जाओ, अपना-अपना काम देखो। आज मेरी चमचम गली को नजर लग गई है किसी काली नजरवाले की। राम-राम! ऐसा इस गली में आज तक नहीं हुआ। भगवान् जाने, कहाँ-कहाँ से लोग आ जाते हैं लाठियाँ ले-लेकर लड़ने।'

चमचम चाचा तब से आज तक रतन डैडी से एकदम निश्छल सवाल करते हैं, 'यार सेठ! तू ही बता, उस दिन मेरा ऐसा कौन सा कसूर था, जो···'

गली के मोड़ पर ही बच्चों का हुजूम उनको घेर लेता है। नारे लगने लगते हैं—

'चमचम गली जिंदाबाद! हमारा चाचा चमचम चाचा!'

इन दिनों चमचम चाचा इन नारों के प्रति एकदम विरक्त, एकदम निर्विकार, एकदम उत्साहहीन हो चले हैं। अब तो कस्तूरी बुआ भी चमचम चाचा को समझ नहीं पा रही है, समागम शास्त्री की भला क्या बिसात! वे आज तक पता नहीं लगा पा रहे हैं कि उस दिन झगड़ा करनेवाले लोग कहाँ से आ गए थे। चमचम गली के लोग तो वे थे नहीं।

□

रामकन्या

साक्षात् भगवान् राम भी इस गली की रामकन्या से पूरा नहीं पटक सकते। एक तो ब्राह्मण की बेटी, दूसरे फिर ब्राह्मण की धर्मपत्नी, तीसरे नाम भी रामकन्या, चौथे तन से साँवली—साँवली क्या, करीब-करीब मेघवर्णी—और पाँचवें मन से एकदम पूनम की चाँदनी। दूध की धोई। बात करने बैठ जाए तो आपकी हाँ में हाँ इस तरह करती चली जाएगी कि अंतत: आप उसकी हाँ में हाँ करने लग जाएँगे। जब उठेगी तो आप उसके साथ होंगे, वो आपके साथ नहीं होगी। रामकन्या को कई बातों पर गर्व है। वो खुद भी कहती है कि 'हाँ! जो मन हो वो आप मानो; पर मैं उस जमाने की 'मीडल' पास हूँ जिस जमाने की मीडल के आगे आज के बी.ए.-एम.ए. पानी भरते हैं। हाँ साहब, मेरा रंग इतना साफ नहीं है। इसमें मेरा क्या कसूर ? हजार मेरी माँ का रंग गोरा था, लेकिन अब अपने बाप का क्या करूँ ? पिताजी साँवले थे, रामकन्या भी साँवली हो गई। पर माँ-बाप ने नाम सोच-समझकर ही रखा। नाम रखा रामकन्या। अब रामजी कौन से गोरे थे! वे तो मुझसे भी ज्यादा साँवले थे। साँवले ही क्या, वे तो बादलों के रंगवाले थे। सीता माता गोरी थीं या नहीं ? अब किस शास्त्र में लिखा है कि रामजी और सीताजी के दोनों बेटे किस रंग के थे! साँवला-गोरा सब चलता है। कोई माँ को जाता है, कोई बाप को।' और रामकन्या रंग से सीधे रूप पर आ जाती है, 'देख लो मेरा रूप, नाक-नक्श ठीक है या नहीं ? मैं कोई बादलों में बैठी बिजली तो हूँ

नहीं, लेकिन आज भी पूजा-पाठ के बाद जब तुलसी माता को पानी चढ़ाने अपने चबूतरे पर जाती हूँ तो वो…' और यह कहते-कहते रामकन्या खुद ही लजाकर अपना पल्लू मुँह में ठूस लेती। उसके गहरे साँवले गालों पर माँग का कुंकुम उभर आता। वह आरक्त हो जाती।

रामकन्या का पति तहसील में एक सामान्य कारकून था। गोरा-चिट्टा ब्राह्मण और नाक-नक्श से बिलकुल आर्यन्। रामकन्या के गरूर का एक कारण यह भी था। मन की दूधिया रामकन्या एक तो कभी मिडिल को मिडिल नहीं बोल पाई और दूसरे, बीसवीं सदी के जाते-जाते भी उसे यकीन नहीं हो पाया कि आदमी चाँद पर पहुँच गया है और आदमी की गाड़ियाँ मंगल पर उतर गई हैं। 'मिडिल' को रामकन्या 'मीडल' बोलती थी और अपने 'मीडल' पर उसे बहुत गर्व था।

मुहल्ले में हर दोपहर आज इसके यहाँ तो कल उसके यहाँ महिलाओं की बैठकें होती रहती हैं। रामकन्या उन बैठकों में पहले ही क्षण बातचीत का सिरा अपने हाथ में ले लेती। औरतों को तो बात से मतलब। ये करे या वो करे। किसे फर्क पड़ता है। बस, रामकन्या पूछ बैठती, 'अब इन गपोड़ियों को कौन कहे कि चाँद पर पाँव रखने की गप मत लगाओ। इनके लोक और परलोक दोनों बिगड़ जाएँगे। अब किसी ने नरक में जाने की हठ ही पकड़ ली तो रामकन्या क्या करे!' इन बैठकों में पढ़ी-लिखी लड़कियाँ भी होतीं। साइंस पढ़नेवाली छात्राएँ भी होतीं। वे खिलखिलाकर हँस पड़तीं। रामकन्या उनकी तरफ मुड़ती, 'फी-फी क्या कर रही हो? शादी के बाद करवाचौथ करनी है या नहीं? छठ का व्रत रखना है या नहीं? चाँद को देखे बिना काम चलेगा नहीं। दो-चार गप्पियों ने गप मार दी और तुमने मान भी ली।'

लड़कियाँ रामकन्या को छेड़तीं। पूछतीं, 'आंटी! आप अपनी बहू गोरी लाएँगी या काली?'

रामकन्या फिर पिल पड़ती, 'देखो भई! ये आंटी-वांटी मुझे मत कहो। काकी कह दो, मौसी कह दो, बुआ कह दो; पर यह 'आंटी' क्या होती है? मेरे मन में कहीं कोई न तो गाँठ है, न कोई आँटी। जिसके मन में कोई आँटी हो, कोई गाँठ हो उसे कहना 'आंटी'।' फिर बहूवाली बात पर आ जाती,

'देखो! मेरा पंडत गोरा, मेरा बेटा गोरा, मेरी बेटी गोरी। अब इतने गोरे परिवार में एक साँवली रामकन्या ही बहुत है। बहू तो मैं चाँदनी ही लाऊँगी। बादल का जमाना खत्म, बिजली का शुरू।' और रामकन्या उन्मुक्त हास्य से कमरे को भर देती।

औरतें भी कम छेड़छाड़ नहीं करतीं। पूछतीं, 'रामकन्या! आपके पंडत काम क्या करते हैं ?'

और इस सवाल को सुनते ही रामकन्या का चेहरा एक अतिरिक्त दर्प से दिपदिपा उठता। अपने मंगलसूत्र के पैंडल को ब्लाउज से बाहर निकालकर लटकाती और जवाब देती, 'मेरे पंडत की मत पूछो। मेरा पंडत तहसील में 'कलेक्टर' है।' इस ओहदे और ऑफिस का बखान रामकन्या जिस शान से करती, उसपर वह खुद ही मुग्ध रह जाती। औरतें जानती थीं कि कलेक्टर तहसील में नहीं होता, पर रामकन्या की हाँ में हाँ भरती औरतें बड़े मजे से मन-ही-मन रस की चुस्कियाँ लेती रहतीं।

आस-पास के मुहल्ले तक में रामकन्या का एक रूप बहुत लोकप्रिय था। किसी के भी यहाँ जरण, मरण, परण, ब्याह, शादी या सगाई, तिलक जैसा कोई भी काम हो, रामकन्या सबसे पहले वहाँ तैयार मिलती। मौत-मरण के लिए रामकन्या ने एक गमछा और एक फटी-गली सी साड़ी अलग ही रख रखी थी। अपने दैनिक भ्रमण में रामकन्या हफ्ते-दो हफ्ते का चार्ट मन-ही-मन बनाए रखती थी कि किसके यहाँ कौन बीमार है और उस आँगन में कब गमछा-साड़ी लेकर जाना पड़ सकता है। बदकिस्मती से कहीं कोई इस तरह का रोना-धोना हो जाता तो ढाढ़स बँधानेवालों में रामकन्या सबसे पहली टुकड़ी में शामिल मिलती। घर का सारा काम हाथ में ले लेती और सारा महिला समाज रामकन्या के भरोसे आश्वस्त हो जाता।

शादी-विवाह के मौकों पर भी इसी तरह का रोल रामकन्या का रहता। पीले चावल और हलदी की डिबिया रामकन्या के यहाँ सबसे पहले इसलिए पहुँच जाती थी कि शादीवाले रामकन्या के सहारे घर का तीन-चौथाई काम हलका कर सकें। उस घर पहुँचते ही रामकन्या पहला काम जो करती वह होता था अपने ही साँवले बदन पर हलदी करना। हलदी का लेप तैयार नहीं

होता तो रामकन्या पहले हलदी का लेप तैयार करती, फिर आस-पासवाली महिलाओं के चेहरों पर उस लेप को जबरदस्ती लगाती और बड़े आराम से अपने हाथ-पाँव और मुँह पर हलदी करने बैठ जाती। बन्ना-बन्नी भी खुद ही गाना शुरू कर देती। इससे भी ज्यादा महत्त्वपूर्ण एक काम और भी था, जिसे रामकन्या अपना जन्मसिद्ध अधिकार मानकर करती। वह काम था 'खोड़्या' निकालना। लड़के की शादी के समय जब दूल्हा बारात लेकर शादी करने चल पड़ता, उसके बाद लगनवाली रात घर-मुहल्ले की औरतें शादी का नकली स्वाँग रचाती हैं—एक महिला दूल्हा बनती, एक दुलहन, शेष महिलाएँ बाराती बनकर, टूटा-फूटा टिन-कनस्तर बजा-बजाकर सारे मुहल्ले में बारात निकलने का स्वाँग किया जाता। रामकन्या इस 'खोड़्या' जुलूस में दूल्हा बनना अपना हक मानती थी। उसके दुपट्टे से गठबंधन बाँधे नकली दुलहन पीछे-पीछे रोने का नाटक करती हुई रोती चल रही है, माथे पर मोड़ बाँधे, कंधे पर खपच्ची की तलवार धरे, मर्दानी धोती पहने, लंबे कोट कुरते पर अच्छे से बूट पहनकर पान चबाती आगे-आगे चलती रामकन्या सारे मुहल्ले के एक-एक मरद को लाख-लाख टके की गालियाँ देती। यहाँ से वहाँ तक जुलूस लेकर घूमती। और लड़के के घर वापस पहुँचते ही अपनी नकली दुलहन को लेकर सुहागरात के लिए कमरे में बंद हो जाती। बाहर कनस्तर पिटता रहता, भीतर से तरह-तरह की आवाजें आती रहतीं। और विजयी मुद्रा में रामकन्या जब कमरे से बाहर निकलती तो सारा मुहल्ला तालियों-गालियों और अजीब-अजीब तरह की फब्तियों से भर जाता। कनस्तर की आवाजें और भी तेज हो जातीं। दुलहन भीतर से ही फूला हुआ पेट लेकर निकलती—और बाहर सोहर के गीत शुरू हो जाते। किसी औरत को दाई बनाया जाता। बच्चा होता। नाल काटी जाती। और पूछा जाता कि लड़का है या लड़की? रंग कैसा है? माँ पर गया या बाप पर? हवा में एक जुमला उछलता कि 'ये तो पड़ोसी पर गया है।' और बस, रामकन्या वहीं अपनी साड़ी खोलती। उसमें बल देकर उसका सोंटा बनाती और फिर एक-एक की पीठ पर सटासट सोंटे पड़ने शुरू हो जाते। रात का तीसरा पहर इसी तरह बीत जाता। रामकन्या थी ही पूरे मुहल्ले की रौनक।

लोगों को लगता था कि रामकन्या का उदासी और आँसुओं से कोई लगाव नहीं है। उसे मुँह लटकाए आज तक किसी ने नहीं देखा। टूथपेस्ट वालों की नजर नहीं पड़ी, वरना रामकन्या के मोती जैसे दाँतों और हँसते-खिलखिलाते चेहरे को वे अपने विज्ञापनों में आराम से काम में ले सकते थे। लेकिन उनका दिल्ली-मुंबई से मोह छूटे, तब न! रामकन्या को किसी ने यह कह दिया तो वह बहुत गंभीर हो गई। फिर कह बैठी, 'मेरा फोटू कोई छाप तो दे अखबार में! उस अखबारवाले की जिंदगी ठीक करके नहीं बता दूँ तो मेरा नाम रामकन्या नहीं। फोटू छपे किसी ऐसी-वैसी का, मेरा भला क्यों छपे!' रामकन्या कभी भी नहीं मान सकी कि अखबारों में भली औरतों के भी फोटो छपते हैं।

पिछले अठारह-बीस बरसों से रामकन्या ने इस मुहल्ले को यह रौनक बख्श रखी है। वह खुद भी नहीं जानती है कि उसके कारण यह मुहल्ला कितना सजीव है! बीमारों की तीमारदारी और लोगों के सुख-दुःख में रामकन्या अपना सुख-दुःख, अपनी बीमारी भूलकर लगी रहती है।

आज पंडत कचहरी से लौटे तो जरा ज्यादा ही खुश थे। रामकन्या मुहल्ले में किसी घर में अपराह्नवाली बैठक में चहक रही थी। अनायास घर से बुलावा आ गया। अपनी बात अधूरी छोड़कर रामकन्या घर की तरफ भागी। घर पहुँची तो पंडत ने खुशखबरी दी। बताया कि उनका 'प्रमोशन' हो गया है। रामकन्या पहले तो 'प्रमोशन' का मतलब ही नहीं समझी। जब उसे समझाया गया कि पंडत की तरक्की हो गई है और अब तनख्वाह का पैसा बढ़ जाएगा, कुछ पुराना पैसा भी मिल जाएगा, तो रामकन्या ने माथे पर पल्ला ठीक से लेकर कमरे में रखी देवमूर्तियों के सामने दीपक जलाया। सुहाग बिंदिया पर कुंकुम नए सिरे से लगाया, शीशे में मुँह देखा और पंडत का मुँह मीठा कराने के लिए आगे बढ़ी।

पंडत ने कहा, 'प्रमोशन तो हो गया, लेकिन साथ ही अपना तबादला भी हो गया है। जिले की दूसरी तहसील में जाकर नौकरी करनी होगी। वहाँ जगह खाली है। यहाँ पोस्ट खाली नहीं है।'

रामकन्या मुँह बाए देखती रह गई। 'क्या कहा? हमें यह गाँव, यह

मुहल्ला छोड़कर कहीं और अपनी गिरस्ती बसानी पड़ेगी?'

'हाँ रामू!' पंडत का चिंतित उत्तर था।

'मैं मर जाऊँगी, पर यह मुहल्ला नहीं छोड़ूँगी। आपको जाना हो तो जाओ। फाड़कर फेंक दो इस कागज को। किसने माँगा था राज कचहरी से यह परवाना? क्या होता है यह परमोसन? रामकन्या यहीं जिएगी, यहीं मरेगी।'

पंडत को लगा कि रामकन्या फूट-फूटकर रोने लग जाएगी। वह दहाड़ मार बैठेगी। पंडत ने घबराकर दरवाजा बंद कर लिया। रामकन्या ने बंद होते दरवाजे को एक झटके के साथ खोल दिया। रोते-रोते वह बाहर निकली। अपनी अधूरी छोड़ी बैठक में शामिल होने के लिए रास्ते में आ गई। पंडत ने रामकन्या को आवाज देने की कोशिश की; लेकिन वह भला कहाँ ठहरनेवाली थी! उसने पूरी ताकत से कहा, 'नहीं जाऊँगी! नहीं जाऊँगी!! नहीं जाऊँगी!!! आपको जाना हो तो जाओ।'

□

हरियाणा की एक लोककथा पर आधारित

तेल का खेल

एक गाँव था। उसमें रहता था एक अधेड़ 'मीरासी'। घर में पूरे पाँच बच्चे। घर के पिछवाड़ेवाले बाड़े में बँधी थी एक घोड़ी। घोड़ी का ध्यान रखती थी मीरासी की घरवाली। घोड़ी और घरवाली के बीच लगी हुई थी होड़। होड़ थी 'ग्याभिन' रहने की। बाड़े में घोड़ी ग्याभिन और घर में घरवाली ग्याभिन। यह बात अलग है कि मीरासन छठी बार ग्याभिन थी और घोड़ी दूसरी बार। मीरासी का नाम तो था गुलाब, पर वह जाना जाता था 'गुल्या' के नाम से। गाँववालों ने मीरासन का नाम अपने आप रख लिया था—'गुल्ली'। सब उसे 'गुल्ली भाभी' ही कहते थे। मीरासी के पाँचों बच्चों के नामों से आपको क्या लेना-देना! अपनी तरफ से कुछ भी रख लो।

अब ये 'गाँव' क्या होता है और 'मीरासी' कौन लोग होते हैं—यह किसी जूने पुराने आदमी से पूछो। शहरवालों ने न तो देखे गाँव और न देखे मीरासी। वे क्या जानें कि 'मीरासी' लोग क्या करते हैं, कैसे होते हैं, किस तरह खाते-कमाते हैं। खाली लिखने-पढ़ने से ही देश और देशी नहीं जाने जाते। उन्हें पहचानना तो बहुत दूर की बात है। खैर।

अपने इस गुल्या मीरासी के मुँह में थे पूरे बत्तीस दाँत। कहते हैं कि बत्तीस दाँतोंवाला जो भी बोलता है, वही सच हो जाता है। रहा सवाल मीरासी की उम्र का, सो आप अंदाज लगा लें कि पाँच बच्चों की माँ और छठी बार ग्याभिन लुगाई की उम्र कितनी होगी। इसका आँकड़ा समझ में आ

जाए तो उसमें पाँच और जोड़ लो। यह हुई मीरासी की उम्र।

अब एक चक्कर और है। वह है 'ग्याभिन' लफ्ज का। बाल-बच्चा जिस लुगाई के पेट में हो और होने वाला हो उसे 'ग्याभिन' कहते हैं। इस हिसाब से गुल्या की गुल्ली और घोड़ी—दोनों को बाल-बच्चा होने वाला था।

'गुल्या' के घर में दो 'जापा' होने वाले थे—एक गुल्ली के और दूसरा घोड़ी के। अब यह 'जापा' भी आपको कोई दाई-माई-नरस बाई समझा देगी। 'जापा' यानी बाल-बच्चा हो जाना। चलिए, बात आगे चले।

बात माँडकर कहने का घाटा यह हो रहा है कि अभी तक गुल्या की घोड़ी का नाम ही सामने नहीं आया। तो साहब! गुल्या की घोड़ी का नाम था 'तूती'। तूती जब-तब तबीयत से हिनहिनाती थी। पूरा गाँव सुन लेता था कि गुल्या की तूती बोल रही है।

अपना गुजारा चलाने के लिए गुल्या आस-पास के गाँव-गोठड़े करता। अब यह 'गाँव गोठड़े' करना क्या होता है? कौन समझाए? कैसे समझाए? गाँव-गाँव जाना और गोठ-गोठड़े चीज-वस्तु बेचना, अदला-बदली करना और घर-गिरस्ती चलाना कहलाता है गाँव-गोठड़े करना। सो गुल्या जब भी गाँव-गोठड़े जाता तो उसके पास बेचने या लेने-देने की कोई चीज या वस्तु तो होती नहीं थी, अपना खानदानी काम 'मसखरी' करता और गाँव-ठाण को खुश करके जो भी धान-चून पा जाता उसी से अपना गुजर-बसर करता। धान-चून कहते हैं अनाज-आटे को।

उन दिनों गुल्या परेशान था। माथे पर दो जापे और तूती समेत आठ जीवों को पालना और नौवें के आने की सूचना। यह तो भला हो तूती का, जो उसने पहले ही जापे में 'खूबसूरत' बछेड़ा दे दिया था। उसे बेचकर गुल्या ने बीते साल छह महीने ठीक-ठाक निकाल लिये थे। पर इस बार गुल्या थोड़ा ज्यादा ही तकलीफ में था। रास्ता एक ही था कि अपना सारंगी-चिकारा लेकर गाँव-गोठड़े करने निकल जाए। लो, फिर यह 'सारंगी-चिकारा' बीच में खड़ा हो गया। 'सारंगी' सभी जानते हैं। अपने देश का बहुत पुराना तारदार बाजा, जो घोड़े की पूँछ के बालों से बनाए गज से बजाई जाती है। 'चिकारा' होता है सारंगी का बच्चा, यानी कच्ची-पक्की सारंगी। मतलब समझ में आ

गया होगा कि गुल्या गाने-बजानेवाला मसखरा मीरासी था। कुल मिलाकर मसखरे ही होते हैं मीरासी। लेकिन गाँव-देहात में कलाकार तक कहला सकते हैं।

सो ज्यों ही गुल्या ने गाँव-गोठड़े के लिए तूती की पीठ पर जीन कसने की तैयारी करी कि गुल्ली सामने खड़ी हो गई। गुल्या को समझाते हुए बोली, 'मेरे धणी! अपनी तूती ग्याभिन है। ग्याभिन पर सवारी नहीं करते। यह ऊपरवाले का कायदा है। सवारी करेगा तो तूती 'तू' जाएगी और अघट घट सकता है। जच्चा-बच्चा दोनों मर जाएँगे। गूँगे जीव की बद्दुआ से अपना गुलशन उजड़ जाएगा। तू रहने दे। तूती को मैं सँभाल लूँगी। तू अपने साज-बाज लेकर पगोपग ही गाँव-गोठड़ा कर आ। मेरे जापे में अभी ढील है, पर तूती तो···'

अब यह 'तू जाना' भी समझाना पड़ेगा। 'तू जाना' कहते हैं अधूरा गर्भ गिर जाना। पीड़ा उतनी की उतनी। हाथ पल्ले कुछ नहीं। हो सकता है, जच्चा-बच्चा में से कोई एक या दोनों मर जाएँ। बच्चा तो मरा हुआ होता ही है; लेकिन मरद की लुगाई के लिए 'तू जाना' लागू नहीं होता। 'तू जाना' लागू होता है जानवरों पर। गाय, भैंस, घोड़ी, बकरी और ऐसे ही चार पगे जानवर।

गुल्या ने गुल्ली को भरोसा दिलाया कि वो तूती पर सवारी नहीं करेगा, पगोपग जाएगा। तूती को साथ ले जाना इसलिए जरूरी है कि इसका जापा जहाँ भी होगा, वहाँ के रेवासी-निवासी इस जापे का खर्चा उठा लेंगे। एक बोझ कम हो जाएगा। और अपना सारंगी-चिकारा लटकाकर चल पड़ा। जब तक गुल्या और तूती आँखों से ओझल नहीं हो गए तब तक गुल्ली और उसके कच्चे-बच्चे उसे देखते रहे। वे लोग सोच रहे थे कि हमेशा की तरह गुल्या एक बार पीछे देखेगा और हवा में हाथ लहराकर मन की मिठास लेगा-देगा; लेकिन आज गुल्या ने वैसा नहीं किया। वह गुल्ली की इस बात पर पहले तो मन-ही-मन झेंपा और फिर झल्लाता रहा कि आखिर क्या समझकर गुल्ली ने कहा कि 'ग्याभिन पर सवारी नहीं करते।' आखिर बच्चों ने क्या सोचा होगा? क्या वह इतना भी नहीं जानता है कि 'ग्याभिन पर

सवारी नहीं की जाती है?' गुल्या चला जा रहा था—कुछ झेंपता, कुछ झल्लाता।

अब हुआ तेल का खेल शुरू।

चलते-चलते गुल्या एक गाँव में पहुँचा। सारा सफर उसने पगोपग ही किया। उसे तूती का पूरा ध्यान था। मन-ही-मन वह तूती से एक मजबूत कद-काठी के बछेड़े का गढ़ा गूँथ रहा था। हिसाब लगा रहा था। रंग और कनौती का अंदाज लगाकर खुश हो रहा था।

गुल्या के लिए यह गाँव नया नहीं था। लोगों ने उसे पहचान लिया। 'मीरासी आया! मीरासी आया!' जैसे जुमलों से उसका स्वागत हुआ। जानकार लोगों ने जान लिया कि उसकी घोड़ी ग्याभिन है। लोगों ने उलाहना दिया कि इस बार उसने आने में इतनी देरी क्यों की? उसकी मसखरियाँ और चिकारे पर गाए गीत सुने कितने दिन हो गए!

समझदारों ने उसकी घोड़ी के जापे का अंदाज करके गाँव के एक तेली के बाड़े में उसे ठहरा दिया।

गाँव में पहला दिन गुल्या ने लोग-लुगाइयों का खूब मन लगाया। पूरा गाँव खिलखिलाहटों से भर गया। तेली और तेलिन ने उसके खाने-पीने की व्यवस्था की। घोड़ी का दाना-दूनी किया। कुछ धान-चून मिला। गुल्या ने पोटली बाँधी और सिरहाने रखकर सो गया।

तेली के बाड़े में मीरासी की यह दूसरी रात थी।

आधी रात के आस-पास तूती हिनहिनाई। कुछ दूसरी तरह की आवाजें करते हुए उसने एक बछेड़े को जन्म दिया। तेलिन बाई ने जापे की सारी व्यवस्था कर दी। तूती ने बछेड़े को चाटा, लाड़ किया, प्यार लुटाया। गुल्या ने तारों भरे आसमान का शुक्रिया अदा किया कि ऊपरवाले ने फिर से बछेड़ा ही दिया है। मन-ही-मन गुल्या का गणित तेज हो गया।

सवेरा हुआ। गाँव में खबर फैल गई कि रात में तूती के जापा हो गया है। तेली के यहाँ लोग आ-आकर मीरासी से मसखरी करने लगे। उधर तेली ने बछेड़े को देखा। उसका धरम सो गया, ईमान अस्त हो गया। दो दिनों की खातिरदारी और तूती के जापे का खर्च। जोड़ते-घटाते तेली ने बछेड़े को फिर

देखा। इधर गुल्या ने तूती पर जीन कसी, सारंगी-चिकारा लटकाया, पोटली पीठ पर बाँधी और बछेड़े को उठाकर तूती की पीठ पर टिकाने की कोशिश की। और···बस···तेली सामने खड़ा हो गया। उसने कहा, 'मीरासी! खबरदार है जो तूने बछेड़े को हाथ लगाया। बछेड़े को बाड़े में छोड़, अपनी घोड़ी सँभाल। लगाम खींच और चलता बन। बछेड़ा तेरा नहीं, मेरा है।'

गुल्या हक्का-बक्का रह गया। थोड़ा हकदारी से बोला, 'बछेड़ा तेरा कैसे है? मेरी घोड़ी ने जना है, बछेड़ा मेरा है। कैसे छोड़ दूँ?'

आस-पास के लोग इकट्ठे हो गए। मसला यह था कि 'बछेड़ा किसका है? तेली का है कि मीरासी का? मीरासी कहता था—मेरा है और तेली कहता—मेरा है। तेली ने कहा, 'अपना रास्ता नाप। लंबा हो। बछेड़ा मेरा है। बड़ा आया हकदारी जतानेवाला।'

मीरासी ने पूछा, 'तेरे यहाँ कौन सी घोड़ी है, जिसने बछेड़ा दे दिया? तूती मेरी घोड़ी है।'

तेली ने कहा, 'बड़ा हल्ला कर रखा है घोड़ी-घोड़ी, तूती-तूती। सुन! यह बछेड़ा तेरी घोड़ी ने नहीं जना है, यह बछेड़ा मेरी 'घाणी' से पैदा हुआ है। ये जो मेरा कोल्हू है ना, यह उसी का बेटा है। चल! लंबा बन।'

मीरासी के होश उड़ गए। तेली की घाणी लकड़ी की। न उसमें जान, न उसमें जनने की कोई गुंजाइश। कोल्हू की कोई कोख नहीं, घाणी का कोई खाविंद नहीं···गुल्या हैरत में पड़ गया। उसे जमीन-आसमान घूमते लगे। घबराकर बोला, 'मैं पंचायत करवाऊँगा।'

'शौक से करवा ले।' तेली का जवाब था।

भूखा-प्यासा, अबराया-घबराया मीरासी घर-घर गया। पंचायत के खर्चे की जिम्मेदारी ली। गाँव की चौपाल पर पंचायत बैठी। पंचों ने मीरासी को दूर के एक पेड़ की छाँव में बैठने का हुक्म दिया। गुल्या ने घोड़ी को पेड़ से बाँधा और पंचों के न्याय की उम्मीद में टकटकी बाँधकर बैठ गया।

पंचों ने विचार किया। विचार के पहले ही लमहे में पंचों का धरम सो गया, ईमान अस्त हो गया। सयानों ने तेली की पंचों की सेवा को याद किया, 'देखो भाई! तेली आखिर अपना तेली है। वार-त्योहार, होली-दीवाली पंचों

को तेल मुफ्त देता है, मंदिर की अखंड जोत की व्यवस्था करता है। कल फिर त्योहार आने वाले हैं। जो भी तेल खरीदने की हिम्मत करे, वो फैसला तेली के खिलाफ दे। मीरासी आखिर मीरासी है। न अपना, न अपने गाँव का। बछेड़ा पैदा हुआ तो जापा तेलिन ने करवाया। चौबीस घंटे उसने खर्चा किया। न्याय की बात ये है कि बछेड़ा तेली को मिलना चाहिए। बुलाओ दोनों को।'

तभी किसी ने सवाल उठा दिया, 'भई! मीरासी पूछ सकता है कि घाणी कैसे ग्याभिन हुई ?'

सवाल गंभीर था। सोच-सोचकर यह तय हुआ कि इस सवाल का जवाब तेली ही दे सकेगा। उसने कुछ सोच रखा होगा। जो भी हो, बछेड़ा तेली को ही देना जरूरी है, वरना गाँव के धन की नाक कट जाएगी।

पंचों ने दोनों को बुलाया। मीरासी हाथ जोड़े खड़ा था। तेली पंचों के बीच में जाकर बैठ गया। पंचों ने मीरासी से कहा, 'भई! हम फैसला सुनाएँ, इससे पहले तुझे कुछ पूछना हो तो पूछ ले।'

'पंचो! आखिर लकड़ी की घाणी के 'ग्याभ' किसका रहा ?' मीरासी का सवाल था।

'बोल भई तेली! क्या जवाब है ?' एक पंच ने पूछा।

'हे भगवान्! अब यह भी मुझे बताना पड़ेगा। मेरी घाणी के रात-दिन फेरे लेनेवाला बैल इस मीरासी को नजर नहीं आता ?'

मीरासी चीख मारकर रो पड़ा। पंचों में खुसुर-फुसुर मच गई। आखिर तेली के पास जवाब निकल ही आया। मीरासी ने चीख मारकर तेली से कहा, 'घाणी तेरी माँ है, तुझे पालती है। बैल तेरा अन्नदाता है। वह गाय का बेटा है। तू दोनों पर कलंक लगा रहा है। पंचो! मेरा इनसाफ कर दो। मैं आपसे न्याय चाहता हूँ। बैल और लकड़ी की बेजान घाणी के संजोग से घोड़ा कैसे पैदा हो सकता है ? ऊपरवाला क्या सोच रहा होगा! दुनिया जानती है कि पंच परमेसर होते हैं। मेरा इनसाफ करो माई-बाप!'

सयाने पंचों से 'परमेसर' दूर हो गया। ईमान उगा नहीं, धरम जागा नहीं। घुटना पेट की तरफ मुड़ा। सभी की तरफ से एक पंच बोला, 'देख भई

मीरासी! बछेड़ा तेरा नहीं, तेली का ही है। हर साल तेली की घाणी ऐसा एक बछेड़ा जनमती है। ग्याभ इसके बैल का ही रहता है। तू अपनी घोड़ी लेकर गाँव से चल पड़। जय रामजी की।' और पंचायत उठ गई।

इनसाफ से उदास, निराश, हताश गुल्या अपनी तूती की लगाम थामकर चल पड़ा। उसने रास्ता बदला। एक बार फिर तेली के घर के सामने आकर खड़ा हो गया। तूती अपने बच्चे के लिए हिनहिनाई। गुल्या ने तूती को पुचकारा-सहलाया, समझाया, चुप किया। तेलिन दरवाजे पर खड़ी थी। बैल घाणी का चक्कर लगा रहा था। तेली घाणी से निकलते तेल को देख रहा था। गाँव के दस-बीस बच्चे मीरासी का मखौल उड़ा रहे थे। बाड़े में तूती का बछेड़ा धीमे-धीमे हिनहिनाने की कोशिश कर रहा था। मीरासी की आँखों में आँसू आ गए। उसने तेलिन से कहा, 'तेलिन काकी! मैंने दो दिन तेरा नमक खाया है। तूने मेरी तूती का जापा करवाया है। मेरे मुँह में पूरे बत्तीस दाँत हैं। जो भी बोलता हूँ, वह सच हो जाता है। तेरा तेली, तेरे पंच तूती और उसके बेटे का बिछड़ा करवा रहे हैं। तू खुद माँ है। इस दरद को समझकर भी चुप है। मैं न तेरा बुरा चाहता हूँ, न तेरे घर-परिवार का अहेत। पर मैं तेरी घाणी माता और बैल बापू से यही कहकर जा रहा हूँ कि आज घाणी और बैल के चाल-चलन पर तेरे घरवाले ने धब्बा लगाया है। घाणी की इज्जत और बैल की आबरू का पानी उतार दिया है। मैं पंद्रह दिनों के बाद वापस इधर से निकलूँगा। मेरा इनसाफ अब ये बैल करेगा। गऊ का जाया मुझे न्याय देगा। ऊपरवाला गरीब का गरीब नवाज है। 'तेल का खेल' वही खत्म करेगा। मैं अपना धन छोड़कर जा रहा हूँ। मेरी तूती के बेटे का ध्यान रखना।' और लंबी साँस छोड़कर मीरासी अपनी तूती की लगाम पकड़े चल पड़ा। तूती ने बार-बार मुड़-मुड़कर अपने बछेड़े को आवाज दी, हिनहिनाई; लेकिन गुल्या ने लगाम खींचकर उसे अपने रास्ते लगा लिया। तेली ने उस शाम को पंचों को ताजा तेल दिया। गाँव में मुफ्त के तेल की नई दीवाली हो गई।

घाणी बंद करके तेली बाड़े में गया। बछेड़े को नई नजर से देखा और हँसकर घर में आ गया। वह पंचों के इनसाफ पर खूब हँसा।

सवेरा हुआ। अपने चबूतरे पर बैठकर तेली जोर-जोर से रोने लगा।

गाँववाले इकट्ठा हो गए। तेली से बोले, 'रोए तो मीरासी। तुझे तो कीमती बछेड़ा मिल गया। तू क्यों रोता है? जिसका धन गया, वह तो किसी गाँव में सारंगी-चिकारे पर गा रहा होगा, मसखरी कर रहा होगा। तुझे क्या हो गया?'

तेली का उत्तर बहुत चिंता भरा था। कहने लगा, 'तुम लोग थे तो मेरा न्याय हो गया। जब तुम लोग मर जाओगे तो मेरे लिए ऐसा न्याय कौन करेगा?'

बात सच थी। सिर खुजाते हुए एक पंच बोला, 'मरेगा तो तू भी। लेकिन तेरे बाल-बच्चे अगर इसी तरह तेल देते रहेंगे तो हमारे बाल-बच्चे भी इसी तरह का इनसाफ करते रहेंगे। तू तो फोकट के तेल की खातरी दे दे। मीरासी मरते रहेंगे, घोड़ियाँ जनती रहेंगी। बछेड़े तेरे ही रहेंगे।'

तेली ने पंचों को नए सिरे से धन्यवाद दिया।

लेकिन ऊपरवाले का इनसाफ बाकी था। वह अब शुरू हुआ। अपने पर लगे कलंक के कारण तेली के बैल ने अन्न-जल छोड़ दिया। घाणी के फेरे बंद हो गए। उसपर फफूँद जम गई। घाणी पर फफूँद तेली के लिए सबसे बड़ा अपशकुन था। तेलिन घबरा गई। जानवरों के डॉक्टरों ने देखा। देशी इलाज किया; लेकिन बैल बापू ने अन्न-जल नहीं लिया, सो नहीं लिया। अपनी इज्जत के नाम पर बैल अपनी जान पर खेल गया। पाँच-छह दिनों के अनशन के नतीजे में तेली का छह हजार रुपयों का बैल मर गया। घाणी ठप हो गई। ऊपरवाले के इनसाफ पर पंचों का सिर झुक गया। तेलिन ने माथा पीट लिया।

कोई पंद्रह दिनों बाद मीरासी वापस इस गाँव में आया। अपने आपको मीरासी का अपराधी माननेवाला गाँव सन्नाटे में डूब गया।

मीरासी तेली के घर के सामने पहुँचा। जगह को पहचानते ही तूती जोर से हिनहिनाई। बाड़े में बँधा तूती का बछेड़ा पंद्रह दिनों का हो गया था। माँ की पुकार सुनते ही वह भी हिनहिनाया और एक झटके में खूँटा उखाड़कर दौड़ता हुआ बाहर आ गया। न बाड़ा रोक पाया, न बागड़ काम आ सकी। तूती बावली हो गई। दोनों माँ-बेटे सचमुच 'तुरंग' हो गए। अब इस 'तुरंग' शब्द का अर्थ आप किसी शब्दकोश में देखिए।

दरवाजे पर खड़ी तेलिन रो रही थी। मीरासी मगन था। लोग आस-पास की चबूतरियों पर बैठे सारा कुछ देख रहे थे। मीरासी को बताया गया कि तेली को यह खेल बहुत महँगा पड़ा। छह हजार का बैल गया। दस हजार से कम का नया बैल आएगा नहीं। तेली नया बैल लेने हाट में गया है। जाने से पहले वह अपनी घाणी माता को माथा टेककर कह गया है कि अब वह फोकट का तेल देकर पंचों का ईमान नहीं बिगाड़ेगा। रहा सवाल पंचों का, सो पंच जानें और उनका परमेसर जाने।

गुल्या अपनी तूती और बछेड़े के साथ चल पड़ा, फिर पगोपग।

□

रतिराम एंड संस

सगुन सेठ ने अपने लड़के का नाम सोच-समझकर ही 'रतिराम' रखा होगा। जब उसकी जन्मपत्री बनवाई गई तो राशि तुला आई। पंडितजी ने कहा था, 'राम से लेकर रतिराम तक चाहे जो नाम रख लो।' और सगुन सेठ ने 'रतिराम' ही नाम चुना। बड़ा होकर रतिराम सचमुच रतिराम ही निकला। गोरा-चिट्टा, कद्दावर और हृष्ट-पुष्ट, बिलकुल पहलवानों जैसा। दूर से देखकर कोई भी उसे बनिए का बेटा मानने के लिए तैयार नहीं होता था। चौड़ी और भरपूर फ़ैलाववाली उसकी हथेलियाँ, मजबूत कलाई और सुतवाँ नाक-नक्श। क़ामदेव की पत्नी रति का बेटा ऐसा ही रहा होगा। मसमसाती मूँछें और कसमसाती बाँहों की मछलियाँ रतिराम को न जाने किस लोक में लिये चली जा रही थीं। अगर कठिनाई थी तो एक ही कि बस्ती के बहुत बड़े सेठ का अकेला बेटा होने के बावजूद रतिराम की सगाई कहीं नहीं हो रही थी। यार-दोस्त रतिराम से पूछताछ करते तो दो-एक सवालों तक तो रतिराम ठीक-ठीक उत्तर देता, पर फिर एकाएक चिढ़ पड़ता। चिढ़ क्या पड़ता, करीब-करीब बौखला जाता था। उनके संवाद कुछ इस तरह के होते—

'रतिराम! तेरी शादी क्यों नहीं हो रही है?'

'मेरी कोई बहन नहीं है। मेरी कोई बहन होती तो मेरी भी शादी हो जाती।'

रतिराम का यह उत्तर सुनकर सामनेवाले के होश उड़ जाते। तब भी

बात की तह में जानेवाले लोग पूछने की हिम्मत करते, 'क्या तू अपनी बहन से शादी करेगा?'

'क्या तुम लोगों ने अपनी-अपनी बहनों से शादी की है, जो मैं कर लेता!' रतिराम का तीखा जवाब होता।

'आखिर तेरी सगाई में दिक्कत क्या आ रही है?' अगला सवाल होता।

'मेरा बाप कमीना है।' रतिराम बिलकुल संकोच नहीं करता।

'क्या तू कमीन का बच्चा है?' दोस्त आखिर बराबरी की उम्रवाले होते हैं, पूछ ही लेते हैं।

रतिराम इस मोड़ पर आकर रुआँसा हो जाता। लंबी साँस छोड़कर कहता, 'एक-दो नहीं, पूरी बारह कुँवारी बेटियों के बाप मुझपर बिजली बन कर बरसे हैं। मैं जिंदा हूँ, यही बहुत है। मेरी माँ कभी भी कुआँ-बावड़ी कर लेगी। मेरे बाप ने अपने कुकर्मों से अपना वंश समाप्त कर लिया है। जात-बिरादरीवाला तो अब कोई भी मुझे बेटी देगा नहीं। विधवा से मेरा जोड़ा बनने का नहीं और परजात की लाने से मैं रहा। उमर मेरी रोज-रोज फिसल रही है। तुम लोगों में हँसने-बोलने के लिए उठता-बैठता हूँ तो तुम भी मेरे छालों को फोड़ने लग जाते हो। मैं यह भी जानता हूँ कि बात तुमसे छिपी नहीं है। जब गाँव का बच्चा-बच्चा जानता है तो तुम कैसे नहीं जानोगे? पर तुम लोगों को मजा इसी में आता है कि मैं…' और रतिराम सिसकियाँ भरकर बहने लग जाता। सूनी आँखों से आकाश को देखता और कहता, 'अगर मेरे बाप को भगवान् ने मुझसे पहले या मुझसे बाद ही सही, एकाध बेटी दी होती तो वह जानता कि बेटी के माँ-बाप पर क्या-क्या गुजरती है! इस गाँव में बेटियों की माँएँ किस तरह रो-रोकर मुझे और मेरे खानदान को शाप दे रही हैं, यह बात भला तुममें से कौन नहीं जानता है!'

दोस्त लोग अपनी-अपनी राह लेते और रतिराम भारी मन से अपने काम में लग जाता। महीने-पंद्रह दिनों में एक-दो नए लोगों को लेकर दोस्त लोग फिर रतिराम को घेर लेते और इसी तरह के फफोले फोड़कर फूट लेते।

घर में रतिराम की माँ बस इसलिए जिंदा थी कि उसके सामने रतिराम का मोह जिंदा था, वरना वह बहुत पहले ही अपनी जान दे चुकी होती।

लक्ष्मी से भरा-पूरा घर। अच्छा-भला खून। जाना-माना खानदान और उसमें भी एकाकी बेटे की करी-कराई सगाई छूट जाए। भला रतिराम की माँ कैसे सह लेती ? बात इतनी ही होती तो कोई चिंता नहीं थी, पर रतिराम की माँ को अब सारा आकाश अंधा और धरती वीरान नजर आने लगी थी। बात जिस मुकाम पर जाकर टूटी थी, वहाँ कोई मोड़ ही नहीं था। उसे पक्का भरोसा हो गया था कि अब उसके बेटे को कोई बेटी नहीं देगा। किया-कराया सब सगुन सेठ का और सजा भुगत रहा है रतिराम। बहू के मुँह को तरस रही है रतिराम की माँ। न कहीं उठने की, न बैठने की। किसी रीति-रस्म में जाए तो यही पूछताछ, 'रतिराम की सगाई कहाँ हो रही है ? सुना है, फलाँ गाँव से कोई रिश्ता लेकर आया है।' और आँचल से मुँह ढाँपकर रतिराम की माँ रोने लग जाती। अपमान की पराकाष्ठा यह थी कि जात-बिरादरी की पढ़ी-लिखी लड़कियों ने रतिराम का नाम तक बदलकर तानेकशी में 'रतिराम एंड संस' कर दिया था। रतिराम की अनपढ़ माँ कई दिनों तक तो इसका मतलब ही नहीं समझी, पर जब किसी ने इसका मतलब समझाया तो वह फूट-फूटकर रो पड़ी। अब कोई यों नहीं कहता था कि रतिराम की माँ आ गई है, सारा गाँव कहता था, 'वो रही रतिराम एंड संस की माँ।' सगुन सेठ को भी 'रतिराम एंड संस का बाप' कहकर लोग चटखारे लेते रहते थे।

सगुन सेठ को अपने किए का मलाल शायद ही कभी रहा हो। वे सहज और सामान्य ढंग से अपनी छोटी सी दूकान पर बैठे ग्राहकों को निपटाते रहते या फिर अपना खाता-बही किया करते थे। न कोई क्रिया, न प्रतिक्रिया। लगता ही नहीं था कि उनके बेटे की एक सगाई छूट गई है और अब उसकी सगाइयों का सारा भविष्य नष्ट हो गया है। बिरादरी में कोई भी उसे बेटी देनेवाला नहीं है। वे समय पर दूकान खोलते और समय पर मंगल कर देते। ढेर सारे रुपए ब्याज पर चल रहे थे। घर में कमी थी तो बस एक बहू की। वैसे कोई अभाव नहीं। एक-एक पायदान चढ़ते-चढ़ते वे नगर सेठ के रुतबे तक पहुँचने की जद में आ चुके थे। बाजार में आते-जाते लोग उनसे खरी-मसखरी भी कर लेते थे। वे भी चुहल करने से चूकते नहीं थे। मजाक का उत्तर मजाक से देते, कटाक्ष का उत्तर कटाक्ष से। ग्राहक से बातचीत बिलकुल

सेठ की तरह करते। गाँव कोई बड़ा था नहीं। सो गाँव का छोटा-बड़ा हर आदमी उनसे 'जय गोपाल' तो करता ही, पर साथ-ही-साथ मासूम सा सवाल भी कर लेता था कि 'रतिराम एंड संस कहाँ है? उससे जरा काम था।' और सगुन सेठ कुछ उत्तर देते, उससे पहले सामनेवाला ये जा, वो जा हो जाता था। सेठ समझ जाते थे कि हो गई चोट; पर वे कर भी क्या सकते थे।

गाँव में सगुन सेठ का समाज 'बड़ा समाज' कहलाता था और पूरा गाँव दूर-दूर तक इसी समाज के नाम से इज्जत पाता था। पर सगुन सेठ के कारनामों से आज गाँव की हालत यह हो चली है कि बड़ी बिरादरी का कोई आदमी न तो इस गाँव की बेटी लेने के लिए तैयार होता है, न यहाँ कोई अपनी बेटी देना ही पसंद करता है। बड़े समाज के लोगों का दम घुट रहा था; पर हर साँस लाचार हो चली थी। सभी विवश थे। डेढ़-दो साल के छोटे से अरसे में ही बड़े समाज की एक-दो नहीं, बारह बेटियों की सगाइयाँ छूट जाएँ और छूटें भी ऐसे अंधे मोड़ पर कि वे शादियों को तरस जाएँ तो आखिर समाज और गाँव की प्रतिष्ठा चलेगी कैसे? जहाँ किसी की सयानी और जवान बेटी की सगाई तय होती कि सगुन सेठ के भीतर साँस लेनेवाला खलनायक अपने खेल में लग जाता। वे शकुन के रुपए-नारियल तक कुछ नहीं करते। लड़केवाले के साथ गाँव के मंदिरों पर जाते, प्रसाद खाते और मुँह मीठा करते। उस घर से अपना हेल-मेल बढ़ाते, उसे विश्वास में लेते। जब लड़केवाला लड़की के लिए पहली ओढ़नी लेकर आता तो सपरिवार मंगल मुहूर्त में शामिल होते। बताशे खाते, साथ-साथ भोजन-परसादी पाते। मेहमानों को साथ में लेकर सारे बाजार में 'जय गोपाल' करवाते। उधर तिलक और इधर चढ़ावे की तारीखें खुद तय करवाते। दो-एक जोड़ों के इस तरह शकुन से लेकर लगन तक के मुहूर्त आ गए। पर मौका देखकर सगुन सेठ ने कुछ ऐसे गुमनाम पत्र इधर-उधर लिख-लिखा दिए कि हर रिश्ता शक के दायरे में आ गया। लड़केवाले फनफनाते हुए दो-चार महीनों में ही वापस जा खड़े होते और लड़की के बाप, माँ, भाई, जमाई के सामने न जाने कहाँ-कहाँ की छाप लगे ऊल-जलूल खत रखकर रिश्ता तोड़ने का ऐलान कर जाते। जब गाँव में एक ही समाज में दो साल के दरमियान एक दर्जन

रिश्ते टूट गए और शकुन के नारियल, टीके और चढ़ावे के जेवर तक वापस लिये-दिए हो गए तो बड़े समाज में कुहराम मच गया। अपने-अपने स्तर पर सभी चौकन्ने हुए। और करते-कराते बात इस मुकाम पर आ पहुँची कि यह सारा गुमनाम पत्राचार सगुन सेठ का ही किया हुआ कुकर्म है। लोग न जाने कहाँ-कहाँ से पुरावे प्रमाण लाकर सगुन सेठ के मुँह लग जाते। आएदिन दूकान और मकान के सामने हाथापाई होने की नौबत आ जाती। पर मासूम से सगुन सेठ अपने आपको इस हराम से अलग बताकर, सिर झुकाकर समाज के सामने खुद को सजा के लिए पेश कर देते। उनका एक ही तर्क होता—'मेरा गुनाह साबित कर दो और चाहे जो सजा दे लो।'

कहनेवाले यहाँ तक कहते, 'सगुन सेठ! गुमनाम खत वह लिखता है जिसका बाप गुमनाम हो। तुम्हें अपने बाप का नाम मालूम होता तो यह कमीनापन कभी नहीं करते।' सगुन सेठ अपना जूता उनके हाथों में सौंपते हुए कहते, 'पहले साबित कर दो कि खत मैंने लिखा है और फिर बड़े मंदिर के सामने मुझे खड़ा करके लगाओ सौ जूते। पर याद रखो, मुझपर झूठा आरोप लगाओगे तो कोरट-कचहरी का रास्ता मैंने भी देखा है। मैं एक-एक को वह रास्ता दिखा दूँगा। मैं सबकुछ सुन लेता हूँ, इसका मतलब यह नहीं है कि मैं ही गुनाहगार हूँ। आपकी बेटी से मेरा कौन सा बैर-बनाव है ? गोत्र और शाखा नहीं अड़ती हो तो रिश्ता लेकर मेरे घर आ जाओ। मेरे पास रतिराम जैसा जवान बेटा तैयार है। मुझे भी सगाई तो करनी ही है।'

पर मन तक गहरे टूटा हुआ बेटी का गुस्सा खाया परिवार होंठ काटता वापस लौट जाता था। जवान बहनों के जवान भाई दाँत पीसते, कलाइयाँ काटते, रोते-बिसूरते वापस हो जाते। सगुन सेठ अपनी गद्दी पर बैठे उन्हें देखते रहते और उनके भीतरवाला खलनायक ठहाके लगाता हँसता रहता।

गाँव उस बेटी के बाप का इंतजार करता रहा, जो रतिराम के लिए रिश्ता लेकर सगुन सेठ के यहाँ कभी-न-कभी तो आएगा ही।

और एक दिन गाँव के बड़े समाज को भनक पड़ गई कि रतिराम का रिश्ता लेकर दूर किसी शहर से एक बेटी के माँ-बाप आए हैं। वे लड़का भी देखेंगे और घर भी। बड़े समाज ने इस परिवार की बहुत आव-भगत की।

यह बिल्ली के दबे पाँव जैसा दाँव था। सगुन सेठ ने जिंदगी देखी थी। वे भाँप चुके थे कि वक्त आने पर कोई-न-कोई दाँव होगा जरूर। उन्होंने बेटी के बाप-माँ को इस तरह घेरकर रखा कि कोई दूसरा जाति-बंधु या महिला समाज की चुप्पी या बातूनी महिलाएँ उनसे संपर्क कर ही नहीं सके। कभी खुद साथ में बैठे हैं तो कभी रतिराम की माँ और दोनों, नहीं तो रतिराम ही सही; पर उन्हें अकेला बिलकुल नहीं छोड़ा गया। समाज के लोग मौके की तलाश में विफल होकर खीझते रहे। समाज के दसों ही नहीं, कई घरों पर मेहमानों का चाय-पानी, नाश्ता हुआ; पर कोई कुछ कह नहीं पाया। तीन-चार दिन आनंद मंगल के बीते। रिश्ता पक्का हो गया। रतिराम खुश, सेठानी निहाल। गीत-गार सब हो गया। शकुन का रुपया-नारियल हो गया। सगुन सेठ ने बड़े समाज में मुहूर्त के बड़े बताशे और नारियल बँटवाकर मेहमानों को विदा करने का मुहूर्त निकलवा लिया।

ठीक वक्त पर सेठ-सेठानी और रतिराम ने बस स्टैंड जाने के लिए गाँव का एकमात्र ताँगा अपने घर के सामने बुलाया। सगुन सेठ ने पीछे बैठाया बेटी के बाप और माँ को—और रतिराम की माँ को, आगे बैठाया रतिराम को और खुद भी पायदान पर पाँव रखकर चढ़ने ही वाले थे कि पता नहीं किधर से अनायास रूपचंद भैयाजी ने आकर मेहमान समधी से 'जय गोपाल' किया। भैयाजी रूपचंदजी के हाथ में चाँदी की तश्तरी थी, जिसमें अक्षत-कुंकुम, नारियल और बताशे रखे हुए। सगुन सेठ पुलकित होकर मुसकराते हुए वापस नीचे खड़े हो गए। देखते-देखते बड़े समाज के पच्चीस-तीस लोग आस-पास खड़े हो गए। घोड़ा हिनहिनाता रहा। ताँगा खड़ा रहा। रूपचंद भैयाजी ने समधी साहब को आवाज देकर तिलक के लिए एक मिनट नीचे उतरने का आग्रह किया। समधी ताँगे से नीचे उतरे। भैयाजी ने अपने अँगूठे पर कुंकुम लगाकर समधीजी के ललाट पर लंबा तिलक लगाया। अक्षत लगाए। मुँह मीठा कराने के लिए बड़ा बताशा समधीजी के मुँह में करीब-करीब ठूस दिया और हँसते हुए पूछा, 'हमारा रतिराम पसंद आ गया आपको?'

'हाँ साहब! मेरी बेटी का भाग्य अच्छा है जो मुझे घर और वर दोनों ही भले मिल गए। रिश्ता पक्का हो गया। पर आप अभी तक कहाँ थे?'

'मैं अपने बड़े जमाई साहब के यहाँ किसी जरूरी रस्म में बाहर गाँव गया था। चार-पाँच दिनों में आज ही लौटा हूँ। अभी-अभी पता लगा कि आप पधार रहे हैं तो मैं आपका मुँह मीठा कराने के लिए सीधा चला आ रहा हूँ। आपको और सगुन सेठ को बधाई। पर जरा मेहरबानी करके मुझे एक बात आप भरे-पूरे चौक पर अपने भगवान् को साक्षी करके बता दीजिएगा।'

'कौन सी बात, साहब?' समधीजी ने पूछा।

'ये जो अपने सगुन सेठ हैं न, बार-बार सभी से यह शिकायत करते चले आ रहे हैं कि मैंने आपको चार-पाँच पत्र ऐसे लिखे हैं कि रतिराम से रिश्ता करना मत, इसे अपनी बेटी देना मत; क्योंकि रतिराम को मिरगी का दौरा पड़ता है। आपको भगवान् की सौगंध है। आज आपको साफ-साफ कहना ही होगा—क्या मैंने आपको कोई ऐसा खत लिखा? क्या मैं आपसे कभी मिला भी? मुझे इस सबसे क्या लेना-देना है? पर आज आपको पहले मेरा न्याय करना होगा, ताँगा फिर आगे बढ़ेगा।' और यों कहकर रूपचंद भैयाजी ने घोड़े की लगाम पकड़ ली। वे ताँगे के सामने खड़े हो गए। फिर एक हाथ से अपनी पगड़ी उतारकर समधी के सामने पसारते हुए बोले, 'सेठ साहब! देखिए, ये हमारे गाँव की इज्जत का सवाल है। आप दूर देश-परदेश में रहनेवाले लोग क्या सोचेंगे हमारे गाँव और बड़े समाज के बारे में कि कहीं हम लोग एक-दूसरे के दुश्मन तो नहीं हैं? समाज के सारे पंच आपके आस-पास खड़े हैं। आपको मेरे कंठ पर हाथ रखकर खुली-खुली बात करनी होगी। बोल बेटा रतिराम! क्या हममें से किसी ने तुझे कभी मिरगी के दौरे के बाद अपना जूता सुँघाया? भले आदमी! तेरे तो जीवन-मरण का सवाल है। तू ही बता दे कि क्या तुझे मिरगी का दौरा कभी पड़ा?' और भैयाजी रूपचंदजी का सुर एक विचित्र से कोलाहल में डूबता चला गया।

रतिराम कहता है कि 'घोड़े ने उसी क्षण से हिनहिनाना बंद कर दिया था। न मुझे मिरगी का दौरा पड़ता है, न कभी पड़ा। पर समाज मुझे अपना जूता तब से आज तक बराबर सुँघा रहा है। बाप-माँ चल बसे। मैं अकेला हूँ, पर कहलाता 'रतिराम एंड संस' हूँ। दीजिए मुझे बधाई।'

□

आसमानी सुलतानी

अब आप ही करो इनसाफ। एक आदमी है। अपने घर के बरामदे में बैठा-बैठा अपना काम कर रहा है। धूप भी ले रहा है और काम भी वह ही कर रहा है जो उसकी घरवाली ने उसे बताया। और ऐसे में कुछ हो-हुआ जाए तो उसे आप क्या कहेंगे? न वो शख्स कहीं गया, न किसी को उसने बुलाया। हबीब भाई के साथ बस जो कुछ हुआ, उसे पता नहीं आप क्या कहेंगे! पर अगर भगवान् के घर न्याय है तो फिर क्या वह यही है? किसी का आज तक हबीब भाई ने कुछ बिगाड़ा नहीं। रास्ते जाना और रास्ते आना, जिसे कहते हैं—ऊधो का लेना, न माधो का देना। पर अपने बरामदे में बैठे-बिठाए आदमी बदशक्ल हो जाए। लोग समझ ही नहीं पाए कि हँसा जाए या रोया जाए। तो फिर आप ही कीजिएगा इनसाफ। न कोई कहानी, न कोई किस्सा; न किसी अफसाने का हिस्सा।

हुआ यह कि दिसंबर की एक सुबह जरा सी थरथराती सुबह बरामदे में उतरी कि हबीबन चाची ने हबीब भाई के सामने रुई भरी नई-निकोर रजाई रख दी। बोली, 'अभी नमाज में थोड़ा वक्त है। पहली तो पढ़ ही आए हो। बैठे-बैठे जरा इस रजाई में टाँके ही मार दो। दिन ढलते-ढलते इसका ग्राहक आ जाएगा और अपनी रजाई माँगेगा। शाम पड़ते-पड़ते सर्दी हो ही जाती है। मैं तब तक दूसरा काम निपटा लेती हूँ। धूप भी लेते रहना और मेरा काम भी हलका कर देना।'

हबीब चाचा का मन हुआ कि एक बार मना कर दें; पर सोचा कि सुबह-ही-सुबह घरवाली का दिमाग खराब हो गया तो सारा दिन सूली पर टाँगकर रखेगी। 'हाँ' कर ली और सुई में डोरा डालकर बैठ गए रजाई फैलाकर। मुहल्ले के लोगों में हलकी सी कानाफूसी हुई। वही रोजवाला जुमला हवा में उड़ा, 'लो भई! बैल जुत गया है।' पर रोज की तरह हबीब भाई ने हवा की बात को हवा में ही रखा।

आदमी बहुत संजीदा हैं हबीब भाई। बिला नागा पाँचों बार की नमाज पढ़ते हैं। अस्ता-बस्ता लेकर गरीब-गुरबों के बच्चे अगर आ जाएँ तो जितनी खुद जानते हैं उतनी उर्दू पढ़ाने लग जाते हैं। कभी-कभी तो हबीब भाई का बरामदा अच्छे-भले मदरसे की रौनक दे बैठता है; पर सब पर अख्तियार है हबीबन चाची का। अगर वे खुश तो सब ठीक, अगर वे झल्ला पड़ीं तो सबकी ऐसी-तैसी। हबीब भाई सारे जमाने को समझा सकते हैं, पर अपनी घरवाली को नहीं। आएदिन वाज में शामिल होते हैं। अनीस के मर्सिये गा-गाकर हबीब भाई ने सारे गाँव और गाँव ही क्या, मुहर्रम के आस-पास जुटी सारे इलाके की भीड़ का कलेजा पिघलाकर बता दिया, पर गए चालीस साल से वे अपनी घरवाली का कलेजा टस से मस नहीं कर सके। समय आ जाए तो चाची जान दे दे; पर हबीब भाई कहते हैं कि इसका उलटा भी होता आया है। अगर वह लेने पर तुल जाए तो जान ले भी लेती है। दोनों में खूब लगती है और खूब पटती भी है। ऐसा नहीं होता तो भला चालीस साल यों खिलखिलाते निकल सकते थे क्या? और अगर दिन इस तरह निकल भी जाते तो भी तीन बेटों और एक बेटी का हँसता-खिलता गुलशन घर में महकता क्या? हबीब भाई इन सबको खुदा की नेअमत मानते और अल्लाह-अल्लाह करते एकदम ठाट से अपनी घर-गिरस्ती चलाते दुनियादारी के फर्ज निबाह रहे थे। अगर उनको चिढ़ होती थी तो बस सुबह-ही-सुबह हबीबन चाची के ऊल-जलूल हुक्मों से, पर वे मन मारकर बरामदे में आ बैठते और सिर नीचा करके वह सारा काम चुपचाप करने लग जाते जो उनकी घरवाली उनको बता दिया करती थी। लड़के-बच्चे अपने-अपने काम पर निकल जाते। हबीब भाई पूरी पाबंदी से नमाज अदा करते। बचे हुए वक्त में नियम से पवित्र कुरान

शरीफ की आयतें खुद पढ़ते और मेल-जोलवालों को उसकी सीख देने की कोशिश करते। जैसा इस पवित्र ग्रंथ में लिखा है वैसा ही वे बताते। किसी को वाज या उपदेश नहीं देते।

आज हालाँकि वे एकदम ताजे थे, पर जब हबीबन चाची ने उनको रजाई में टाँके डालने का काम बताया तो भीतर-ही-भीतर वे बहुत झल्लाए। पर सवेरे-सवेरे रिजक के टाइम पर कौन मुँह लगे। यही सोचकर बरामदे में चटाई बिछाकर सूरज की तरफ मुँह करके रजाई में टाँके लगाने की शुरुआत कर बैठे। बरसों हो गए थे सुई को हाथ लगाए। कौन पड़े इस किच-किच में ? खुदा से डरनेवाले एक नेक और नमाजी आदमी के तौर पर पहचाने जानेवाले हबीब भाई को इस तरह काम करते देखना वैसे कोई विशेष दिलचस्पी का मामला नहीं था, पर रास्ते चलते लोग फिकरेबाजी से चूकते कब हैं ? कहनेवाले कह ही देते हैं। सो किसी ने कह ही दिया, 'लो भई ! जुत गया बैल।' हबीब भाई ने सुनी-अनसुनी कर दी। एक तो कुनकुनी धूप, फिर सुबह का टाइम। लिया नाम अल्लाह का और टाँके लगाने का काम चालू।

अब आप ही करना इनसाफ। आदमी अपने बरामदे में बैठा हुआ अपना काम कर रहा है। एक नमाज पढ़ चुका है, दूसरी पढ़ने के पहले उसे उसकी बीवी ने अपनी मजदूरी में लगा दिया है। न वह किसी के रास्ते में पड़ रहा है, न किसी से बोल रहा है। मन-ही-मन 'अल्लाह-अल्लाह' करता हुआ टाँकों की दूरियाँ नाप रहा है। टाँकों की डिजाइन उसके दिमाग में घुमड़ रही है। उसकी बीवी मकान के भीतर चूल्हे से बातें कर रही है—यह वह साफ सुन रहा है। बेटी उसकी मदद करने के लिए आटे पर छलनी चला रही है। बेटे दिन भर के काम को तरतीब देने के लिए अपनी-अपनी दिशा में जा चुके हैं। आते-जाते के सलाम झेलने के सिवाय हबीब भाई को सिर उठाने की फुरसत तक नहीं है। अच्छा-भला सवेरा है और ऐसे में दूर गली में कहीं दो कुत्तों के भौंकने और फिर लड़ने की आवाजें सुनाई पड़ने लगती हैं। लड़ते-लड़ते दोनों कुत्ते गली के मोड़ पर मुड़ते हैं। अब आप ही करना इनसाफ। हबीब भाई को फुरसत नहीं है इस कुत्तेपने को देखने की; पर लड़ते-लड़ते वे दोनों कुत्ते ठीक हबीब भाई के सामने आ जाते हैं। दोनों की आवाजें सारे रास्ते का अमन तबाह

कर देती हैं। आते-जाते लोग बच-बचकर निकलने लगे हैं। एक पल को हबीब भाई सिर ऊपर को उठाते हैं, एक उड़ती नजर दोनों कुत्तों पर डालते हैं और बुदबुदाकर कहते हैं, 'सवेरा तबाह कर दिया हरामियों ने। तौबा है, लाहौल वला कूवत।' जैसा कुछ उनके मुँह से निकलता है और वे फिर सिर नीचा करके टाँका मारने की कोशिश करते हैं। पर तब तक…अब आप ही करना इनसाफ। कुत्ते आखिर कुत्ते हैं। लड़ते हैं तो भी पूरी तबीयत से लड़ते हैं। कोई एक-दूसरे को चाट तो रहे नहीं थे, आखिर काट ही रहे थे। आस-पास के मकानों में से कच्ची-पक्की उम्र के बच्चे बाहर निकल आए। अपनी-अपनी तहजीब से सभी उनको भगा रहे थे। सभी के अपने-अपने फिकरे और अपने-अपने जुमले थे। हबीब भाई ने एक बार सिर ऊँचा करके देखने का पाप कर लिया, सो कर लिया; पर कुहराम इतना था कि सारा मुहल्ला भौं-भौं और हो-हल्ले में डूब सा गया था। आखिर हुआ वही…अब आप ही कीजिए इनसाफ। हबीब भाई का आखिर क्या कसूर था ?

वे चाहे बेमन से ही सही, पर कर रहे थे अपना काम। एक कुत्ता, जो कि कुछ कमजोर पड़ रहा था, रास्ते से उछलकर हबीब भाई के ठीक सामने उनकी ही चबूतरी पर चढ़ आया। उसका ऊपर चढ़ना था कि नीचेवाला पूरी ताकत से उसको भँभोड़ने के लिए ऊपर उछला और लपककर उसके ऊपर चढ़ बैठा। नीचेवाला अपनी जान बचाने के लिए…अब आप ही करना इनसाफ। आखिर हबीब भाई की इसमें कौन सी गलती थी ? तो वह नीचेवाला अपनी जान बचाने के लिए भरपूर ताकत लगाकर ऊपरवाले की पकड़ से छूटकर तीर की तरह भागने के चक्कर में जोर से उछला और हवा में गोता खाते ही सीधा हबीब भाई के मुँह से जा टकराया। आनन-फानन हबीब भाई ने अपने दोनों हाथों से अपना मुँह ढाँपकर चोट से बचने की कोशिश की। वे उसमें कामयाब भी हो गए। पर आखिर चालीस किलो वजनवाला कुत्ता तीर की तेजी से टकरा जाए तो कुछ-न-कुछ तो होगा ही। तो अब आप ही कीजिए इनसाफ।

इस सीन को देखते ही नीचेवाला कुत्ता भौंकता हुआ अगलेवाले मोड़ की तरफ भाग गया। हबीबन चाची चूल्हे में से जलती हुई लकड़ी लेकर हबीब भाई की मदद पर लपकी। मुहल्लेवाले लोग जैसा मजा ले सकते थे

वैसा लेते रहे। आदमी तो पचासों इकट्ठे हो गए, पर हमदर्दी किसे थी। सभी ठहाके लगा रहे थे। टकरानेवाला कुत्ता भी जमीन छूते ही जान बचाकर मुहल्ले के दूसरे सिरे की तरफ भाग खड़ा हुआ; पर अब आप ही करिए इनसाफ। भला हबीब भाई क्या इन कुत्तों को न्योता देने गए थे? क्या उनके वहाँ कोई दावत होने जा रही थी, जो हबीब भाई दावतनामा देते? पर हद हो गई। हबीब भाई ने अपने दोनों हाथ ज्यों ही अपने मुँह पर से हटाए तो देखते क्या हैं कि उनके हाथों में सामनेवाले दोनों दाँत जड़ समेत पड़े हुए हैं। मुँह से खून बह रहा है और खून के छींटे उस नई रजाई पर नए-नए आकार ले रहे हैं। एक लमहा भर तो हबीब भाई कुछ समझे ही नहीं, पर फिर उनकी आँखों के सामने कुछ काले-पीले धब्बे उछले और वे अचेत होकर औंधे मुँह रजाई पर ही गिर गए। गिर क्या गए, एक तरह से बिछ गए।

हबीबन चाची भागकर भीतर गई और जलती लकड़ी को वापस चूल्हे में डालकर 'या अल्लाह' कहती हुई हबीब भाई को सँभालने लगी। जरा होश आने पर जो नजारा सामने आया तो लो, अब आप ही कर लो इनसाफ। हबीब भाई की नाक में से भी तब तक खून बह चला। भाग-दौड़ करके मुहल्लेवालों ने हबीब भाई को अस्पताल पहुँचाया। न रोने के, न हँसने के। एक पाक-साफ और नेक नमाजी आदमी पर आखिर बड़ी सुबह-ही-सुबह दूर मुहल्ले से लड़ते-लड़ते आवारा कुत्ते इस तरह बैठे-बिठाए गिर पड़ें, दो दाँत हमेशा के लिए जबड़ों की जगह हाथ में आ जाएँ—इस सबको आप कहेंगे क्या? एक तो हबीब भाई के मुँह में वैसे ही इने-गिने दाँत बचे थे, पर सामनेवाले ये दोनों दाँत हबीब भाई को वाज पढ़ने में, मर्सिया गाने में और हलका-फुलका खाना-वाना खाने में कितनी मदद करते थे—यह बस हबीब भाई ही जानते थे।

खैर साहब, अस्पताल में कोई ज्यादा लंबा-चौड़ा काम तो था नहीं। पाँच-पच्चीस आदमी वहाँ मिजाजपुर्सी के बहाने पहुँचे; पर वे भी हबीब भाई का मजाक उड़ाकर चले आए। सबने अपनी-अपनी नसीहत दी। डॉक्टर ने दो-एक घंटे के बाद अस्पताल से हबीब भाई को वापस घर भिजवा दिया। हबीब भाई गए थे ठेले में, लौटे तो पैदल-पैदल। पर अब आप ही कीजिए इनसाफ। इसमें हबीब भाई की कौन सी गलती थी? पर टूटे दाँतोंवाला ताजा-

ताजा सूजा मुँह लेकर हबीब भाई घर लौटे तो उनको हबीबन चाची ने सहारा देकर, उसी रजाई से सटाकर, दीवार से टिकाकर बैठाया और आस-पास खड़े अपने तीनों बेटों और बिटिया को परे सरकाते हुए, मुहल्ले के लोगों को आवाज देकर अपने पास बुलाते हुए हबीब भाई से कहा, 'पाँच बार नमाज पढ़ते हैं, पचास बार कुरान शरीफ को चूमते हैं, वाज सुनाते हैं, खुदा से डरते हैं, किसी को नसीहत नहीं करते; पर तुम्हारे मन में जो है न, उसे खुदा खूब समझता है। आखिर दस कोस दूर से लड़ते-लड़ते दो फालतू कुत्ते सारा शहर छोड़कर आप ही के मुँह से क्यों टकराए? चलो, दो नहीं और एक टकराया। पर आखिर आपके ही चेहरे पर ऐसा कौन सा नूर था, हुजूर? मैं तो साफ-साफ कहूँ। दाँत तो वापस आने से रहे, पर इतना सा नुकसान खाकर भी आदमी खुदा का खौफ खा ले तो मेहरबानी है। सवेरे-सवेरे रिजक के टाइम पर मैंने हाथ में सुई-डोरा ही तो दिया था। कोई जिंदा साँप तो नहीं दे दिया था। मैं समझ गई थी कि मियाँजी झल्लाने वाले हैं। जो आग मेरे चूल्हे में जलनी थी, वह जनाब के कलेजे में जल रही थी। रिजक की टेम मरे मन से जो भी काम हाथ में लेगा, खुदा उसका यही हश्र करेगा। बोलो रे बोलो मुहल्लेदारो! तुम्हारी चाची ठीक बोल रही है कि नहीं?'

अब आप ही करो इनसाफ। किसकी हिम्मत थी जो चाची को मना करे। हर कोई बोल रहा था, 'चाची बिलकुल ठीक कहती हैं।'

हबीब भाई ने एक नामुराद नजर यहाँ से वहाँ तक खड़े रहनेवाले सभी तमाशबीनों पर डाली। हताश होकर वे अपने बड़े बेटे से कहते सुने गए, 'मैं सारा हरजाना म्युनिसिपेलिटी से वसूल करूँगा। तू जा वकील साहब के पास।' अब आप ही करो इनसाफ।

इसपर भी चाची भीतर से दहाड़ती हुई बोली, 'म्युनिसिपेलिटीवाले इनपर एक कुत्ता और भिड़ा देंगे और बचे-खुचे दाँत भी जब टूट जाएँगे तो फिर हरजाने में नई बत्तीसी बनवा देंगे। खबरदार है जो तू कहीं गया। उस रजाई पर से सुई ढूँढ़कर दे दे मियाँजी को। बैठे-बैठे टाँके मार देंगे। रजाई का मालिक दो-एक घंटे के बाद आने ही वाला होगा। आसमानी सुलतानी और किसे कहते हैं? आखिर दाँत ही तो टूटे हैं, हाथ तो सलामत हैं।' □

शिखर सम्मान

गाँव कोई बहुत बड़ा नहीं था। यही कोई हजार-पाँच सौ कच्चे मकान और चालीस-पचास पक्के-अधपक्के भवन, गाँव के सबसे बड़े कहे जाने वाले आदमी का एक पूरा पक्का मकान, यही एक सबसे ऊँचा मकान, भवन या महल कुछ भी कह लीजिए। लोग उसे 'हवेली' कहते थे।

गाँव के लोगों ने एकत्र होकर गाँव के बीच जैसी जमीन देखकर एक मंदिर बनाने का फैसला किया। मंदिर का नक्शा बना। जरा सी ना-नुच के बाद बड़ी हवेली के मालिक ने भी अपनी हवेली से ऊँचा मंदिर बनाने की सहमति दे दी। हैसियत भर सभी ने पैसा दिया। आस-पास के गाँववालों ने भी सहारा दिया। मंदिर का निर्माण शुरू हुआ।

देखते-देखते बस्ती के हृदय प्रदेश में एक भव्य और सबसे ऊँचे शिखर वाला शिल्प आकार लेने लगा। आते-जाते लोग पल-दो पल ठिठकते, खड़े रहते, सूचनाएँ लेते-देते, समझने की कोशिश करते, सुस्ताते और चल देते। कारीगर अब शिखर बनाने में लगे हुए थे। ठीक देवमूर्ति के सिर पर एक संतुलित ऊँचाईवाला शिखर उभर आया। इसका मध्य स्थल वहाँ था, जिसके ठीक नीचे देव-प्रतिमा की स्थापना होने वाली थी।

देव-प्रतिमा पास के शहर में एक कुशल मूर्तिकार के यहाँ बन रही थी। वहाँ एक गली में सुनार के यहाँ मंदिर पर चढ़ाया जानेवाला स्वर्ण कलश बन रहा था। सुनार के पास ही एक ताम्रकार भाई के यहाँ शिखर की पीठ पर चार

पत्थरों में फँसाकर मंदिर की ध्वजा को उड़ाए रखनेवाले ध्वजदंड पर चढ़ाया जानेवाला ताँबे का डमरू और उस डमरू से बाँधी जानेवाली पीतल की झनझनानेवाली छोटी-छोटी खूबसूरत घंटियाँ, उन घंटियों को लटकानेवाली पतली जंजीरें और उन जंजीरों की कड़ियों में लटकन का काम देनेवाले पीत-पर्ण तैयार किए जा रहे थे। गली के बिलकुल चौकवाले मोड़ पर एक लुहार भाई को काम दिया गया था कि वह इस ध्वजदंड से भी ऊपर लगाया जानेवाला लोहे का विशाल त्रिशूल तैयार कर दे। उस त्रिशूल के निचले सिरे से लेकर ठेठ मंदिर की नींव तक धँसाई जानेवाली लोहे की एक लंबी पत्ती भी लहराती हुई आकार ले रही थी। स्वर्णकार, ताम्रकार और लुहार—सभी मनोयोग और निष्ठा के साथ मंदिर का ही काम कर रहे थे।

जब मंदिर बनकर तैयार हो गया तो पंडितों ने मूर्ति की प्राण-प्रतिष्ठा का मुहूर्त निकाला। अमृत, लाभ और शुभ के चौघड़िए निश्चित किए गए और यह तय किया गया कि मूर्ति की प्रतिष्ठा किस चौघड़िए में होगी। शिखर पर कलश किस चौघड़िए में चढ़ाया जाएगा तथा ध्वजदंड का मंगल पूजन किस चौघड़िए में किया जाएगा। सभी की राय यह थी कि त्रिशूल की स्थापना चंचल चौघड़िए में ही हो।

निर्माण समिति का शिष्टमंडल गाड़ी-छकड़े लेकर शहर आया तथा मूर्तिकार, स्वर्णकार, ताम्रकार और लुहार का पारिश्रमिक तथा नेग चुकाकर सारी पूज्य और प्रतिस्थापनार्थ निर्मित वस्तुएँ साफ-सुथरे रेशमी कपड़ों और पवित्र काष्ठ से निर्मित पेटिकाओं में बंद करके गाँव के लिए चल पड़ा। सभी के मनों में एक अतिरिक्त उत्साह था। गाँव में मंदिर जो बन रहा था। यह शिष्टमंडल प्राण-प्रतिष्ठा मुहूर्त की तैयारियों की चर्चा भी चलते-चलते कर रहा था। कौन आएगा, कौन नहीं आएगा; किसको निमंत्रण देना है, किसे नहीं देना है। किसके जिम्मे कौन सा काम रहेगा, आदि-आदि। रास्ता भी कट रहा था और तैयारियाँ भी हो रही थीं।

बहस का विषय यह भी था कि प्राण-प्रतिष्ठा के लिए दूर-पास का कौन परिवार आएगा और कितनी बोली लगाएगा। स्वर्ण-कलश चढ़ाने का यश नीलामी में किसके नाम पर जाने की संभावना है और ध्वजदंड तथा

त्रिशूल स्थापना का कितना पैसा वहाँ लगनेवाली बोलियों से वसूला जा सकता है। ध्वजदंड का मेरु, जो सुनार तैयार कर रहा था, उसका नेग कितना होगा और उस मेरु का काष्ठ किस पेड़ का है। इस सारी बहस को, बहस के तर्कों को और संभावित परिणामों को देव-प्रतिमा, स्वर्ण-कलश, ध्वजमेरु का ताम्र कवच तथा डमरू और लौह त्रिशूल सभी सुन रहे थे। बातचीत में यह भी स्पष्ट होता जा रहा था कि देव-प्रतिमा का सिंहासन गर्भगृह में कितना ऊँचा है। शिखर की ऊँचाई कितनी है और ध्वजदंड शिखर से कितना ऊँचा रहकर देव-ध्वजा को फहराएगा तथा ध्वजा के ऊपर तक लगाए जानेवाले लौह त्रिशूल की कुल ऊँचाई कितनी होगी।

पहली आह रेशमी कपड़े में लिपटे-लिपटे ही स्वर्ण-कलश ने भरी। उसने कहा, 'इन सारी धातुओं में मैं ही सबसे ज्यादा मूल्यवान् हूँ। मेरी गढ़ाई और बनाई में इतना समय, इतनी कला और इतना परिश्रम लगा तब भी यह ताँबे का ध्वजदंड, जो एक काठ पर लिपटा रहेगा, मुझसे भी ऊँचा स्थान पाएगा। क्या यही है मेरा सौभाग्य? प्राण-प्रतिष्ठा के पश्चात् मैं ही वह तत्त्व हूँ, जिसका दर्शन करके लोग एक बार देव-दर्शन तक को टाल दें तो भी वे स्वर्ग जाएँगे।' शिखर और कलश दर्शन का इतना महत्त्व होते हुए भी सोने के सिर पर ताँबा सवार किए जानेवाले क्षण की कल्पना में वह सिसकियाँ भरने लगा।

ध्वजदंड पर लिपटनेवाला ताम्र कवच पास ही रेशम के पवित्र वस्त्र में लिपटा पड़ा था। उसने स्वर्ण-कलश की पीड़ा को समझा, स्वर्ण-सिसकियों का मर्म समझते उसे देर नहीं लगी। आखिर उसने सोने से ज्यादा आँच सही थी। कलश को कलेजे से लगाते हुए उसने कहा, 'बंधु! मन छोटा मत करो। मेरी नियति को देखकर अपना भाग्य सराहो। तुम तो तब भी प्रभु के ठीक माथे पर तो रहोगे न! मुझे तो प्रभु की पीठ के पीछे स्थान दिया गया है। मैं तुमसे कुछ ऊँचा रहूँगा या लगूँगा, इसपर आँसू बहाकर यह मत भूलो कि मैंने तुमसे ज्यादा आँच सही है। यह भी मुझे कोई दुःखद स्थिति नहीं लगती है। मेरा दुःख मूलतः यह है कि यह जो लोहे का त्रिशूल है न, इसकी न कोई कीमत, न इसकी कोई औकात, न इसकी कोई हैसियत—तब भी यह मुझसे

भी ऊपर स्थापित किया जाने वाला है। बताओ, क्या यह न्याय है? चंचल के चौघड़िए में इसे हम सभी के माथे पर गाड़ दिया जाएगा। क्या लाभ है उन लाभ, अमृत और शुभ के चौघड़ियों का? क्या मतलब हुआ इस देव-प्रतिमा और मूल्यवान् धातु जीवन का? शिखर सम्मान के सही हकदार को यह सम्मान मिलता कहाँ है? सम्मान तो अंततः लोहे का ही होना है न। न तो सोना सम्मानित है, न ताँबा; न अष्ट धातु, न अन्य कोई धातु। सबसे ऊँचा स्थान तो लोहे के इस टुकड़े को ही मिलेगा, रोने-चिल्लाने से क्या लाभ?'

लाल सूती कपड़ों में लिपटा हुआ त्रिशूल यह सब सुन रहा था। उसकी आँखों में आँसू आ गए। उसने देव को पुकारा। बोला, 'प्रभो! मेरा न्याय करो। बेशक ये कीमती धातु के हैं। मुझसे ज्यादा सम्मान इनको इस समय भी मिला है। स्थापना हम सभी की कहीं-न-कहीं शिखर पर ही होगी। पर ये तो अभी भी रेशम के कपड़ों में लिपटाकर ले जाए जा रहे हैं। मैं तो अभी भी सूती वस्त्र में बाँधा गया हूँ। जहाँ-तहाँ रखा हुआ हूँ। पर यह तो आप भी जानते हो कि इस सोने और ताँबे से ज्यादा आँच मैंने सही है। लुहार ने मुझे पीटा भी इनसे ज्यादा है। इनपर तो हथौड़ियाँ ही चली हैं, मुझपर तो हथौड़े चले हैं। इनपर चलनेवाली हथौड़ियाँ पराए गोत्र लोहे की थीं, पर मुझपर तो वार और मार करनेवाले हथौड़े भी मेरी ही जाति और मेरे ही गोत्र के थे। मेरी पीड़ा का बदला यदि मुझे सर्वोच्च स्थान पर स्थापित करके मिल रहा है तो इनको प्रसन्न होना चाहिए। बेशक मेरा मोल इनसे कम है, पर मैंने कष्ट तो इनसे ज्यादा ही झेले हैं। और फिर शिखर पर लगनेवाले धातुओं का यह प्रावधान कोई मैंने तो किया नहीं है। आखिर किन्हीं समझदार सोचवाले मनीषियों ने ही यह स्थान-निर्धारण किया है। अगर ये ज्यादा मूल्यवान् धातु के हैं तो उनके मन में यह दो कौड़ी की ईर्ष्या क्यों है?' और त्रिशूल का कण-कण मानो बगावत पर उतर आया। वह बोले ही जा रहा था। देव-प्रतिमा ने अपनी अंतर्यामी अरूपा शक्ति से सभी के मन में झाँक लिया था। मन-ही-मन एक सौम्य मुसकराहट की आभा संसार प्रतिमा के भीतर सर्जित हो गई। प्रभु ने सभी को अभय का वरदान देते हुए कहा, 'इस निरर्थक और मलिन विवाद को विराम दो। विराम ही नहीं दो, इसे समाप्त करो। तुम्हारी

अपनी-अपनी पीड़ा अपने-अपने स्थान पर सही हो सकती है; पर एक लोक-कल्याण का पक्ष तुम सभी से अज्ञात लग रहा है। कुछ दूर की सोचो।'

सभी चौकन्ने होकर भगवान् की बात सुनने लगे। प्रभु बोले, 'गाँव में मंदिर और मंदिर के शिखर की सर्वोच्च ऊँचाई देने की अवधारणा मात्र मंदिर के महत्त्व या उसकी दिव्यता और पवित्रता के कारण नहीं है। जिस ऊँचाई को लेकर तुम लड़ रहे हो, उससे भी ऊँचा होता है आकाश—और आकाश में मात्र देवगण ही नहीं होते, वहाँ और भी बहुत कुछ है, जिसके प्रकोप से विश्व-सर्जना को बचाना आवश्यक है। तुमने बादलों का नाम सुना होगा। वर्षा का मतलब तुम समझते होगे। इंद्र की सत्ता से तुम्हारी सहमति होगी। चंचला, सौदामिनी बिजली की मार का अनुमान तुमको होगा। शिखर को ऊँचाई इसलिए दी गई है कि मंदिर का शिखर गाँव पर पड़नेवाली बिजली को अपने सिर पर झेलकर एक बार स्वयं ध्वस्त हो जाए, पर वह सारे गाँव को बचा ले। उसपर स्वर्ण-कलश इसलिए चढ़ाया जाता है कि उस चंचला की मार को शिखर-पाषाण से पहले वह झेले और खुद स्वाहा हो जाए, पर शिखर को बचा ले। अगर शिखर बच गया तो देव-प्रतिमा, जो प्राण-प्रतिष्ठा से प्रतिष्ठित और वरदात्री है, वह बच जाए। ताँबे का ध्वजदंड, कवच और डमरू तथा पीतल की घंटियाँ, पत्तियाँ इसलिए कलश से भी ऊँची हैं कि पहला वार वे झेल लें और देव-प्रतिमा तथा अमूल्य धातु स्वर्ण को बचा सकें। सबसे ऊपर त्रिशूल को इसलिए रखा है कि उसमें चोट सहने की शक्ति तुम सभी से ज्यादा है और मंदिर के सहारे लोहे की लंबी पत्ती को जमीन तक जोड़कर वह शिखर से भूमि तक अपना संबंध रखे और चंचला विद्युत् की पहली मार अपने कलेजे पर झेलकर उसे भूमि में उतार दे, ताकि यदि जले और नष्ट भी हो तो कम-से-कम मूल्य की धातु ही नष्ट हो और उसके कारण ताँबा, सोना, शिखर और देव-प्रतिमा के साथ-साथ पूरा मंदिर सही-सलामत बच सके और विद्युत् वेग और चपेट को भूमि में उतारकर वह सारे गाँव और जन-जन तथा प्राण-प्राण की रक्षा कर सके। सभी को अपने-अपने जीवट और संघर्ष-शक्ति के अनुरूप स्थान मिला है। अगर बिजली ने चोट करके तुम सभी को नष्ट कर दिया और प्राण-प्रतिष्ठित प्रतिमा ही नष्ट

हो गई तो कौन आएगा दर्शन करने ? क्या मतलब रहेगा उस मंदिर का ? तुम जले-भुने बैठे रहना अपने-अपने शिखरों पर। मंदिर की, गाँव और जनजीवन की रक्षा आकाश से टूटनेवाली बिजलियों से वही कर सकेगा, जिसका सिर आकाश की छाती पर टिका हो, जिसके पाँव जमीन से जुड़े हों, जिसने अपनी कर्मठ भुजाओं में मंदिर के पूरे आकार को कस रखा हो, जिसने सबसे ज्यादा आग का सामना किया हो, जिसने सबसे ज्यादा अपने ही खानदान और गोत्रवालों की चोटें सही हों, जो आकाशीय प्रहार को अपने कर्मठ कलेजे पर झेलने की शक्ति रखता हो, जो स्वयं को नष्ट करके भी पूरी आकाशीय आग को धरती में उतारने का दम रखता हो, और समय आने पर यदि उसे बदलने का उपक्रम करना पड़े तो जो कम-से-कम मूल्य चुकाकर बदल दिया जा सके, ताकि किसी लखपति-करोड़पति का मुँह जनजीवन को नहीं देखना पड़े। जो अकिंचन हो, आसान हो और सहज उपलब्ध हो, शिखर सम्मान का उचित और सर्वोपरि अधिकारी वही होगा।

'अपने-अपने स्थान पर सजीव बने रहो। आकाश को अपने माथे पर झेलने की अपनी क्षमता को सँभालो। एक-दूसरे से ईर्ष्या नहीं करो। तुम जानते नहीं हो कि प्राण-प्रतिष्ठा के समय सबसे बड़ी बोली मेरे निमित्त लगेगी, गाँव के गरीब हाथ मलते देखते रह जाएँगे। मेरे बाद सबसे बड़ी बोली स्वर्ण-कलश की लगेगी, गाँव का गरीब फिर टुकुर-टुकुर देखता रह जाएगा। उसके बाद फिर सबसे बड़ी बोली ताँबे के इस ध्वजदंड, कवच और डमरू आदि की लगेगी। गाँव के निर्धन फिर मन मसोसते खड़े रह जाएँगे। केवल यह लोहे का सस्ता सा त्रिशूल ही है, जिसपर सबसे अंत में बोली लगेगी और गाँव के गरीबों को इसी पर अपना पसीना न्योछावर करने का अवसर मिलेगा। गरीब-से-गरीब आदमी भी इसपर बोली लगाने का साहस कर सकेगा। जिसे एक भी गरीब का सहारा मिल जाएगा, वह कितना ऊँचा उठ जाएगा, इसपर खुशी मनाओ।

'शिखर सम्मान की समीक्षा करते समय तुम्हें कई का ध्यान रखना होगा। अगर कीमती, मूल्यवान् और ऊँचे खानदान में जन्म लिया है तो ईर्ष्या जैसी ओछी आग से बचो। मुझे ही देख लो। मैं बिलकुल पत्थर का हूँ और

सबसे हाँ, हाँ—तुम सभी से नीचे स्थापित किया जाऊँगा। इसीलिए पूजा भी जाऊँगा। अगर मूल्यवान् होने का ही दुःख है तो फिर गिन लो, गणित लगा लो, लोहे का यह त्रिशूल तो तब भी मुझसे ज्यादा मूल्यवान् धातु का है—इस बेचारे ने तो कभी नहीं कहा कि यह पत्थर का टुकड़ा क्यों प्राण-प्रतिष्ठा पा रहा है ? एक तुम हो जो बराबर रोए जा रहे हो। वह 'प्राण-प्रतिष्ठा' निरर्थक है, जिसके आस-पास जनजीवन के लिए 'प्राण-प्रतिष्ठा' के उपादान नहीं हों। तुम्हारा सौभाग्य है कि तुम जनजीवन की 'प्राण-प्रतिष्ठा' के उपादान हो।' और देव-प्रतिमा चुप हो गई। गाड़ी-छकड़े चलते रहे।

शिखर सम्मान की इस परंपरा और प्रस्थापना का विवेचन न जाने कब होगा।

□

आम की व्यथा

अच्छा-खासा हरा-भरा आम था। एक सदी से भी ज्यादा पुराना। खूब फल आते। खूब बौराता। कोयल रात-दिन कूका करती। बंदनवारों में उसके हरे-कच्चे पत्ते घर-घर बाँधे जाते। मंदिरों, देवालयों और मंगल कलशों पर उसके पत्ते शोभा पाते। पतझर अपना लाख जोर लगाता, पर उसे पूरा नहीं लील पाता। प्रकृति और प्रभु की दी हुई विकट जिजीविषा थी उसमें। आते-जाते राहगीर उसकी छाँह में आराम करते, अपना सत्तू-पानी खाते-पीते और यात्रा की थकान उतारते। आम क्या था, एक तरह का मोद मंगल था। अकसर गाँव के प्रेमी-युगल उसके नीचे मिल बैठते। सावन आते-आते मनचली, मस्तानी ग्राम गोरियाँ उसपर झूला बाँध देतीं, खूब पेंगें मारतीं, मंगल गीत होते। दूर-दूर तक इस रसाल के रसीले फल प्रसिद्ध थे। इसकी कच्ची केरियाँ अचार के काम आतीं, पक्की केरियाँ चाव से चूसी जातीं। समझदार लोग इस आम की गुठली सँभालकर रखते। पास के अपने-अपने खेतों की मेंड़ों पर आषाढ़ आते ही बो देते। इसकी आयु देखते हुए लोगों ने आस-पास अपने-अपने देवी-देवता बैठा दिए। सिंदूर, अगरबत्ती, फूल, नारियल, मेवा, प्रसाद सभी समय-समय पर चढ़ता-बँटता, मनौतियाँ होतीं, पलने बँधते। और इस आम के वृक्ष को लोगों ने ग्राम-देवता के साथ-ही-साथ 'आम-देवता' की मान्यता दे दी। विशाल घेरा और छतरीदार घेराव, हरे-कच्चे पत्ते और अरुण आभा से दिपदिपाते नए-नए कोंपल-पल्लव, मंगल-ही-मंगल। चाहे जैसी

मुराद लेकर लोग आते और अपनी मनौती का सूत्र बाँधकर चले जाते। वांछा फलती-फूलती तो वापस आकर, उसके तने से टिककर अपने इष्ट देव से प्रार्थना करते, धन्यवाद देते, उपकार मानते और जीवन को धन्य मानते। दसों दिशाओं में आम का यश उसकी सुवास की तरह ही फैला हुआ था।

अनायास एक दिन रातोरात उसके माथे पर आकाश से अमरबेल आकर बैठ गई। आम ने माथे पर वजन महसूस किया और मन-ही-मन मुसकराकर रह गया। उसने कान लगाकर सुना, उसकी कोंपलें, उसके नए-नए पत्ते अमरबेल से लड़ रहे हैं। जमकर बहस हो रही है।

पत्तों ने अमरबेल से दाँत पीसते हुए पूछा, 'न तेरी कोई जड़, न तू मिट्टी से जुड़ी हुई। आकर बैठ गई हमारे बाप के माथे पर। तुझे पता है, तेरा पग फेरा कितना विनाशकारी है! जिस तरह रातोरात आई है उसी तरह रातोरात भाग जाना।'

अमरबेल ने अट्टहास लगाया। उत्तर दिया, 'मैं अपने मन से तो आई नहीं हूँ। मुझे भी ईश्वर ने भेजा है। मेरा पगफेरा कितना विनाशकारी है, यह कहनेवाले तुम कौन होते हो? माना कि तुम इस आम की टहनियों से जुड़े इसके बेटे-पोते हो, इसके वंशज हो, इसके पल्लव हो; पर क्या तुमने यही सीखा है कि घर आए मेहमान से संस्कारहीन व्यवहार किया जाए? मुझे भगवान् ने भेजा है, मैं अपने मन से नहीं आई हूँ। मुझे ठेठ ऊपर का हुक्म है। मुझसे कुछ मत कहो। जो कहना है, ऊपरवालों से कहो। जैसा मेरा जीवन होगा वैसा मैं जिऊँगी। तुमसे जो हो, वह कर लेना। बकबक बंद करो।'

रात-दिन कुहू-कुहू करनेवाली कोयल अमरबेल की इस उपस्थिति के साथ ही आम की सबसे ऊँची झमकारी पर से उड़ गई।

आम ने जिंदगी देखी थी। वह अपना भविष्य भलीभाँति पढ़ चुका था। उसकी जड़ें मिट्टी में गहरी थीं। उसने बिना मौसम की इस बहस को बंद करवाने की कोशिश की। चुपचाप अमरबेल से कहा, 'जब तू आ ही गई है तो अब जैसा तेरा धर्म हो वैसा निबाह। बैठ ही गई माथे पर तो आराम से बैठ, हल्ला-गुल्ला मत कर। जब तक ऊपरवाला चाहेगा, तेरा वजन मैं सह लूँगा। तेरे लायक जो भी खाना-पीना इस घर में हो, वह तू मौज-शौक से

खा; पर मेरे बच्चों से झगड़ा मत कर। तू जो भी जगह घेरती है, वह आखिर इन बच्चों से ही तो छीनकर घेरेगी न। जो भी दाना-पानी लेगी, वह इनके मुँह से ही तो छीनेगी न? इनका चिढ़ना वाजिब है। रहा सवाल मेहमान बनकर आने का, सो जब तक तेरा मन हो, तू रह ले। मैं मर जाऊँगा, पर तुझसे कभी नहीं कहूँगा कि जा, चली जा, बेशक मेरे सौ-पचास बेटे-पोते तेरी चपेट में आकर मुझसे हमेशा के लिए बिछड़ जाएँगे; पर मैं कुछ नहीं बोलूँगा। तेरे न तो पत्ते, न कोई फूल, न कोई फल, तू क्या जाने कि बेटे-पोतों का हक कितना और कैसा होता है। आराम से अपना समय काट। बस, चीखना-चिल्लाना और अधिकार जमाना बंद कर दे। जान लेनी हो तो मेरी ले लेना, मेरे बाल-बच्चों से कुछ मत कह।'

और सभी ने देखा कि रात-दिन उसपर टें-टें करनेवाले हजारों हरियल तोतों ने अपना डेरा आस-पास के दूसरे वृक्षों पर लगा लिया। उनकी नजर अपने प्यारे आम पर थी। पर अमरबेल की सोहबत में एक पल भी नहीं बैठना चाहते थे।

आम ने अमरबेल से गहरी साँस लेकर कहा, 'देखा तेरा आना? तेरे आते ही मेरे अच्छे-भले गाते-चहचहाते साथी-संगती मेरा आँगन छोड़कर चले गए। मेरी रौनक समाप्त होती चली जा रही है। भगवान् जाने तू जाएगी, तब तक मेरे पास क्या बच पाएगा! मेरे सारे घर में आग लगी हुई है। बाल-बच्चे सभी एक-एक कर छूटते जा रहे हैं।

अमरबेल को अपने जीवन में पहली बार आम का जीवन-रस पीने को मिला था। उसे उसकी उम्र बढ़ती लग रही थी। भला आसानी से कैसे छूट जाए ऐसा आसरा? उसने आम से जोर जमाते हुए कहा, 'मेरे आने पर सारे खानदान ने आसमान सिर पर उठा लिया है। वो देख, मुझसे भी ऊपर और तेरे सबसे छोटे राजदुलारे पत्ते के भी माथे तक चढ़कर आ गई है कड़वी गिलोय। ये कड़वी बेल ठेठ वहाँ से यहाँ तक चढ़ गई। न तू कुछ बोला, न तेरा परिवार कुछ बोला। क्या तुझे दिखता नहीं है? जैसी वो आई वैसी मैं भी आई। घर आनेवालों से दूज-भाँत करते हो तुम लोग?'

अब अट्टहास करने का समय आम का था। वह सिर से पाँव तक

पुलकित हो गया। उसने देखा कि वास्तव में गिलोय उसके सबसे ऊँचे सिर—मौर से भी ऊपर तक जा पहुँची है। यह भी सही है कि वह रेशे-रेशे से कड़वी भी है। आम ने अमरबेल से दृढ़ता के साथ कहा, 'हाँ, यह कड़वी गिलोय, तू जैसा कहती है वैसी ही है और तू जहाँ तक देख रही है वहाँ तक चढ़ भी गई; पर पगली, तुझमें और इसमें एक फर्क है ही।'

'क्या फर्क है ?' अमरबेल ने पूछा।

'फर्क यह है कि एक तो यह उसी मिट्टी से अपनी जड़ के साथ पैदा हुई है जिस मिट्टी से मैं पैदा हूँ। यह अगर कड़वी भी है तो मेरी माँ-जायी है, मेरी सगी बहन है। यही कारण है कि यह ठेठ मेरे तने से शुरू हुई और मुझसे लिपटी-लिपटी मेरे माथे से भी ऊपर चली गई। तब तक मुझे पता ही नहीं चल पाया कि यह आ भी गई और इतनी ऊपर उठ भी गई। यह सारा जीवन-रस मेरी माँ मिट्टी से ही लेती है, तेरी तरह मुझसे नहीं। दूसरी बात तू ही देख। बेशक यह कड़वी और रेशे-रेशे से अस्वीकृत है, तब भी इसके आने पर मेरे परिवार ने किसी तरह का प्रतिरोध नहीं किया। यहाँ तक कि मुझपर बैठकर गाने-चहचहानेवाले मित्र भी नहीं उड़े। पर तेरा मामला बिलकुल दूसरा है। एक तो तेरी अपनी कोई जड़ नहीं है, अपना जीवन ज़ीने के लिए तू जो भी प्राण-रस लेगी, वह मुझसे ही लेगी। मेरे बाल-बच्चों का हक मारेगी। फिर तू सीधे माथे पर आकर बैठ गई है। इस कड़वी गिलोय में कम-से-कम इतना संस्कार तो है कि यह मेरे पाँव छूती हुई लिपटती-लिपटती माथे तक पहुँची है। वह अगर मेरे कलेजे से लिपटी है तो उसने अपने कलेजे की ऊष्मा भी मुझे दी है। तू आकाश से आई, माथे पर बैठी और उलटा हक भी जमा रही है। गिलोय हक कहाँ जमा रही है ? कड़वा ही सही, पर उसके पास अपने फूल-पत्तों का एक हरा-भरा परिवार है। वह मेरे बाल-बच्चों को चूम रही है, सहला रही है। उसे जड़, जमीन और जिस्म का मतलब मालूम है और वह आई तो किसी-न-किसी बीमार के काम आकर ही जाएगी; पर तू है कि...'

अमरबेल ने खुद को बहुत ही अपमानित और असहाय पाया। वह तिलमिला गई। बुझे मन से चिल्ला पड़ी, 'ठीक है, ठीक है। अगर ऐसा ही है तो मैं इस कड़वी गिलोय से पहले ही चली जाऊँगी। अपनी सगी बहन से लाड़ लड़ा लेना

खूब जी भरकर। अपने भतीजों के लिए बड़ी सौगातें लाई है न यह!'

'बुरा मानने की आवश्यकता नहीं, बावली। सभी जानते हैं कि तू जब वापस जाएगी तो क्या तेरी हालत होगी और क्या मेरी। तू जिसके भी माथे पर बैठ जाती है, उसका सारा जीवन-रस नष्ट हो जाता है। तू जब तक खुद नहीं सूखती तब तक अपनी जगह से जाती नहीं। जहाँ-जहाँ तेरा स्पर्श हुआ है, वह सारा अंजर-पंजर सूखकर काठ हो जाएगा। तुझे ऊपरवाले ने नहीं भेजा होता तो मैं तुझे धक्के भी दे देता; पर तू ऊपरवाले की भेजी हुई आई है, तेरा स्वागत है। मैं कोशिश करूँगा कि अपने बाल-बच्चों को भी समझा सकूँ; पर जो कुछ हो रहा है, वह सब तेरे सामने है, तू देख ही रही है। ऊपरवाले को यह सब बताने के लिए तू खुद भी तो यहाँ से जीवित जानेवाली नहीं है। तू भी तो रेशा-रेशा मरकर ही यह घर छोड़ेगी। चिंता मेरी एक ही है कि एक तो तू खुद भी मर जाएगी, दूसरे जहाँ-जहाँ तक तेरी छाया-माया है वहाँ-वहाँ तक मुझे भी सुखा देगी। रोना यह नहीं है कि तेरे कारण मेरे फल तक सूख जाएँगे। जिन मीठे आमों के कारण आज मैं संसार में पहचाना जाता हूँ, वे रसाल, वे महमहाते आम खाने के लिए पीढ़ियाँ तरस जाएँगी। इतना भर भी होता तो मैं मन को समझा लेता; पर क्या कहूँ!' और आम की साँसें लंबी चलने लगीं। वह चुप होता लगा।

'अपनी बात पूरी कर ही दो, दादा।' गिलोय ने कहा।

'क्या तो कहना है और क्या अपनी बात पूरी करनी है, बहना! इस अमरबेल के कारण मेरे कुल का नाश हो जाएगा, उसका भी मुझे मलाल नहीं है। दुःख यह है कि अगर मेरा फल सूख गया तो मेरा बीज मर जाएगा। कहीं ऐसा नहीं हो कि मेरा गोत्र ही नष्ट हो जाए। ऊपरवाले अगर मिट्टी से जुड़े होते तो इस विनाश का अंदाज लगाते, खैर। मैं अपनी माँ मिट्टी से अधिक प्राणवत्ता और जीवन-रस माँगूँगा अपनी जड़ों को मजबूत रखूँगा। और इस अमरबेल की चिर-विदाई तक इसे अपने माथे पर बैठाए रखूँगा।'

'अमर रहो मेरे लाल! खूब जियो!' एक ममता भरा स्वर आकाश में यहाँ से वहाँ तक व्याप्त हो गया। यह आवाज मिट्टी माँ की थी।

□

ओ३म् शांति

आदमीयत और जिंदादिली का जहाँ तक सवाल है, अपने पीरू अंकल का कोई जवाब नहीं। अपने कस्बे में जिधर से भी वे निकल जाते हैं, 'पीरू अंकल, पीरू अंकल' की आवाजें लगने लगती हैं। जंगली धावड़े के कसाव, गठन और रंग-रूपवाली काया और सिर पर सफेद झक बालों के साथ जब वे अपनी लोचदार लचकीली-लहराती चाल से चलते हुए घर से निकलते हैं तो उनका एक नियम होता है कि वे देहरी लाँघते ही अपने दरवाजे के बाहर बीच रास्ते में खड़े होकर, जोर से आवाज लगाते हुए अपनी पत्नी से खादी भंडारवाला अपना कंधे पर लटकानेवाला झोला माँगते हैं। झाड़-झटककर, झोला कंधे पर लटकाकर वे अपनी अनुपस्थिति में क्या-क्या काम करना और क्या-क्या नहीं करना—इन सबका खुलासा घरवाली के सामने करने के बाद जिधर को मुँह होता है उधर ही चल पड़ते हैं। यह पीरू अंकल का रोजमर्रा का चलन है। जहाँ तक विशेषताओं तथा विशेषज्ञताओं का सिलसिला है, अंकल की शख्सियत में इसकी एक लंबी सूची है। पर अंकल खुद अपनी इस सूची पर कभी एक सरसरी नजर भी नहीं डाल पाते। कोई दिन ऐसा नहीं जाता, जब यह सूची खुद में एक-न-एक नई विशेषता जुड़ती हुई नहीं पाती हो। खाने-कमाने का जहाँ तक मुद्दा है, पीरू अंकल के लिए इतना भर लिखना पर्याप्त है कि वे एक उच्च श्रेणी के शिक्षक के तौर पर अभी दो बरस पहले ही रिटायर होकर अपना शेष आयुकाल पूरी जिंदादिली

के साथ बिता रहे हैं। अब जब एक आदमी के पास विशेषताओं की लंबी सूची है तो फिर सवाल यह भी उठता है कि इस सूची में सबसे पहली—नंबर एकवाली विशेषता कौन सी है? बस, यही एक बात बहुत मातबर और मतलब की है। पीरू अंकल की सबसे महत्त्वपूर्ण विशेषता है शवयात्राओं में जाना और मरघट में संपन्न होनेवाली शोकसभाओं में अपनी ओर से श्रद्धांजलि अर्पित करना। इस कार्य में वे इतनी महारत हासिल कर चुके हैं कि लोग उन्हें 'श्मशान की रौनक' तक कहने लगे हैं। गाँव में उस शवयात्रा को शवयात्रा नहीं माना जाता, जिसमें पीरू अंकल शामिल नहीं हों। मरघट में संपन्न हुई उस शोकसभा को तो कोई शोकसभा मानेगा ही नहीं, जिसमें पीरू अंकल का भाषण नहीं हुआ हो। अमूमन मरघटी शोकसभाओं में अंत में ही पीरू अंकल से बोलने को कहा जाता है। अंकल जब अपना सवेरेवाला नगर-भ्रमण शुरू करते हैं तब सबसे पहले उन घरों में जाते हैं, जिनमें किसी सदस्य की तबीयत खराब होने का समाचार उनको मिल चुका होता है। वैसे टोह वे खुद भी लेते रहते हैं। पर गाँव के मनचले लड़के-बच्चे अंकल की इस फेरी का मतलब समझते हैं। इसलिए अपनी ओर से अंकल को सभी सूचित कर देते हैं कि अंकल, फलाँ के घर में फलाँ आदमी बीमार है और वहाँ आपकी याद हो रही है।

अंकल अपनी दिमागी डायरी में उस घर को नोट करते रहते हैं, फिर अपनी फेरी इस हिसाब से शुरू करते हैं कि घंटे-दो घंटे में वे सारे घर उनकी उपस्थिति से गुलजार हो जाएँ, जहाँ कोई बीमार चल रहा है। बीमार से सेहत की पूछताछ करेंगे, दवा-दारू की जानकारी लेंगे, डॉक्टर-वैद्य का नाम पूछेंगे, पथ्य-परहेज और आराम-उपचार की सलाह देंगे। 'पहला सुख निरोगी काया' से शुरू करते हुए चरक संहिता, आयुर्वेद, डॉक्टरी, एलोपैथी, होम्योपैथी, ओझा-झाड़-फूँक, तंतर-मंतर, टोना-टोटका, गंडा-तावीज पर तफसील से अपनी रोचक शैली में बीमार और उसके घरवालों से न जाने क्या-क्या कहते रहेंगे। समय इतना लेंगे कि अंकल के लिए चाय-पानी आ ही जाए। बीच में दो-एक बार बात को तोड़ते हुए उठने का उपक्रम करेंगे, तब तक दूसरे तीमारदार और स्वयं मरीज ही उनसे प्रार्थना करने लग जाएगा कि 'नहीं

अंकल, जरा देर और बैठो। सभी का मन लग रहा है। मरीज को बड़ा आराम मिल रहा है।'

और अंकल इस प्रार्थना को हलके से रोध-प्रतिरोध के बाद स्वीकार करते हुए भी कहेंगे, 'मरीज के पास ज्यादा देर बैठना नहीं चाहिए। अगर बैठ भी गए तो उसका भेजा नहीं खाना चाहिए। बीमार का पहला उपचार है उसका मनोबल और दूसरा उपचार है उसके आस-पास बनी हुई शांति। दवा-दारू और डॉक्टरों का नंबर इसके बाद आता है।'

इस निश्छल डाँट-फटकार के बाद भी वे इत्मीनान से बैठे गपियाते रहेंगे। बेशक अपनी कलाई घड़ी को जरा-जरा सी देर में देखते रहेंगे, पर कहेंगे नहीं कि मुझे दूसरे बीमार का हाल पूछने भी जाना है। हालाँकि सारा हाजिर मजमा जानता रहता है कि अंकल इसके बाद किसके यहाँ जाएँगे। खैर, अंकल अपनी फेरी में यही टोह लेते रहते हैं कि कौन बीमार अच्छा हो जाएगा और कौन लटक रहा है। कौन कितने दिन का मेहमान है और किसकी क्या हालत है।

शोकसभाओं में तालियाँ बजवा देना और दो-चार ठहाके लगवा देना पीरू अंकल के बाएँ हाथ का खेल है। हँसी की लहरें तो उनकी उपस्थिति मात्र से ही शुरू हो जाती हैं; पर तब भी लोग मन-ही-मन भी सोचते रहते हैं और कानाफूसी तथा खुसुर-फुसुर में एक-दूसरे से कहते रहते हैं कि अंकल आज मरनेवाले तक की तबीयत खुश कर देंगे। और तो और, मरनेवाले के आत्मीय-से-आत्मीय परिजन और शोक-संतप्त करीबी-से-करीबी नाते-रिश्तेदार तक पल-दो पल को अपना रोना भूलकर होंठों पर आई मुसकान को चबाने लग जाते हैं। अंकल को इसके लिए कोई मेहनत नहीं करनी पड़ती। कई बार तो वे खुद कह पड़ते हैं कि 'राम जाने यह सब कैसे हो जाता है! मैं खुद नहीं चाहता हूँ कि ऐसा हो, पर नटते-नटते भी वैसा हो ही जाता है। अब भगवान्‌जी न जाने कौन से नरक में मुझे डालेंगे।'

इतना मलाल पाल लेने के बाद अंकल अपने आप ही कह पड़ते, 'चलो, कोई बात नहीं। जिस भी नरक में मैं रखा जाऊँगा, वहाँ वे दस-पाँच लोग तो मिल ही जाएँगे, जिनको मैंने अपनी शोक-श्रद्धांजलि अर्पित की है।'

और सारा उपस्थित समुदाय हो-हो करके हँसने लग जाता।

पीरू अंकल की इस विशेषता पर तुर्रा उस दिन लगा, जब कि गाँव के उमराव चौधरी बीमार पड़े और उनकी बीमारी गंभीर हो चली। अपने नित्य नियम के अनुसार पीरू अंकल चौधरी साहब का हाल पूछने उनके घर गए। अंकल को लगा कि पंछी उड़ने वाला है। उन्होंने सांत्वना देने की कोशिश की। ज्यों ही चौधरी जरा सहज हुए, उन्होंने अपने बच्चों से कहा, 'मुझे लगता है कि अब मेरी काया की हवेली उजड़ने वाली है। जो कुछ तुम्हें करना हो, वह करते रहना; पर मेरी शवयात्रा में अगर मरघट में कोई शोकसभा हो तो उसमें पीरूलालजी को जरूर शामिल रखना।' चौधरी परिवार के सदस्य सिर लटकाए हामी भरते रहे। पर अंकल यहाँ भी एक कदम आगे बढ़ गए। बच्चों की हिमायत करते हुए उमरावजी से बोले, 'जो काम मुझे करना है, उसकी भारवण इनको क्यों देते हो ? मैं जो यहाँ मौजूद बैठा हूँ। मैं बराबर हाजिर हो जाऊँगा। पर पहले अपना प्रोग्राम तो पक्का करके तारीख-तिथि बता दो। मुझे भी पचास काम हैं। आपका इरादा पक्का हो गया हो तो मैं उस दिन फिर गाँव में ही ठहरूँ। कहीं इधर-उधर नहीं भटकूँ।' यह सब पीरू अंकल ने कुछ ऐसी सादगी से कहा कि सारे वातावरण में कहकहे बिखर गए। डूबते सूरज के चेहरे पर नई लाली छा गई। बच्चों को लगा कि चौधरी साहब अब अच्छे हो जाएँगे। अपनी हाजिरी दाखिल करवाकर पीरू अंकल चलते बने।

अंकल के किस्से रोज बनते ही चले जा रहे थे। खुद पीरू अंकल उस दिन अंसारी सर के पिताजी के इंतकाल पर अपने कहे की चर्चा आज तक करते रहते हैं। अंकल को पता चल गया था कि अंसारी सर के वालिद मियाँ बीमार चल रहे हैं। वे इस दुनिया जहान से कभी भी सफर कबूल कर सकते हैं। अंकल उनकी मिजाजपुर्सी के लिए जाते, तब तक वे वाकई अल्ला मियाँ को सलाम करने जन्नत में दाखिल हो गए। अंकल ने अपने आपको अंसारी सर के दौलतखाने पर दाखिल किया। अंसारी सर समझ गए कि अंकल कुछ-न-कुछ ऐसा-वैसा जरूर कह देंगे। वैसे भी, अंसारी सर के मन में अंकल के प्रति कोई खास भावना थी भी नहीं। वे अंकल की सोशल छेड़छाड़

को फूहड़ता मानते थे। यदा-कदा अपने आस-पासवालों से कहते भी थे कि कभी-न-कभी यह लँगड़ा बुरी तरह बेइज्जत होकर रहेगा। पर आज मसला बिलकुल जाती था। अंकल उनके दरवाजे पर मरहूम वालिद मियाँ को अपना सलाम पेश करने आए थे। मामला शिष्टाचार का था। सवाल रस्म और रिवाज का भी था। अंकल ने बैठक में दाखिल होते ही अपना सलाम पेश किया और जरा सा ऊँचा बोले, 'ओ३म् शांति।' अंसारी सर ने बैठने का इशारा किया। दोनों पकी-पकाई उम्र के थे, यों कहो कि हमजोली। बराबरी के पढ़े-लिखे। कई साल एक ही साथ, एक ही मदरसे में गुजारकर आगे-पीछे रिटायर हुए। दोनों एक-दूजे की नस-नस से वाकिफ। छेड़छाड़ में करीब-करीब यक साँ।

अंकल ने कंधे पर से अपना गांधी झोला उतारा। बिछात पर बैठे और बैठते ही सांत्वना देने की मुद्रा में शुरू हो गए, 'वालिद मियाँ का मुझपर बड़ा लाड़-प्यार था। आप बेशक उनके जायंदा जाँनशीन हैं, पर मैं भी अपने आपको उनका धरम बेटा मानता हूँ। मेरा दुःख आपसे कम नहीं है। पर अंसारी भाई! अब इस मौत का क्या करो? हरामजादी न जाने कहाँ से, न जाने कब आदमी के जिस्म में घुस जाती है। अब्बा जान को खुदा ने अपने पास बुला लिया। दुनिया के इस राग-रंग को आप खूब समझते हो। यहाँ किसी का बस नहीं चलता। अब आपको उनकी गैर मौजूदगी में जीने की कोशिश करनी होगी। वे तो मर ही चुके हैं।'

अंसारी सर के लिए बहुत हो चुका था। उन्होंने पीरू अंकल को बीच में ही थाम लिया, 'पीरू भैया! मेरे वालिद मरे नहीं हैं। उनका इंतकाल नहीं हुआ है। उन्होंने बस, हमसे परदा कर लिया है।'

इतना सुनते ही पीरू अंकल का मन उस मोड़ पर पहुँच गया, जहाँ उनको रास्ता मिलता है। वे बोले, 'अंसारी भाई! आपके वालिद ने आपसे परदा कर लिया है। खैर, आपमें परदा प्रथा वैसे भी जरा ज्यादा सख्त डिसिप्लीनवाली है। पर परदा तो औरतें करती हैं। आपके घर में यह मर्दों ने परदा करना कब से शुरू··'

इतना सुनने भर की देर थी कि अंसारी सर की आँखों से चिनगारियाँ

निकलने लगीं। करीब-करीब चीखते हुए वे बोले, 'लँगड़े! अब तू यहाँ से लंबा हो जा। स्साला, बड़ा आया है मातमपुर्सी करने! जब देखो तब...'

पर अंकल अविचलित बैठे रहे। अंसारी सर के चेहरे को पढ़ते रहे। अपने अंतर की सारी अबोधता को आँखों में लाकर करीब-करीब सिसकते हुए बोले, 'मुझे क्या पता था कि मेरा भाई 'गीता' पढ़ रहा है। चल बोल, ओ३म् शांति। चेहल्लुम की तारीख बता और रो अपने बाप को। पढ़ता है पाक कुरान शरीफ, बोलता है पवित्र गीता और जलता रहा है गुस्से की आग में। तेरी जहन्नुम पक्की है बड़े भाई!'

अंसारी सर का गुस्सा जरा कम हुआ। हाथ जोड़कर बोले, 'पीर्‍या! अब तू अपना रास्ता ले। मेरे मरहूम वालिद को और मुझे अपने हाल पर छोड़ दे। इस घर पर रहम खा।'

उठते-उठते भी अंकल बोले, 'हमारे यहाँ तो यह सारा लफड़ा तेरह दिनों का होता है; पर भाई मेरे! तुझे तो पूरे चालीस दिन यही सब करना है। आज जाता हूँ। वक्त-बेवक्त फिर हाजिर हो जाऊँगा। चाय तब ही पियूँगा। ओ३म् शांति।' और पीरू अंकल बाहर आ गए।

शहर में कई दिनों तक इस मातमपुर्सी की चर्चा तरह-तरह से होती रही। पर उस दिन तो गजब ही हो गया, जब पीरू अंकल खाना खा ही रहे थे कि कंधों पर गमछा और टॉवेल डाले, बनियान-पाजामे में चार-पाँच नौजवान उनके दरवाजे पर आ धमके। पड़ोसवालों को आश्चर्य हुआ कि लग तो रहा है कि ये लोग किसी शवयात्रा में श्मशान के लिए निकले हैं, पर उधर नहीं जाकर इस अच्छे-भले चहकते-महकते घर के सामने कैसे आ गए? उन्होंने अंकल को आवाज लगाई।

अंकल ने गुस्सा चबाते-चबाते ही पूछा, 'क्या बात है, भाई?'

बाहर से वे लोग बोले, 'चलिए, आप जल्दी करिए। वो संतू पहलवान मर गया है। शवयात्रा शुरू हो गई होगी। सीधे मरघट चलना है। वहाँ सबकुछ आप ही को करना होगा। आप नहीं रहे तो वहाँ मजा नहीं आएगा।'

अंकल खाना खाते-खाते ही बोले, 'जरा ठहरो, मैं खाना पूरा कर लूँ, फिर चलता हूँ।' मुहल्लेवालों ने कुछ इशारों से पूछने की कोशिश की, पर

बात खुली नहीं। खाना पूरा खाने के बाद दागिए का बानक धारण करके पीरू अंकल बाहर निकले। यथा नियम उन्होंने अपनी घरवाली को आवाज दी। बाहर से ही कहा, 'मेरे झोले में पाँचेक सौ रुपए रख देना।' और उन युवकों से बोले, 'मेरा नियम है, जब भी मरघट में किसी शव-संस्कार के लिए जाता हूँ तो अपनी अंटी में चार-पाँच सौ रुपए दबाकर बैठता हूँ। मेरा मन भीतर-ही-भीतर करता रहता है कि एक जीव दुनिया से चला गया है। इसकी पंच लकड़ी में दो सौ, चार सौ रुपए अपने भी शामिल हो जाएँ तो अपना क्या बिगड़ता है! जानेवाले की परलोक यात्रा के लिए अपनी ओर से यही टी.ए. या मान लो कि अनुदान है।' अंकल का मूड यहीं से बन गया था। चारों-पाँचों चल पड़े। रास्ते भर इस टी.ए. और अनुदान पर चर्चा होती रही।

मरघट में संतू पहलवान का शव चिता पर चढ़ाया जा रहा था। अंकल ने जी भरकर उस शव का दर्शन किया, आँखों से अविरल आँसू बहाए। नाम बेशक संतू पहलवान था, पर काया उसकी मरियल थी। यही बीस-बाईस बरस का जवान रहा होगा। सारा चेहरा जला हुआ था। अस्पताल की चीर-फाड़ नजर आ रही थी। पता चला कि आग में झुलस जाने से संतू पहलवान मर गया है। किसी ने कहा, 'शहीद हो गया है।' कोई बोला, 'शान था शहर की।' कुँआरा ही था, सो बड़े भाई ने उसे मुखाग्नि दी। दागिए अपने-अपने टोले बनाकर बैठ गए। पीरू अंकल हमेशा की तरह आज भी मरघट में, घने बबूल के तने से पीठ टिकाकर बैठ गए। जब शोकसभा शुरू होगी तब अंकल को बुला लिया जाएगा। साल भर में दस-पंद्रह मौके कुल आते हैं, जब यहाँ मेला लगता है। सभी जानते थे कि अंकल की भूमिका कब शुरू होती है। मन-ही-मन अंकल सोचते रहे, आखिर यह संतू पहलवान था कौन? अंकल ने न कभी इसका नाम सुना था, न इसके कामों से उनकी वाकफियत थी। आस-पास के कई गाँव-कस्बों पर उन्होंने अपनी याददाश्त को टिकाया, पर यह नाम कहीं से भी उन्हें याद नहीं पड़ा। समय की लाचारी यह कि शव की कपाल-क्रिया होते-होते पंच लकड़ी देने का समय आ जाएगा और उसके कुछ ही समय पहले शोक-श्रद्धांजलि का सिलसिला चल पड़ेगा। दागियों की संख्या भी कोई विशेष है नहीं। इने-गिने लोग कुछ

बोलेंगे और फिर जिम्मेदारी आ जाएगी अंकल की। क्या तो बोलना और क्या कहना है, इसपर वे बड़ी देर तक सोचते बैठे रहे। जलती चिता को अंकल ने एक नजर फिर से देखा। मरनेवाले की उम्र का अंदाज उन्होंने लगा लिया था। उसका अधजला शरीर और गले के नीचे तक का सारा हिस्सा जिस बुरी तरह जलकर विकृत हुआ था, वह उनकी चेतना में कौंधा।

वे कुछ सोच ही रहे थे कि एक दागिए ने आकर कहा, 'अंकल! चलो, आपको संतू पहलवान की आत्मा की शांति के लिए 'ओ३म् शांति' बोलना है।'

अंकल उठे और दागियों के समूह में पोजीशन लेकर खड़े हो गए। उन्होंने बोलना शुरू किया। पहले ही वाक्य पर लगा कि उनका कंठ अवरुद्ध हो गया है। इस अघट घटना पर वे अंतर तक व्यथित हैं। अपने मोटे गांधी झोले से उन्होंने अपनी आँखें पोंछीं। अंकल शुरू हुए। जिस 'ओ३म् शांति' को लोग अंत में बोलते हैं, उससे उन्होंने शुरू किया, 'भाइयो! अपना संतू चला गया। क्या तो उसकी उम्र थी और क्या उसकी बहादुरी थी! पट्ठा जान पर खेलकर जलती ज्वाला में कूद पड़ा। उसने उस निरीह अबला को आग की भीषण लपटों के बीच से निकाल ही लिया। अब कौन तो हमारे मुहल्ले की बहू-बेटियों के शील की रक्षा के लिए लड़ेगा और कौन ऐसी मर्दानगी दिखाएगा! हमारे इस महान् शहीद का नाम क्या है?' चार-पाँच लड़के बोले, 'संतू।' 'हम अपने बच्चों के नाम अब क्या रखेंगे?' आवाज आई, 'संतू।' 'इस बस्ती की शान कौन?' नारा लगा, 'संतू।' 'माँ का दूध उजलानेवाला कौन?' लड़के बोले, 'संतू।' 'अपने बाप के नाम को रोशन करनेवाला कौन?' लोग बोले, 'संतू।' 'हमको मझधार में कौन छोड़ गया?' उत्तर आया, 'संतू।' 'हमको कौन रुला गया?' जवाब था, 'संतू।' 'हजार पहलवानों पर भारी कौन?' लड़के बोले, 'संतू।' और अंकल अपनी मस्ती में धाराप्रवाह हो गए। संतू के परिवारवाले भी चकित थे कि संतू ने कैसे-कैसे महान् कार्य अपनी इस छोटी सी उम्र में कर लिये। अंकल ने अपनी श्रद्धा का शिखर प्रकट किया, 'भाइयो! मैं उस दिन को कभी नहीं भूल पाऊँगा जिस दिन संतू अपनी अद्‌भुत बाल-संपदा के साथ मेरे सामने खड़ा हो गया। मैंने देखा कि अपनी कोहनी से कलाइयों तक दोनों हाथों पर यही

कोई चालीस-पचास डंडे उठाए संतू कहीं चला जा रहा है। मैंने पूछा—संतू, यह क्या ? वह उल्लास से उछलते हुए बोला—अंकल! मेरी दोनों जेबें टटोल लो तो समझ जाओगे। मैंने जब उसकी पतलून की दोनों जेबें सँभालीं तो मैं दंग रह गया। वाह रे संतू! वाह रे मेरे शेर! उसकी जेबों में चालीस-पैंतालीस गिल्लियाँ ठँसी हुई थीं। चहकता हुआ बोला—अंकल! सारे मुहल्ले के बच्चों को आज अपनी ओर से गिल्ली-डंडा दूँगा। वे खेलेंगे, मैं देखूँगा। आज अंकल! गाँव की गलियों में गिल्ली गंगा बह जाएगी। देखना तो सही आप। अब कहाँ वह डंडेवाला! कहाँ वह गिल्लीवाला!' और अंकल करीब-करीब हिचकियों तक आ गए। अपनी जेब से उन्होंने सौ-सौ रुपए के पाँच नोट निकाले। उन्हें मुट्ठी में भींचा। फिर मुट्ठी ढीली करते हुए बोले, 'जिस भी जगह हमारा संतू पहलवानी करता था, उस जगह उसके अखाड़े पर संतू की एक शानदार प्रस्तर प्रतिमा स्थापित करना आज का हमारा संकल्प है।' लोगों ने अपनी आदत और सभाओं की परंपरा के मुताबिक इस घोषणा का स्वागत तुमुल करतल ध्वनि से किया। देर तक तालियाँ बजती रहीं। अंकल बोले, 'मेरी ओर से पाँच सौ रुपए प्यारे संतू की मूर्ति के लिए आप लोग स्वीकार करिए। मूर्ति शानदार हो। हो सके तो वही गिल्ली-डंडेवाली मुद्रा में अपना संतू साक्षात् खड़ा हो...ओ३म् शांति।' श्मशान में ही 'संतू जिंदाबाद', 'संतू अमर रहे', 'हमारा शहीद संतू पहलवान' जैसे नारे लगने लगे। और पंच लकड़ी का समय हो गया। लोग चिता की परिक्रमा करने लगे। अपना-अपना प्रणाम अर्पित कर दागिए श्मशान से बाहर निकलने लगे।

जब शव संस्कार के बादवाला स्नान हो रहा था तब किसी ने अंकल को बताया कि 'अंकल, आपने तो संतू को अमर शहीद बना दिया। कमाल कर दिया।'

अंकल बोले, 'आखिर अपना बच्चा था। उसने काम ही ऐसा किया है। भगवान् उसकी आत्मा को शांति प्रदान करे।'

बात धीरे-धीरे खुली। संतू पहलवान का मुख्य शगल था जुलूसों के आगे अपने हाथ में लोहे के एक तार पर कपड़े की गेंद गूँथकर उसे जलाना। फिर अपने मुँह में केरोसिन का कुल्ला भरकर, हवा में केरोसिन की फुहार

छोड़कर जलती हुई गेंद से उस फुहार को लपट में बदल देना। ढोल-ताशे-बैंड बजते रहते थे। जुलूस चलता रहता था और गाँव के बच्चे संतू को अपने घेरे में घेरते हुए आगे-पीछे चलते रहते थे। वे आवाज लगाते थे, 'वाह पहलवान!' संतू के ठीक साथ में एक लड़का केरोसिन का पीपा लेकर चलता रहता था। गई रात हुआ ऐसा कि संतू ने दस-पाँच बार लपट को खूब अच्छी तरह उठा दिया। पर शायद उसके सिर पर मौत मँडरा रही थी। एक कुल्ला उसने कुछ ऐसा किया और उसे जलती हुई गेंद कुछ इस तरह छुआ दी कि लपट उलटकर वापस संतू के मुँह की तरफ आ गई। जिसके हाथ में केरोसिन का पीपा था, उसने घबराकर आव देखा न ताव, पानी के भरोसे संतू पहलवान पर वह पीपा और उलट दिया। हाहाकार मच गया। न किसी को होश रहा, न संपट बँधी। संतू सड़क पर छटपटाता रहा। जुलूस की ऐसी-तैसी हो गई। पुलिस और कानून के डर से जिधर जिसका मुँह था, वह उधर ही भाग खड़ा हुआ।

बड़ी देर बाद लोगों ने संतू को समेटा। अस्पताल-पुलिस सब बाद में हुआ। संतू मर गया। न उसने जीवन में कोई कसरत-पहलवानी की, न कोई अखाड़ा-वखाड़ा देखा। कुश्ती लड़ने का तो सवाल ही नहीं था।

पीरू अंकल की प्रेरणा से इन दिनों संतू की मूर्ति के लिए चंदा किया जा रहा है। पुलिस उस लड़के की तलाश में है, जिसके हाथ में केरोसिन का पीपा था। कोई किसी को पहचान नहीं रहा है। उस जुलूस में शामिल होने से सभी ने इनकार कर दिया है। ढोल और बैंडवाले तक मना कर रहे हैं। दूसरी तरफ रोज एक नया रसीद कट्टा किसी-न-किसी के हाथ में नजर आ रहा है। रसीदें कट रही हैं, प्रतिमा समिति बन रही है।

पीरू अंकल किसी दूसरी ओ३म् शांति के लिए तैयार बैठे हैं। ओ३म् शांति।

□

सदुपयोग

आज फिर वही हुआ।

गए कई हफ्तों से यही होता आ रहा है और आज फिर वही हो गया। अवधलाल आया और खाली 'भास्कर' का अखबारवाला हिस्सा चुपचाप दरवाजे की दरार के नीचे से सरका गया। इस अखबार का हर पाठक जानता है कि बुधवार के दिन 'भास्कर' अपने साथ 'मधुरिमा' परिशिष्ट भी लाता है। परिशिष्ट भी बिना किसी मूल्य के। पर गए कई बुधवारों से अवधलाल यही कर रहा है। वह 'मधुरिमा' परिशिष्ट रख लेता है। सिर्फ रोज जैसा अखबार सरकाकर चल देता है।

अवधलाल—यानी अवधलाल मिश्रा। अवधलाल मिश्रा यानी बकौल अवधलाल, या तो अवधलाल मिसरा या फिर ए.एल. मिसरा—एक दिलचस्प नौजवान। उससे मिलो तो लगे कि किसी जिंदा ही नहीं, जिंदादिल आदमी से मिल रहे हैं। दिन में पता नहीं वह क्या काम करता है; पर बड़ी भोर से सुबह नौ बजे तक अपने शहर के कुछ विशेष इलाकों में तरह-तरह के दैनिक, साप्ताहिक, पाक्षिक और मासिक अखबार, पत्र-पत्रिकाएँ, उपन्यास, पुस्तकें आदि बाँटता-बेचता है। एक हँसमुख और करीब-करीब दिलफेंक फंटूश लड़का। मन से नटखट, तन से गोरा-चिट्टा। तीखे नाक-नक्श और घुँघराले बालों को करीने से सजाए-सँवारे, चपल, चंचल, चतुर और दुनियादारी से चौकन्ना। सलीके की पतलून, पतलून में डाला हुआ साफ-सुथरा शर्ट। कुरते

के बढ़िया कॉलर। सामनेवाले दोनों बटन खुले रखकर अपनी सिंदूरी छाती पर छुआ-छुई खेलते दस-पाँच बालों को दिखाता हुआ। गले में बारीक रुद्राक्ष की पतली धातु में गठी माला दूर से दिखाई दे, इस तरह पहनी हुई। कसे हुए पतले होंठों पर रचा हुआ सुहागपुरी पान और अल्हड़ चाल। ऐसा ही कुछ है अवधलाल। राजधानी के विधायक होस्टलों में अखबार बाँटने का काम उसी के जिम्मे।

तरह-तरह के विधायक—अलग-अलग रुचियों के विधायक, अलग-अलग दलों के विधायक, अलग-अलग दिलों के विधायक, अलग-अलग तेवरों के विधायक; अलग-अलग बोलियों, भाषाओं, धर्मों और कर्मोंवाले विधायक। पर सबके सब विधायक तो बस विधायक-ही-विधायक।

ऐसे माहौल में ही चंदू सेठ का परिचय इस अवधलाल से हो गया। समय-समय पर चंदू सेठ को अपने छोटे-बड़े कामों से अपने क्षेत्र के विधायकजी से मिलने राजधानी जाना-आना पड़ता था। सेठ अपने विधायकजी के यहाँ ही रुकते थे। सेठ की दिलचस्पी साहित्य, इतिहास या राजनीति में उतनी नहीं थी; पर तरह-तरह के अखबार देखना और पढ़ना चंदू सेठ का शौक था। इसी शौक ने चंदू सेठ की जान-पहचान अवधलाल से करवा दी।

विधायकजी के कमरे में कुछ तो अखबार सौजन्य प्रतियों के तौर पर बिना पाई-पैसे के आ जाते थे। पर ये राजधानी के अपने आपको बड़ा कहनेवाले अखबार भला किस-किसको घास डालें? सबके अपने-अपने फेवरेबल और फेवरेट विधायक होते हैं, या हो जाते हैं, सो चंदू सेठ के विधायकजी के साथ भी यही किस्सा था। जब-जब चंदू सेठ राजधानी में आते, वे आठ-दस अखबार कायदे से खरीदते। बीस-बाईस रुपए रोज के अखबार। इस अतिरिक्त सप्लाई के लिए अखबारवाले को कहना जरूरी पड़ता था। चंदू सेठ ने एक दिन खुद को बड़ी भोर जगाया और ज्यों ही उन्हें किवाड़ों की दरार से अखबार भीतर आने की सरसराहट सुनाई पड़ी, उन्होंने दरवाजा खोला और अखबारवाले को भीतर बुला लिया। बुलाकर सोफे पर बैठाया और पूछा—

'क्या नाम है?'

'अवधलाल।'

'खाली अवधलाल?'

'जी नहीं, अवधलाल मिश्रा। आप मुझे ए.एल. मिश्रा भी कह सकते हैं। पर अगर आप हमें 'अवधलाल मिसरा' कहेंगे तो हमें समझने में और आपको बोलने में भी आसानी रहेगी। हमें खाली 'मिसरा' मत कहिएगा। या तो 'अवधलाल' कहें या फिर 'अवधलाल मिसरा' कहें। वैसे आप हमें 'ए.एल.' भी कह लें तो चलेगा।' अवधलाल ने पूरी भूमिका के साथ स्वयं को स्पष्ट कर दिया।

'कौन-कौन से अखबारों के हॉकर हो?' सेठ ने पूछा।

'हम हॉकर नहीं, डिस्ट्रीब्यूटर हैं। हॉकर हल्ला करके बेचते हैं, डिस्ट्रीब्यूटर वितरण करते हैं। हॉकर हाथोहाथ पैसा लेते हैं, डिस्ट्रीब्यूटर महीने भर का बिल एक साथ देते हैं और अपना बिल 'कलेक्ट' करते हैं। 'कलेक्ट' करने का मतलब 'वसूल करना' नहीं होता है। 'कलेक्शन इज समथिंग एल्स।' हॉकर जिंदगी भर हॉकर रहेगा। डिस्ट्रीब्यूटर इस तरह महीने में एक-दो दिनों के लिए 'कलेक्टर' हो जाता है।' और अवधलाल ने हँसते हुए चंदू सेठ को रोककर पूछा, 'आपको बड़ी सुबह कम-से-कम उस आदमी को तो चाय पिला ही देना चाहिए, जिसे आपने उसका काम रोककर अपने कमरे में बुला लिया है। आपके विधायकजी से मुझे यह सब अपनी 'कलेक्टरी' के दिन कहना पड़ेगा।'

और चंदू सेठ अवधलाल का मुरीद हो गया। जब-जब चंदू सेठ राजधानी में होता, अवधलाल के पच्चीस-तीस रुपए तक के अखबार खुदरा के बदले एक ही साथ थोक में बिक जाते। इस मनोविज्ञान का लाभ अवधलाल ने यह उठाया कि वक्त-बेवक्त वह चंदू सेठ को कभी गुजराती तो कभी अंग्रेजी और कभी उर्दू तक के अखबार थमा जाता। चंदू सेठ उन भाषाओं से अपनी अनभिज्ञता प्रकट करता तो अवधलाल ब्रह्मास्त्र का प्रयोग करता—'सारे होस्टल में ले-देकर एक आप ही तो पढ़े-लिखे और ज्ञानी-मानी सज्जन हैं और ये अखबार अगर आप भी नहीं लेंगे तो वाणी माता कितनी दुःखी होंगी!' और चंदू सेठ के घुटने टिक जाते।

चंदू सेठ ने एक दिन पूछ लिया, 'कहाँ के हो, अवधलाल? क्या रीवा के हो?'

'जी हाँ।' अवधलाल का उत्तर था।

'क्या ब्राह्मण हो?' चंदू सेठ ने पूछा।

'जी हाँ।' अवधलाल का उत्तर था। 'मिसरा और क्या होते हैं? क्या आप हमें 'वो' समझते हैं?' अवधलाल थोड़ा असहज हो गया, 'हमारा सारा गाँव ही पंडितों का है। पट्टी-की-पट्टी ब्राह्मणों की है। एक से एक प्रकांड। आखिर आपकी हमारी जात-पाँत में दिलचस्पी क्यों है?' अवधलाल का अगला सवाल था।

'हमारे विधायकजी एक ब्राह्मण कन्या के लिए तुम जैसे वर की तलाश चुपचाप कर रहे हैं। उनके एक कार्यकर्ता की सयानी बिटिया उनकी एक समस्या है। उस कन्या की शादी योग्य वर से करवा देना भी हमारे विधायकजी के घोषणा-पत्र का एक अंग है।' चंदू सेठ ने अवधलाल की आँखों में आँखें डाल दीं।

'चलिए श्रीमान! अब अपने घोषणा-पत्र को बंद कर लीजिए। हमें हमारी मजदूरी करने दें। मेहरबानी है आपकी।' और अवधलाल कमरे से बाहर निकल गया।

जैसे-जैसे दिन बीतते गए, अवधलाल का मनोबंधन उस कमरे से प्रगाढ़ होता चला गया। अब अवधलाल जब-तब चंदू सेठ के आगमन के बारे में विधायकजी से भी पूछने लगा।

एक दिन—

विधायकजी ने अपनी अलमारी के ऊपर पड़े कई किलो रद्दी अखबार की ओर इशारा करते हुए अवधलाल से कहा, 'मिसराजी! आप ये रद्दी उठा लीजिए। जो भी वाजिब भाव बने, उतने पैसे दे देना।'

अवधलाल खिलखिलाकर हँस पड़ा। अपने हाथ और बगल में दबे उसी दिन के ताजा अखबारों की तरफ इशारा करते हुए बोला, 'विधायकजी! हमसे ये आजवाले अखबार तक तो बिक नहीं रहे हैं और आप हैं कि हमसे पुराने अखबार बेचने की बात कर रहे हैं। कौन लेगा इन अखबारों को?

आजकल तो थैलियाँ और लिफाफे भी पॉलीथिन के बनने लगे। अब कोई नहीं खरीदता रद्दी-फद्दी। हाँ, इनका कुछ वजन जरूर मैं हलका कर दूँगा। अवधलाल लेता है, देता नहीं। पैसे-वैसे की बात हमसे मत करें।'

विधायकजी की बाँछें खिल गईं। चलो! एक जिंदादिल आदमी ने बात खुलासे से तो की।

और अवधलाल ने स्टूल सरकाकर ऊपरवाले अखबार नीचे उतारे। छाँट-छाँटकर उसमें से 'भास्कर' की 'मधुरिमा' परिशिष्टवाले अंक निकाले। उनका अलग से बंडल बाँधा और विधायकजी को धन्यवाद देते हुए यों कहकर चल पड़ा, 'सर! कामवाली बाई से ये रद्दी अखबार एक कोने में जमवा लेना। धन्यवाद!'

विधायकजी देखते रह गए।

कुछ दिनों बाद चंदू सेठ फिर राजधानी में थे। राजधानी में भी विधायकजी के कमरे में ही। और आज फिर वही हुआ, जो कई हफ्तों से होता आ रहा था। 'भास्कर' तो अवधलाल सरका गया, पर बुधवार होते हुए भी 'मधुरिमा' परिशिष्ट उसने नहीं डाला।

चंदू सेठ को अभी तीन-चार दिन और राजधानी में ठहरना था। कम-से-कम अगले सोमवार तक रुकना जरूरी था। महीना समाप्त होने वाला था। चंदू सेठ को याद आया कि इस एक या दो तारीख को अवधलाल अखबारों का बिल लेकर 'कलेक्टरी' करने जरूर आएगा। विधायकजी के सामने ही बिल में काट-छाँट करके पैसा देना ठीक रहेगा। चाहे 'मधुरिमा' निःशुल्क हो, पर अखबार का हिस्सा तो है ही।

और दो तारीख को अवधलाल बाहैसियत 'कलेक्टर' विधायकजी के कमरे में था। चंदू सेठ ने अवधलाल पर एक भरपूर नजर डाली। आज अवधलाल के नक्शे कुछ और ही थे। बिलकुल तरोताजा और लहक-महक से सराबोर। अमलतास कचनार की तरह लहलहाता-महमहाता। उसने अवधलाल को सादर बैठाया। विधायकजी से निवेदन किया कि गए कई हफ्तों से अवधलाल 'भास्कर' के साथ 'मधुरिमा' के पृष्ठ नहीं दे रहा है। उतना पैसा कम करके बिल चुका देना उचित होगा।

मानो अवधलाल रँगे हाथों पकड़ लिया गया हो। सकपकाकर बोला, 'मधुरिमा' वैसे भी बिल में अलग से तो शामिल है नहीं। उसका पाई-पैसा लगता ही कहाँ है, जो आप हमारा पैसा काट रहे हैं। वैसे भी, उसमें होता ही क्या है जो आप उसे पढ़ें! हम तो आपको अखबार भर का बिल दे रहे हैं।'

'तब फिर हमारी 'मधुरिमा' तुम कहाँ फेंकते हो? दूसरे कमरों में 'मधुरिमा' सहित क्यों देते हो 'भास्कर'? आखिर हमारे यहाँ ही यह सेंधमारी क्यों? गए कई हफ्तों से तुम हर बुधवार को यह चोट कर रहे हो। उस दिन भी विधायकजी ने तुमसे रद्दी अखबार निकालने की कही तो तुम उनमें से केवल 'मधुरिमा' भर लेकर चलते बने, बाकी सारा गट्ठर तुमने नीचे ही फेंक दिया। मिस्टर अवधलाल! आज बात जरा खुलकर हो जाए, वरना अब हम विधायकजी से 'भास्कर' वालों को टेलीफोन करवाएँगे और आपकी 'कलेक्टरी' की ऐसी-तैसी करवाकर छोड़ेंगे।' यह चंदू सेठ का बगली दाँव था।

अवधलाल थोड़ा लजाया। मूँछों और हलकी दाढ़ी की मसमसाहट से मसमसाता उसका चेहरा एकाएक लाल पड़ गया। होंठों पर सुहागपुरी पान की लाली कुछ ज्यादा ही गहरी हो गई। विंध्याचल की समूची मासूमियत आँखों में भरकर बोला, 'ऐसा है सर! वो···हम ये मानते हैं कि यह कमरा हमारा अपना ही घर है। आप हमारे अपने एक तरह से गार्जियन हैं। हमारे हितैषी और भला चाहनेवाले हैं। हमने तो कई जगह इन दिनों आपका पता ही अपने पते के तौर पर दे रखा है। विधायकजी को हम अपना आशीर्वाददाता जनक मानते हैं और चंदू सेठ! आपको अपना बड़ा भाई। बात यह है कि यह 'मधुरिमा' हम एक मंदिर में चढ़ाते हैं। हमारी पूजा में यह परिशिष्ट काम आता है। अब अगर आपकी एक वस्तु का सदुपयोग आपके बाल-बच्चे कर लें तो आपको भला क्या आपत्ति हो सकती है?'

विधायकजी औरं चंदू सेठ के लिए चकित होने के लिए इतना बहुत था। 'भास्कर'···'मधुरिमा'···'मंदिर···पूजा···सदुपयोग···'

यह वह समय था, जब कामवाली बाइयाँ विधायकों के कमरों का झाड़ू-बुहारा, बरतन-पानी करने के लिए आस-पास बरामदों और कमरों में आने-जाने लगी थीं। अवधलाल प्रणाम करके जाने लगा। विधायकजी की

कामवाली बाइयाँ कमरे में प्रविष्ट हुईं। दोनों ने पहले अवधलाल को देखा, फिर चंदू सेठ को, फिर विधायकजी को और फिर कनखियों से एक-दूसरे को। वे काम में लगने ही वाली थीं कि चंदू सेठ ने एक बाई से चाय बनाने के लिए कहा। और अवधलाल से कहा, 'बैठो पंडित! अपना पैसा भी लो और चाय भी पियो। तुम्हारा अपना घर है। पर अब बुधवार को 'भास्कर' के साथ 'मधुरिमा' भी होना चाहिए और जरूर होना चाहिए। ठीक है ना?'

'जी, ठीक है। अब नागा नहीं होगा।' अवधलाल बोला।

झाड़ू लगाती हुई बाई ने अपनी कमर सीधी की। खड़ी हुई और बोली, 'बाबूजी! यहाँ नहीं तो और कहीं होगा, पर ये नागा तो जरूर होगा। यहाँ नहीं तो वहाँ।'

अवधलाल बिना चाय पिए उठने लगा। तब तक चाय लेकर दूसरी बाई भी आ गई।

चंदू सेठ को बात में रस आने लगा। मन-ही-मन सोचा—हो न हो, शहद का कोई छत्ता है। मधुमक्खियाँ उड़ा दो तो रस टपके। उसने बाई लोगों से कहा, 'क्या बात है, बाई? मिसराजी कुछ छिपा रहे हैं?'

बात को सिरा मिल गया था। एक बाई फूट पड़ी, 'काहे का अवधलाल! काहे का मिसरा! काहे का पंडत! काहे का मरद! और काहे का जवान! इसकी डॉक्टरी जाँच करवाओ, बाबूजी! हमारी झुग्गियों में ये स्साला बुधवार-बुधवार चोरों की तरह आता है और उस विधवा पंडतानी की जवान छोरी को रंग-बिरंगा अखबार देकर सिर लटकाए लौट जाता है। माँ-बेटी बिचारी 'मिसराजी, मिसराजी' करती टेर लगाती रहती हैं और ये सूरमा गली के बाहर पसीना पोंछता खड़ा रह जाता है। पढ़ी-लिखी चाँद-सी बेटी जैसी छोरी और न जात अड़े, न धरम। भला बताओ, ये भी कोई बात हुई! मरद बच्चा होता तो अभी तक सुहागरात करके आ जाता।'

और अवधलाल के हाथ से चाय का कप न छूटे, न पकड़ा रह सके। लाल-सुर्ख चेहरा और गोरे ललाट पर यहाँ से वहाँ तक पसीना-ही-पसीना। विधायकजी ने सारी स्थिति भाँप ली। उठे और अवधलाल का सिर सहलाते हुए बोले, 'अवध! क्या नाम है उसका? जब बात इतनी आगे बढ़ गई है तो

फिर कसर किस बात की है? बाधा क्या है? लड़की तुम्हारे मन की है न? चलो, पहले उसका नाम बताओ। उसकी माँ को यहाँ बुलाओ। अपने माता-पिता से कहो। कोई दिक्कत हो तो शादी के कार्डों पर अपनी तरफ से मेरा नाम छाप दो। यहाँ सामनेवाले मैदान में टेंट हाउस लगवा लो। बताओ, लड़की का नाम क्या है?'

'जी बाबूजी! नाम तो मुझे पता नहीं है, पर मैंने उसे पहले ही दिन नाम दे दिया था 'मधुरिमा'। अब तो उसकी माँ भी उसे इसी नाम से पुकारती है। वैसे वे लोग तिवारी हैं। हमसे जब-तब वह बस 'मधुरिमा' ही मँगाती थी।'

'तो मिसरा! यह है तुम्हारा मंदिर। ये है तुम्हारी पूजा! यह है हमारे अखबार के परिशिष्ट का सदुपयोग! आज पता चला कि हमारा परिशिष्ट कहाँ जाता है। चलो, बधाई!' चंदू सेठ बोले।

'अब चल यहाँ से, लंबा हो! निकलवा मुहूर्त, छपवा कार्ड। बुला अपने बाप-माँ को। वरना इतने दूँगी झाड़ू कि…' यह झाड़ूवाली बाई का स्वर था।

शायद अगले बुधवार से वैसा नहीं होगा।

□

अंतराल

यों तो भैया के पत्र प्राय: आया करते थे और अपनी आदत के मुताबिक मैं उनके हर पत्र का उत्तर भी देता रहता था; पर इधर उनके पत्र कुछ अधिक मनुहार भरे आने लगे। हालाँकि मैंने भैया से कभी कहा नहीं; पर मेरा मन करता है कि मैं उनसे किसी अवसर पर खुलकर कह दूँगा कि आप मुझे खत लिखना ही चाहते हैं तो मेहरबानी करके ये नंगे पोस्टकार्ड न लिखा करें। अगर एक रुपए का लिफाफा नहीं मिलता हो तो पचहत्तर पैसेवाला अंतर्देशीय पत्र ही सही, पर लिखें मुझे बंद लिफाफे में। अपने नाम पर आया हुआ पत्र मैं खुद खोलकर पढ़ूँ तो मुझे ज्यादा अच्छा लगता है। लगता है कि यह खत मेरा अपना है और बिलकुल निजी है। पर भैया हैं कि इस बात को समझते ही नहीं। जब देखो तब बस खुला और नंगा पोस्टकार्ड। केवल पंद्रह पैसे का एक पोस्टकार्ड और उसे भी चित्राम् की तरह लिख-लिखकर बिलकुल ऐसा कर देंगे कि चारों तरफ घुमा-फिराकर पढ़ो, तब कहीं जाकर सारी बात समझ में आए। सच बात तो यह है कि खुला पोस्टकार्ड मुझे पोस्टमैन द्वारा पढ़ लिया गया बासी मालूम देता है। पर मैं अपने संकोच और भैया के लिहाज के मारे कभी यह बात कह नहीं पाया।

आज फिर भैया का खुला पोस्टकार्ड मिला और मैं हमेशा की तरह झल्ला गया। उन्होंने लिखा था कि 'इस बार तुम्हें आए लंबा समय बीत गया है। इतना अंतराल अच्छा नहीं लगता। अपने काम से आते-जाते रहो। अगर

आने का समय नहीं मिल पा रहा हो तो एकाध बार यों ही मिलने के लिए आ जाओ। तुम्हें देखे कितना समय हो गया! अगर आओगे तो देखोगे कि यहाँ भी कितना कुछ बदल गया है।' बस, एक-दो वाक्य और इसी आशय के थे। पोस्टकार्ड पर लिखो भी तो कितना।

भैया का उलाहना बिलकुल सच था। एक समय था, जब मैं अपने काम से आते-जाते भैया के शहर पर अपनी रेल यात्रा को विराम दे देता था और दो-चार घंटे ठहरकर दूसरी ट्रेन पकड़ लिया करता था। उनके साथ कुछ घर-परिवार की बात कर लेता। और भाभी के हाथ का हलका-फुलका खाना खा लेता था। कभी चाय-पकौड़े तो कभी खारा-नमकीन, कभी शक्करपारे तो कभी आपड़-पापड़। भाभी का अन्नपूर्णा स्वरूप हमेशा मुझे एक चुंबक की तरह भैया के आस-पास चिपकाए रखता। वे अपना लिखना-पढ़ना करते रहते और हम लोग मिल-जुलकर यहाँ-वहाँ की बातें करते। मेरे अगले आगमन का गणित भिड़ाते। पर वाकई इस बार लंबा अरसा हो गया था। मैं भैया के शहर की तरफ से निकला ही नहीं। मन-ही-मन में सोचता रहा कि भैया को खत का उत्तर दूँ या एकाएक उनके सामने जाकर खड़ा हो जाऊँ और सारे घर को चौंका दूँ। एक सरप्राइज दे दूँ।

इसी ऊहापोह में तीन-चार दिन बीत गए और एक दिन मैं सन्न रह गया, जब डाकिया मुझे एक अंतर्देशीय पत्र थमाकर चलता बना। बंद पत्र मुझे अच्छे लगते हैं। उस पत्र को खोलने से पहले मैंने चारों ओर से देखा। पहले उसे दोनों छोरों से दबाव देकर फुलाया और भीतर के समाचारों की टोह लेने की कोशिश की, फिर उसे खोला। सर्वथा अपरिचित लिपि थी। पत्र था भैया के ही अपने घर से। लिखनेवाली पीनू थी। एक तरह से यह पीनू का मेरे नाम पहला खत था। पढ़ते-पढ़ते मैं चिंतित हो गया। बिना किसी लाग-लपेट के पीनू ने लिखा था कि 'अंकल! अब मैं आपको कभी पत्र नहीं लिखूँगी। लिख दिया सो लिख दिया। बस, पापा और मम्मी रोज दिन में एकाध बार आपकी चर्चा बराबर करते हैं। उन्हें इस बात की पीड़ा है कि आप इतने बरसों से उनकी सुध लेने नहीं आए। आपको पता है कि पापा रिटायर हो गए हैं। वे लिखने-पढ़नेवाले एक व्यक्ति हैं, सो समय काटना उनके लिए बोझ नहीं है;

पर आखिर कोई किताबों में भी कब तक माथा दिए बैठा रहे। फिर उनके पाँव में जो पुराना दर्द था, वह शिद्दत से गंभीर होता चला जा रहा है। डॉक्टर्स थक गए हैं, इलाज हार गया है। दवाइयाँ उलट-पलटकर देख-दाख लीं। लगता है, पापा खीझ गए हैं इस बीमारी से। आपको पता है ही कि अनुराग भैया के जाने से मम्मी कितनी टूट चुकी हैं। उसकी मौत ने हम सभी को झकझोर दिया था। मामला दुनियादारी का था, सो पापा-मम्मी ने बड़ी दीदी की शादी करके अपना ऋण चुकाया। फिर आशु की शादी हुई। वह भाभी को लेकर अपनी नौकरी करता-कराता आज इस शहर तो कल उस शहर बराबर घूम रहा है। घर में अब अकेली मैं हूँ। पापा-मम्मी समझते हैं कि मैं उनके बीच होनेवाली बातचीत से अनभिज्ञ हूँ। अंकल! आखिर मैं एम.ए. करके अपना जॉब कर रही हूँ। बेटी भी उन्हीं की हूँ। मुझे मालूम है कि उनकी चिंता के केंद्र में कौन है। आज उनकी सारी चिंताओं का कारण बस मैं हूँ। आपकी इस भतीजी के कारण पापा रात-दिन घुलते जा रहे हैं। मम्मी परेशान होकर चिंताओं में करीब-करीब बुझ-सी गई हैं। पापा-मम्मी के आशीर्वाद का दिया इस घर में सबकुछ है; पर एक बार आप आ जाओ और पापा-मम्मी से मिल जाओ तो शायद उनका मन हलका हो जाए। वे आपसे कुछ-न-कुछ कहना चाहते हैं। अपना तो आपके पास यह फर्स्ट और लास्ट खत है। आप मुझे भी देखेंगे तो पहचान नहीं पाएँगे। मैं भी पूरा पहाड़ हो गई हूँ। आप कोई अवाब-जवाब मत दीजिए। बस, आ जाइए।' और इस इबारत के नीचे पीनू ने अपना गहरा दस्तखत कर दिया था। मुझे लगा कि लड़की ठीक ही लिख रही है।

और मैं भैया को सरप्राइज देने के लिहाज से, बिना किसी सूचना के चल पड़ा। भैया के शहर जाकर स्टेशन से मैंने ऑटो रिक्शा किया। रात गहरा चुकी थी। ऑटोवाले ने भैया के घर के ठीक सामने ऑटो रोका। उसने ऑटो का इंजन बंद किया। और मैं बिना बोले ही जेब से पर्स निकालने लगा। भैया के कमरे की बत्ती जल रही थी। वे जाग रहे थे। शायद लिख या पढ़ रहे होंगे। पर मैं भीतर-ही-भीतर बह निकला, जब मैंने भैया की आवाज सुनी। वे भाभी से कह रहे थे, 'प्रभु! देख तो, शायद ननका आ गया है। वह ऑटोवाले को पैसा नहीं दे दे। गैलरी में से आवाज लगाकर उसे रोक और किराया चुका आ।'

और भाभी सचमुच गैलरी में आकर खड़ी हो गई। उस झुटपुट अँधेरे में मैं भाभी को देख तो नहीं पाया, पर ऑटोवाले को मैंने पैसा देकर फौरन रवाना कर दिया। सीढ़ियाँ चढ़कर मैं ऊपर पहुँचा। भैया को प्रणाम किया, भाभी के चरण छुए। सच्चाई यह थी कि एकबारगी न मैं भैया को पहचान पाया, न भाभी को। कमरे का सन्नाटा भैया ने ही तोड़ा। सफर का हाल पूछा, मेरे अपने परिवार के समाचार लिये। सभी का कुशलक्षेम पूछकर वे भाभी से मुखातिब हुए। भाभी के चेहरे पर मेरी नजर न पहले की तरह जमी, न टिकी। उनका रूप-रंग सारा-का-सारा परिवार की समस्याओं और भैया की बीमारी की चिंताओं ने तहस-नहस कर दिया था। सिवाय उनकी आवाज और उनके लहजे के भाभी के पास अपना पुराना कुछ भी नहीं बचा था। अनुराग के जाने के बाद से वे जिस तरह मन-ही-मन टूट रही थीं, बच्चों को जिस तरह तरस रही थीं, शायद उसी दीमक ने उनका सारा रूप-महल खोखला कर दिया था। न उनकी वह चुहल बची थी, न चलती बात को मुँह से छीनकर पहल करने की शक्ति ही शेष रही थी। भाभी वही भाभी थीं, पर भाभी शायद वह भाभी नहीं भी थीं। उनकी तरफ देखने की मेरी हिम्मत भी नहीं हो रही थी। वे थीं कि कभी मुझे देख रही थीं तो कभी भैया को। उनकी नजरों में तैरती कातरता आँखों की कोरों तक छलक-छलक आती थी। वे पल्लू को बार-बार आँखों तक ले जाती थीं और फिर उसे काठ की तरह सूखी अपनी अँगुलियों से लपेट-लपेटकर कसने की कोशिश कर रही थीं।

तभी भैया को लगा कि मैं पीनू को आवाज लगाने वाला हूँ। भैया ने बहुत कोशिश की कि वे अपनी बरसों पुरानी हँसी को एक बार फिर सजीव करके वैसा ही हँसते हुए मुझे उत्तर दें; पर वह हँसी उनके चेहरे पर आ नहीं सकी। इतना ही बोले, 'वह आशु और उसकी बिटिया से मिलने वहाँ गई है। बहू का मीठा सा पत्र आ गया था, सो चली गई। परसों तक वापस आ जाएगी। उसके पास भी छुट्टियाँ कहाँ हैं!' और फिर भाभी को झिड़कते हुए बोले, 'आज ननके की अन्नपूर्णा को क्या हो गया है? इतने लंबे सफर से आया है, इसे कुछ खिलाओ-पिलाओ।' मैंने देखा कि भाभी ने उसी ताजगी और ताकत से उठने की कोशिश की; पर वे वैसा कर नहीं सकीं। तब भी वे

उठीं और रसोई में चली गईं।

कुल मिलाकर वातावरण इतना अनमना और बोझिल कि मेरे लिए सहन करना कठिन हो गया। न मैं भैया को टूटता देख सकता था, न भाभी को सूखते सह सकता था। पीनू थी नहीं। जब घर से चला था तो कहकर चला था कि कम-से-कम पूरा एक दिन भैया-भाभी के साथ गुजारने के बाद ही वापस होऊँगा; पर यहाँ तो हम तीनों लोग अलग-अलग साँसें ले रहे थे। हममें से हर एक अपनी-अपनी साँस गिन रहा था और महसूस कर रहा था कि यह अमुक की साँस है। भाभी तले हुए पापड़ और चाय लेकर कमरे में आ गईं, तब तक भैया और मैं बिलकुल चुप बैठे साँसें गिनते रहे।

मैंने भाभी से पूछने की कोशिश की, 'भाभी, क्या इस तरह अनुराग वापस आ जाएगा? क्या इन चिंताओं से भैया अच्छे हो जाएँगे? क्या बड़की अपने बाल-बच्चे लेकर यहाँ रहना शुरू कर देगी? क्या आशु और उसकी पत्नी अपनी बेटी सहित अपनी नौकरी-चाकरी छोड़-छाड़कर आपके आँचल में लिपटने चले आएँगे? आखिर आप लोगों को हो क्या गया है? कल को पीनू के भी हाथ पीले होने ही हैं।...'

और भाभी की बड़ी-बड़ी आँखों में समंदर के समंदर लहरा पड़े। भैया ने मेज पर पड़ा अखबार उठाया और उससे अपना मुँह ढाँप लिया। कमरा एक बार फिर सन्नाटों से भर गया।

चाय समाप्त करते-करते मैंने भाभी से कहा, 'आप भैया के इलाज की सोचिए। उपचार, आराम, पथ्य, ऑपरेशन जो कुछ भी करना-करवाना हो, उसका फैसला कीजिए। पीनू ने खुद अपने लिए कोई लड़का देख रखा हो तो उससे बात कीजिए और इन दीवारों पर चस्पाँ उदासी को नोच फेंकिए। क्या हाल बना रखा है आप लोगों ने! आपके बस का आप करें, मेरे लायक मुझे बता दें। अपने आपको इतना अकेला क्यों मान रहे हैं? आशु, बड़की, पीनू, मैं—हम सभी तो आपके अपने ही हैं। आप लोगों ने दुनिया देखी है। अब क्या दुनियादारी भी हम लोग आपको सिखाएँगे? क्या लोग रिटायर नहीं होते हैं? क्या बेटियाँ विदा नहीं होती हैं? क्या जवान बेटे अपना घर-संसार लेकर अपनी जिंदगी नहीं जीते हैं? क्या लोग बीमार नहीं होते हैं? क्या कोई

घर ऐसा भी है, जिसमें मौत का पग फेरा नहीं हुआ हो? आप दोनों एक-दूसरे को देख-देखकर रात-दिन इस तरह घुलते जान देने पर क्यों तुले हुए हैं? आपके सामने कोई समस्या है कि नहीं?'

मैं और भी बोलने के लिए शब्द ढूँढ़ रहा था। जब तक भैया और भाभी का न जाने कितने दिनों, महीनों और बरसों का भावना-सागर आँखों से बह चुका था। एक पल को मुझे लगा कि दोनों की पुरानी सहजता लौटने लगी है।

भाभी ने कहा, 'अच्छा हुआ भैया, जो आप आ गए। जो कुछ आपने कहा है, वही सब मैं भी रोज इनसे कहती रहती हूँ। पर न तो ये मेरी कुछ सुनते हैं, न अपना इलाज करवाते हैं। मैं भी यही कह रही हूँ कि डॉक्टरों ने जो राय दी है, उसपर चलो और अपनी सेहत को सँभालो। बेटे, बहू, लड़कियाँ, दामाद आते-जाते ही अच्छे लगते हैं। सभी का अपना-अपना राग है, अपना-अपना रोना है। वे सुखी रहें, हमें और क्या चाहिए?'

भाभी का वाक्य पूरा होता, तब तक भैया बोले, 'और बताओ ननके! जो कुछ तुमने कहा है, क्या मैं वह सब इससे नहीं कहता होऊँगा? रोज कहता हूँ; पर मेरी यहाँ सुनता कौन है! जिस अधिकार और अपनेपन से तूने यह झिड़की दी है, उसके लिए हम दोनों तरस गए थे।'

'मैं यहाँ आपको कोई झिड़की-विड़की देने नहीं आया हूँ। मुझे आधी रात के बादवाली गाड़ी से वापस जाना है। आप अपने आपको सँभालिए और जीवन का जो कुछ परिपक्व और सर्वश्रेष्ठ आपके पास बचा है, उसे सँवारिए।' मैंने दोनों से कहा।

'जाने की बात अभी मत करो, भैया!' भाभी बोली, 'परसों तक ठहर जाओ। आप भी देख तो लो कि पीनू की पसंद आखिर कैसी है। आशु और पीनू परसों उस लड़के को साथ ही लेकर आ रहे हैं। आप जिस खत को पढ़कर यहाँ आए हैं, वह खत मैंने ही पीनू से लिखवाया था।'

भैया की आँखों में एकाएक कातरता का बादल छा गया। भाभी ने एक नजर मुझे देखा और फिर उनकी आँखें अनुराग की तसवीर पर टिक गईं।

मैं आज समझ पाया कि भैया और भाभी मुझमें अनुराग को पा रहे थे।

□

जमाईराज

अस्सी बरस के ससुर, पचहत्तर बरस की सास, सत्तावन बरस की पत्नी और पैंसठ बरस के खुद जमाईराज; यानी नंदा महाराज। शादी को हो गए चालीस साल से ऊपर। यही कोई दो-तीन बरस और ज्यादा। अपने आपा-धापी भरे जीवन में चार दिन भी ऐसे नहीं निकाल पाए कि ससुराल में जाकर दो-एक दिन जमाईराज बनकर रहें। कुछ जमाईराजों वाला ठसका दिखाएँ। रात को ससुराल की मुँहबोली साली-सलहजों के मुँह से सुरीली गालियाँ सुनें। जूनी-पुरानी पहेलियों को बूझें। खुले आँगन में खटिया पर लेटकर आकाश के तारे गिनते-गिनते सो जाएँ। इस साल नहीं तो अगले साल और अगले साल नहीं तो अगले-अगले साल तो जरूर ही ऐसा समय निकालेंगे। सोचते-सोचते चालीस-बयालीस बरस बीत गए। घर-गिरस्ती में जब-जब नंदा महाराज को थोड़ा सा वक्त मिलता, वे शीलाजी से कहते कि इस बार जरूर दो-चार दिन तेरे पीहर में बिताना है, पक्का।

हर बार शीलाजी हँसकर टाल देतीं। कहतीं, 'शादी की पचासवीं सालगिरह पर चलेंगे। अभी क्या जल्दी है! तब तक बापूजी हो जाएँगे नब्बे के आस-पास। जीजी निकल आएगी बयासी की। आप हो जाएँगे बहत्तर के और मैं चलूँगी चौंसठ में।'

नंदा महाराज शीलाजी के इस कटाक्ष की पीड़ा को खूब समझते थे। मन-ही-मन सोचते भी थे कि अब भला उम्र का वह कौन सा रोमांच शेष है,

जिसे ससुराल में जाकर 'जमाईराज' की तरह जिया जाए। जवानी चली गई। अधेड़पन गुजर गया। प्रौढ़ावस्था बीत रही है। चौथे आश्रम की देहरी पर देह पहुँच गई। पर ससुराल का सुख देखने की ललक अब भी बची बैठी है। लोग क्या कहेंगे? लेकिन मन के किसी कोने में बैठा जमाई जीत गया। शीलाजी ने बार-बार समझाया कि 'छोटा सा गाँव है। बापू के पास ले-देकर डेढ़ कमरे का एक अधपक्का झोंपड़ा है। एक खटिया भी उसमें बिछने की गुंजाइश नहीं। एकाएक बेटा भी पास के शहर में अपनी बीवी को लेकर अलग बैठा अपना घर-संसार जैसे-तैसे चला रहा है। जीजी का बुढ़ापा। घर में सिवाय जीजी के कोई है नहीं, जो चूल्हे-चौके और पानी-परेंडी में उसका हाथ बँटा ले। आप तीन दिनों की कह रहे हो; पर आप, मैं, जीजी और बापूजी तीन घंटों में ही तंग हो जाएँगे। लोग हँसेंगे, सो अलग। बापू और जीजी चाय तक पीते नहीं। आपसे मिलनेवाले चार लोग भी आ गए तो उनकी चाय कौन बनाएगा। आपका भोजन, नाश्ता, चाय, दूध, तरह-तरह का नखरा कैसे सधेगा? कौन साधेगा? जब वहाँ भी मरना-खपना मुझी को है तो क्यों इतनी मगजपच्ची कर रहे हो? जब जाने के दिन थे, तब तो…'

पर नंदा महाराज का जमाईराज जरा ज्यादा ही जाग्रत् हो चुका था। कह बैठे, 'भागवान्! जैसा होगा, देखा जाएगा। स्वर्गवास हो या नरकनिवास, भाग्य का भोग भोग लेंगे। परेशान होने की कौन सी बात है। अपने बाल-बच्चे, नाती-पोते हँसेंगे तो हँस लेंगे। बुढ़ापे में ही सही, पर मैं तेरे पीहर का और तू मेरी ससुराल का मजा तो लूट। चलना पक्का है। तैयारी कर।'

और तैयारी करनी भी क्या थी। चार दिन का मामला। पचास किलोमीटर का सफर और रोज बदलो, तो भी पाँच जोड़ी कपड़ों का कुल बोझा। दो घंटों का सफर।

नंदा महाराज ने गाँव के पी.सी.ओ. पर सूचना देकर बापूजी को खबर करवा दी। शाम का भोजन वहीं करेंगे। शीलाजी सहित पहुँच रहे हैं।

बच्चों ने समझाने की कोशिश की। पोते-पोती ने विनोद किया। मुहल्लेवालों ने आश्चर्य किया। ये उमर और ससुराल-यात्रा! जमाईराज कहलवाने का चस्का! हे राम!

इधर तो गाँव में गाय, बैल, भैंस, पाड़े और पशु सारा दिन जंगल-खेतों में चरकर शाम को प्रविष्ट हो रहे थे, गोधूलि गगन तक गहरा रही थी कि पास के शहर के बस स्टैंड पर से एक तिपहिया टेंपो नंदा महाराज और शीलाजी को लेकर उधर गाँव में प्रविष्ट हुआ। गोधूलि से 'जमाईराज' और 'ग्राम सुता' लथपथ बापूजी के दरवाजे पर उतरे। जीजी ने स्वागत किया। छोटा सा गाँव, सँकरी सी गली। 'जमाईराज पधारे, जमाईराज पधारे', 'शीला आई, शीला आई', 'जीजा सा' आ गए, जीजा सा' आ गए', जैसी चहल-पहल से पूरा गाँव भर गया। बस्ती में बात फैलते देर ही कितनी लगती है! देखते-देखते डेढ़ कमरा और पाँच फुटा आँगन तरह-तरह की उम्र के लोगों से भर गया। लड़के-लड़कियाँ, औरत-मर्द, कच्चे-पक्के लोग यानी जीजी परेशान, बापूजी अवाक्, शीलाजी सकपकाईं। नंदा महाराज न रोने के, न हँसने के। कुशल-क्षेम, पूछताछ, निरख-परख में घंटों लग गए। चाय बने, तब बने, पर पानी पिला-पिलाकर जीजी और शीलाजी के पसीने छूट गए। घर में ले-देकर चार गिलास। उन्हीं को भरो, पिलाओ, धोओ, भरो, पिलाओ और बस, गाँव के मेहमानों को सँभालो। नंदा महाराज ने शीलाजी को देखा तो अपने आप पलकें झुक गईं। अपराध-बोध से ग्रस्त नंदा महाराज बोलते भी तो क्या बोलते? शीलाजी अगर खुलकर बोल पातीं तो यही कहतीं कि 'क्यों मेरे माँ-बाप का मखौल करवा रहे हो? बारात लेकर तोरन पर आना और पाँव पसारकर ससुराल में फैल-पसरकर सोना अलग-अलग बातें हैं।'

लाड़-प्यार, आव-आदर और सत्कार-श्रद्धा में कहीं कोई कमी नहीं थी। पर इस सबकी भी एक उम्र होती है। वह न तो नंदा महाराज के पास थी, न शीलाजी के पास। साठ-साठ, पैंसठ-पैंसठ साल के बेटी-दामाद का लाड़ भी कैसे लड़ाया जाए। जैसे-तैसे रात का भोजन दस बजे बाद शुरू होने का शकुन बना। तब तक गाँव की महिलाएँ गालियाँ गाने को जुट गईं। घर-आँगन में लोकाचार और दस्तूर की खिलखिलाहटें शुरू हो गईं। माता-पिता तुल्य बेटी-जमाई को आजकल की लड़कियाँ कैसे गालियाँ गाएँ? कैसी पहेलियाँ बूझें? एकाध लोकगीत शुरू हुआ ही था कि गाँव का टेलीफोनवाला भागकर आया। बापूजी से कहा, 'जीजा सा' का पी.पी. फोन है। जल्दी

पी.सी.ओ. पर भेज दो, वरना लाइन कट जाएगी।'

नंदा महाराज नंगे पाँव भागे। अपरिचित गलियों में पाँच-सात जगह रात के अँधेरे में ससुराल की दीवारों से टकराए। घर से बच्चों ने फोन करके पूछा था कि यात्रा सकुशल तो रही न? सब कैसे हैं? नंदा महाराज ने राहत की साँस ली। चलो, घर का कुशल-क्षेम मिल गया। पर मन-ही-मन सोचा, अगर चार दिन में ऐसा दस-बीस दोस्तों ने कुशल समाचार लिया तो उनका आधा समय तो घर से पी.सी.ओ. के बीच ही निकल जाएगा। जैसे-तैसे वापस घर आए। गीत-गालियों का दस्तूर थम गया था। लोग चिंतित थे कि आधी रात किसका फोन आ गया। क्या समाचार है? लोग अमंगल की आशंकाओं में डूबते-उतराते बैठे रहे। यह उनकी पहली रात थी। पर सवेरे पाँच बजे तक फोनवाले ने नंदा महाराज को चार बार और जगाया। रात भर न वह सो सका, न नंदा महाराज। जीजी, बापूजी और शीलाजी के तो सोने का सवाल ही नहीं था। जीजी ने सारी रात टेलीफोन को कोसने में काटी। यह कैसा जंजाल है? ये शहर के लोग रात भर सोते नहीं हैं, वहाँ तक तो ठीक है, पर थके-हारे लोगों को सोने भी नहीं देते। रात-रात भर पूछते क्या हैं? जीजी रह-रहकर कुढ़ रही थी।

सवेरा होने पर नंदा महाराज दूसरे चक्कर में उलझ गए। सूर्योदय से पहले उठने की उनकी आदत थी। वे करवटें बदल ही रहे थे कि उन्हें लगा, उनकी खटिया पर दो-एक लोग सिरहाने-पायताने बैठ गए हैं। पहले तो वे समझे कि शायद शीलाजी उन्हें जगाने के लिए आई होंगी; पर जब उनकी नाक में बीड़ी के धुएँ की तीखी गंध घुसी तो वे छटपटाकर उठने को हुए। तभी दो जोड़ी हाथों ने उनके शरीर को दबाते हुए कहा, 'आप तो आराम करो जीजा सा'! पौढ़ो। आप तो पौढ़े रहो।' नंदा महाराज के लिए यह सर्वथा नया अनुभव था कि लोग उनकी शय्या पर बैठकर बीड़ी पिएँ और कमरा तीखी बदबू से भरा रहे। वे सो कैसे सकते थे? जैसे-तैसे उठकर बैठे। न मुँह से गायत्री निकली, न विष्णु सहस्रनाम; न वाणी वंदना, न गणेश-स्तवन। अचकचाकर उन्होंने दोनों सज्जनों से पूछा, 'आप?'

उनमें से एक भाई बोले, 'कुछ नहीं जीजा सा'! रात को सुना कि आप

और शीला जीजी आए हुए हैं, तो बस हम यों ही घूमने चले आए। घूमना का घूमना और मिलना का मिलना।' और उन्होंने कश लेकर बीड़ी नंदा महाराज की ओर बढ़ा दी। यह पराकाष्ठा थी। नंदा महाराज का सवेरा एक तरह से सुधर गया था। न बोलने के, न चुप रहने के। मन में आया कि पूछें, 'क्या मैं कोई चौपाटी हूँ; कोई नदी-नाला या बाग-बगीचा, वन-उपवन या डूँगर पहाड़ हूँ, जो आप घूमने चले आए। वह भी मेरी खाट पर!'

पर हद तो तब हो गई, जब उन्होंने खाट पर बैठे-ही-बैठे शीलाजी को आवाज देकर कहा, 'शीला बेन! जीजा सा' उठ गए हैं। इनकी चाय ले आओ। दो जने हम भी हैं।'

नंदा महाराज का माथा भन्ना गया। न हाथ धोए, न मुँह; न कुल्ला किया, न दातौन। और स्नान-ध्यान पूरा-का-पूरा बाकी पड़ा है। ये लोग चाय के पीछे पड़े हुए हैं।

शीलाजी ने भीतरवाले कमरे से ही स्थिति स्पष्ट कर दी। बोलीं, 'दूध लेने बापूजी गए हैं। वे आएँगे, तब चाय बनेगी। यहाँ कोई फ्रिज वगैरह तो है नहीं, जो रात को दूध लिया, रख लिया और सुबह उठते ही गैस पर चाय बना ली। अपने जीजा सा' से कहो कि आँगन के कोने में पड़ा डब्बा उठाएँ, पानी भरें और जंगल-मैदान होकर आ जाएँ। बाकी बातें बाद में होंगी। सवेरा शुरू तो करें।'

'अरे तेरी सी···।' दोनों के मुँह से एक साथ निकला, 'अभी तो जीजा सा' ने कुछ भी नहीं किया है। चलिए, हम आपको दिशा-मैदान की जगह दिखा देते हैं। वापस आएँगे, तब तक चाय बन-बना जाएगी। चलिए पधारिए।'

नंदा महाराज का बस चलता तो वे अपना माथा कूट लेते। जमाईराज बनने पर दिशा-मैदान जाते वक्त भी ससुरालवाले इतना लिहाज पालते होंगे, इसका अनुमान उन्हें नहीं था। पर जमाईराज की फजीहत बहुत बाकी थी। शीलाजी इधर तो डिब्बे में पानी डाल रही थीं और उधर टेलीफोनवाला पी.पी. कॉल की सूचना देने को आँगन तक आ गया था, 'जीजा सा'! चलिए, आपका पी.पी. कॉल है। फिर लाइन कट जाएगी।'

नंदा महाराज का मन हुआ कि पानी का भरा हुआ वह डिब्बा फोनवाले

के मुँह में ठूस दें। वे निरीह नजरों से शीलाजी को देख रहे थे। शीलाजी की आँखों में अपना नटखट बचपन लौट आया था। डिब्बा थमाते हुए बोलीं, 'अभी तो पहला ही सवेरा है। ऐसे तीन सवेरे और बाकी हैं। जाइए जमाईराज! यह डिब्बा टेलीफोन बूथ में ही खाली कर लेना।'

लोगों का आना-जाना शुरू हो गया था। बीस-पच्चीस घरों से नंदा महाराज को चाय के न्योते मिल गए थे। साँझ-सवेरे के भोजन के निमंत्रणों पर बहस और जद्दोजहद हो रही थी। नंदा महाराज अनागत स्थितियों के संभावित तनावों का अनुमान लगाकर मानसिक उठा-पटक में उलझे-अटके अपनी दिनचर्या को तरतीब देने की कोशिश कर रहे थे। स्नान-ध्यान, पूजा-पाठ कैसे पूर पड़ें, यह अलग व्यथा-कथा है। पर नंदा महाराज के होश फाख्ता हो गए, जब उन्होंने देखा कि गाँव की स्वागत मंडली ने शरारत करते हुए उस गाँव की ऐंडी-बैंडी बैंड टुकड़ी को ढोल, मशक और ढोलक-ताशों के साथ बापूजी के दरवाजे पर भेज दिया है। आते ही उन्होंने 'घर आया मेरा परदेसी' वाली धुन पूरे जोर-शोर से बजानी शुरू कर दी। सामनेवाली गली से गाँव का भाँड़ अपनी विरुदावली गाता हुआ नजर आया। थोड़ी ही देर में वही ढोलवाला ढोल बजाता दरवाजे पर आकर खड़ा हो गया, जिसने कि नंदा महाराज की बारात के स्वागत में चालीस-बयालीस साल पहले ढोल बजाया था। सभी की अपनी-अपनी माँग थी। कोई एक जोड़ा कपड़ा चाहता था तो कोई भरपूर नेग-दस्तूर। अगर एक-एक कपड़ा भी नंदा महाराज और शीलाजी देने लगते तो उनके अपने तन-बदन के कपड़े उतर जाते। गाँव के लोग हँसते थे। बापूजी परेशान। जीजी किस-किसको समझाए और शीलाजी इस साँसत से कैसे छूटें। जमाईराज जिंदगी में पहली बार अपनी तरफ से ससुराल में पधारे थे। नेग-दस्तूर सभी के बनते थे।

यहाँ तक तो ठीक ही कहा जा सकता था; पर नंदा महाराज तब हक्के-बक्के रह गए, जब उन्होंने देखा कि बापूजी के दरवाजे पर दो अधनंगे, लांब-तड़ाँग मुस्टंडे साधुनुमा आदमी एक गजराज (हाथी) को खड़ा करके उसके आस-पास खड़े हो गए। हाथी इशारा पाते ही पहले चिंघाड़ा, फिर महावत के आदेश पर उसने अपनी सूँड़ उठाकर जमाईराज का अभिवादन

किया। सारे गली-मुहल्ले के कच्चे-बच्चे मेला लगाकर तमाशबीन की तरह खड़े हो गए। कोलाहल से वातावरण भर गया। शीलाजी ने जीजी की तरफ देखा। जीजी ने बापूजी को इशारा किया। नंदा महाराज कुछ समझें, तब तक महावत हाथी से नीचे उतरा और पासवाली चबूतरी पर बैठ गया। आती-जाती बहू-बेटियाँ ठिठक गईं। हाथी ने रास्ता रोक दिया था। गली खचाखच भर चुकी थी। दोनों मुस्टंडों ने जमाईराज को 'जय सीताराम' किया। फिर जीजी से बोले, 'महालक्ष्मी! ये ऐरावत गजराज महंतजी ने भेजा है। कहलवाया है कि जमाईराज और शीला बेटी की सवारी आज अपने ऐरावत पर निकलेगी। ये लोग पहली बार ससुराल में आए हैं। रसोई में आज ऐरावत के दस टिक्कड़ शुद्ध घी-गुड़ में सेंक देना और तीन मूर्ति हम हैं ही। रसोई बनाकर, भगवान् के भोग की थाली सजाकर प्रेम से भोजन प्रसाद दे दें। फिर जमाईराज की सवारी सजेगी। महावत का नारियल-टीका और हम दो साधुओं की दक्षिणा के साथ-साथ महंतजी की भेंट-पूजा की व्यवस्था भी कर दें। जय सीताराम!' और दोनों बाबा लोग वहीं आँगन में आसन बिछाकर गाँजा-सुलफा खींचने बैठ गए।

जमाईराज को जब पता चला कि इस गाँव में तो है ही, पर आस-पास के दस-दस, पंद्रह-पंद्रह किलोमीटर के गाँवों में भी किसी के घर मेहमान आने की सूचना महंतजी को मिलती तो वे अपने हाथी और उसके साथ महावत और दोनों चेलों को वहाँ भेज देते हैं। आखिर हाथी का खर्चा चले कैसे? ऐरावत का पेट पाले कौन?

नंदा महाराज ने अनुमान लगाया कि यह हाथी अगर चार दिन बापूजी के दरवाजे पर इसी तरह चिंघाड़ता खड़ा रहा और इसके टिक्कड़ और तीन मूर्तियों का भोग, भगवान्‌जी का बाल भोग, महंतजी की सेवा-पूजा, बाबाओं की दान-दक्षिणा होती रही तो टोटल दो-चार हजार का झटका लगेगा। अभी तो सुबह का खाना भी नहीं बना है। मिलने आनेवालों की चाय बना-बनाकर शीलाजी तंग आ चुकी हैं। जीजी इस उम्र में कितनी देर जूठे कप और गिलास धोएँगी। बापूजी दूध-दलिए का इंतजाम कब तक करते रहेंगे? महावत हाथी को बार-बार संकेत करता और हाथी चिंघाड़ मारता, सूँड़ उठाकर 'जय

सीताराम' करता। बाबा गाँजे की दम मारते और भाँड़ विरुदावली गाता। बैंडवाला अपनी पीपाड़ी बजाए ही जाता।

जमाईराज इस चक्रव्यूह से कैसे निकलें ? किस कुघड़ी में उन्हें ससुराल में चार दिन का स्वर्ग-सुख प्राप्त करने का विचार आया ? रास्ता सूझ नहीं रहा था। मन मुरझा रहा था। उमंग मर चुकी थी। उत्साह ठंडा पड़ चुका था। जमाईराज का अंतर्यामी अपने आपको चमरौंधे से जुतिया रहा था। न बापूजी कहनेवाले हैं कि जाइए, न जीजी कहनेवाली हैं कि पधारो। गाँववाले भला अपने जमाईराज से कैसे कहेंगे कि विदा हो जाइए। लोकाचार आखिर लोकाचार है। संस्कृति अंततः संस्कृति है। सभ्यता सजीव है। रिश्ता अंततः रिश्ता है। गाँव की अपनी गरिमा है। यह कोई शहर नहीं है कि मेरा मेहमान, मेरा मेहमान। उसका आया, उसके घर। यह गाँव है। यहाँ शीलाजी सभी की बेटी हैं। नंदा महाराज अकेले बापूजी के ही नहीं, सारे गाँव के जमाईराज हैं। सभ्यता, संस्कृति और संबंधों से अलग हटकर भी गाँव की एक नाक होती है। सवाल गाँव की नाक का आड़े आ जाता है। नेग की जगह नेग है, दस्तूर की जगह दस्तूर है। बहन-बेटी भाइयों से लेती हैं और भतीजों को देती हैं। लेने और देने के बहाने अलग-अलग हैं।

ऐसे ही ऊहापोह भरे क्षणों में नंदा महाराज को टेलीफोनवाला आता दिखाई पड़ गया। वह पी.पी. कॉल की सूचना देने ही आ रहा था। नंदा महाराज की जान में जान आ गई। लपककर घर में गए। शीलाजी को संकेत किया कि 'पोटली बाँधकर चलने की तैयारी कर लो। मैं टेलीफोन पर जा रहा हूँ। आधे घंटे में तिपहिया आकर दरवाजे पर खड़ा हो जाएगा। नेग-दस्तूर का तिलक छापा जो भी करना-कराना हो, निपटा लेना। मेरी तो यह ससुराल है, पर तुम्हारा तो पीहर है। जैसा ललाट वैसा टीका। चंदन-कुंकुम, चाँटा-चुंबन जो भी करना हो, करके इस भीड़ को निस्तारो। मैं पंद्रह मिनट में आता हूँ।'

शीलाजी अपने बेबस बालम पर एक मीठी नजर फेंकती हुई बोलीं, 'वापस जमाईराज अपनी ससुराल कब पधारेंगे ? अगला प्रोग्राम आज ही बना लो, वरना उधर लाइन कट जाएगी।'

चार दिन के लिए योजित यात्रा पर पहले ही दिन सुबह के भोजनकाल में ही पूर्णविराम लग गया।

गाँव के लोगों ने उस दिन बापूजी के घर से दो हाथियों को विदा होते देखा। एक हाथी आँगन से महंतजी के दरवाजे की तरफ गया, दूसरा हाथी बापूजी के डेढ़ कमरेवाले घर के भीतर से शीलाजी के साथ अपने घर के लिए निकला।

□

पीढ़ियाँ

ख्याति बाबू का मन अकसर होता था कि वे समय निकालकर अपने बाल-बच्चों के बीच बैठें, उनसे बतियाएँ, बातें करें। उनके अपने समय से समय-देवता ने काल को कितना आगे बढ़ाया है, इसका लेखा-जोखा लें; कुछ पूछें, कुछ जानें; अपनी कहें, उनकी सुनें। लेकिन जटिल जीवन और कुटिल व्यवस्था के आल-जाल में फँसे ख्याति बाबू शायद ही कभी समय निकाल पाए हों। उनके अपने बेटे जवान हुए, बेटियाँ विदा हुईं। घर में बहुएँ आईं, फिर पोते-पोती हुए; लेकिन ख्याति बाबू को अपने जंजालों से ही फुरसत नहीं मिली। उनके अपने परिजन प्रायः इस बात के लिए तरसते रहते थे कि कभी बाबूजी उनके बीच बैठें और अपने जीवन-संघर्षों से अपनी ही पीढ़ियों को अवगत कराएँ। अपने परिवार के बारे में इन बच्चों ने जो भी सुना था, या तो अपनी माँ से सुना था या फिर पड़ोसियों से या फिर ख्याति बाबू के नजदीकी दोस्तों और नाते-रिश्तेदारों से। ऐसी सुनी-सुनाई बातों में सच्चाई तो थी, पर बाल-बच्चे चाहते थे कि ख्याति बाबू खुद भी जरा सा अवकाश निकालकर इन सच्चाइयों को प्रमाणित कर दें।

बच्चों को कई घटनाएँ तो परीकथाओं जैसी लगती थीं। वे उन्हें ख्याति बाबू के मुँह से सुनना चाहते थे। ख्याति बाबू इस मानसिक उद्वेलन को भलीभाँति समझते थे। मन-ही-मन वे भी प्रायः सोचते रहते थे कि बच्चों के बीच बैठना चाहिए। जीवन जिस गति से भागा जा रहा है, उसमें उनसे भी

अपना बहुत कुछ छूटता चला जा रहा है। बच्चों को जन्म देने के सिवाय वे उन्हें कुछ दे नहीं पाए और बच्चे जो कुछ समय-धन उन्हें देना चाहते हैं, वह वे ले नहीं पाए। चारों ओर घाटा-ही-घाटा। घर में तीन-तीन पीढ़ियाँ चहक-महक रही हैं, पर उनमें फासला रात-दिन बढ़ता ही जा रहा है। कभी-कभी तो संवादहीनता तक बात बढ़ जाती है। सब अपनी-अपनी दिनचर्या में मशीन की तरह सवेरे से साँझ तक का कालचक्र पूरा कर रहे हैं।

रोजमर्रा की वे बातें। परिवारवाले मिल बैठें तो भी न तो कोई धर्म-चर्चा, न अध्यात्म की बात, न इतिहास का कोई अध्याय, न संस्कृति पर किसी तरह का वार्त्ता प्रसंग। दर्शन किसे कहते हैं, कौन जाने? सास-बहू चूल्हे-चौके में अपनी अन्नपूर्णा से उलझ रही हैं तो पोते-पोती टी.वी. से चिपके बैठे हैं। बेटे लोग अखबारों में मंडी बाजार और अरकार-सरकार का चरित्र आँककर अपने काम-काज में रोटी की जुगाड़ जुटा रहे हैं। ख्याति बाबू अपने देशाटन और लेखन-पठन में आज यहाँ तो कल वहाँ। बेटियाँ भी ससुराल में ऐसी ही दिनचर्या जी रही होंगी⋯आकाश की छाया सभी पर एक जैसी है। अपने-अपने संघर्ष, अपनी-अपनी व्यस्तताएँ। इसी ऊहापोह में ख्याति बाबू ग्लानि में डूब जाते हैं। खुद पर खीझते, अपने आप पर चिढ़ते। स्वयं को कोसते और घर के वरिष्ठ होने का आत्मदंड भुगतते-भोगते। सफर के दौरान रेलों और होटलों में प्रायः उदास हो जाते। एक गहरी हताशा उन्हें रुआँसा कर देती। घर की याद आती। बच्चों के लिए बिलख-बिलख पड़ते। महान्-से-महान् लेखकों के ग्रंथ तक उनका अनमनापन नहीं तोड़ पाते। अखबार खरीदते तो मुखपृष्ठ देखते ही झुँझला पड़ते। हिंसा, बलात्कार, भ्रष्टाचार, दुराचार, अनाचार और व्यभिचार के समाचार पढ़ते-पढ़ते बौखला जाते। फिर मन में विचार उठता कि अगर हिंसा, हताशा, निराशा और विनाश के सारे समाचार सुसंपादित होकर एक ही साथ, एक ही पृष्ठ पर प्रतिदिन परोसे-परोसाए मिल जाएँ तो हर संवेदनशील मन टूट जाएगा।

मनुष्य को टूटने में देर ही कितनी लगती है? क्या हमारा सामाजिक और निजी जीवन इतना बेकार और बोदा है कि वह जीने के लायक ही नहीं

रहा? वे अपने आपसे बहस करने लग जाते। खिड़की चाहे रेल की हो या होटल के कमरे की, उसमें से वे दूर क्षितिज तक आकाश के टुकड़े को देखते रहते—अपलक, अविराम। अपने घर में होते तो वरिष्ठता का बोझ उतार नहीं पाते। परिवार के मुखिया होने का अहसास उन्हें अतिरिक्त दबाव से दबाए रखता। यह वरिष्ठता, यह जेठापन, यह मुखियागिरी उतार फेंकने की इच्छा होते हुए भी वे इसे ओढ़े रहते। घर से बाहर जाते तो बच्चे उनको चरण-स्पर्श करके विदा करते। बाहर से ज्यों ही घर लौटते, दरवाजे पर ही बच्चे उनको पाँवाधोक करते। वे सिहरते हुए आशीर्वाद देते और पाते कि इस एक ही संस्कारशीलता ने उनको फिर से वरिष्ठ बना दिया है। सिर्फ वे और अकेले वे इस घर में बड़े हैं, बाकी सब छोटे हैं।

इसी मानसिक विचार-जाल में गले-गले तक फँसे ख्याति बाबू को एक दिन उनके बारह बरस के पोते ने घेर लिया। होना यह था कि ख्याति बाबू कोई बात शुरू करते, बात शुरू करने का सुलभ प्रयत्न नमन ने ही कर लिया।

ख्याति बाबू ने नमन का सिर सहलाते हुए कहा, 'बोलो नमन बेटे! क्या बात है?'

'दादाजी, हमको पढ़ाया जाता है कि हमारा देश १५ अगस्त, १९४७ को आजाद हुआ। देश में आजादी १५ अगस्त, १९४७ के दिन आई। क्या यह सच है?' नमन का सीधा और सरल सा सवाल था।

'हाँ बेटे, यह सच है कि हमारे देश में आजादी १५ अगस्त, १९४७ के दिन आई।' ख्याति बाबू ने नमन की जिज्ञासा का शमन किया।

'अगर यह १५ अगस्त, १९४७ के दिन आई तो फिर दादाजी! यह आजादी गई कहाँ थी?' नमन का कुँआरा सवाल था।

ख्याति बाबू भौचक नमन का चेहरा देखते रह गए। उनकी शिराओं में खून का प्रवाह पल भर को ठिठक सा गया। वे क्या उत्तर देते? उनकी सारी आयु का चिंतन एक चिनगारी की चपेट में था। आजादी के बादवाली पीढ़ी को इस बात पर विश्वास ही नहीं है कि यह देश कभी गुलाम भी रहा होगा। भारत की गुलामी की कल्पना भी हमारे बच्चे नहीं कर पाएँगे। इतना बड़ा

देश आखिर दास कैसे हो सकता है ?

जब पीढ़ियों के प्रश्नों के उत्तर हमारे पास नहीं होते हैं, तब हम करते क्या हैं ? ख्याति बाबू ने तत्काल रास्ता निकाला—कतरा जाओ। नमन से कहा, 'नमन राजा ! किसी दिन फुरसत में तुमको हम बताएँगे कि १५ अगस्त, १९४७ से पहले आजादी कहाँ गई थी।'

दादा और पोते की बातचीत में ख्याति बाबू की पत्नी और बहू भी शामिल होने के लिए आ पहुँचीं। दादी को गर्व था कि उसका पोता कितना प्रखर और मुखर है। विनोद करती हुई बोलीं, 'जब बच्चों के सवालों का ठीक से उत्तर नहीं दे पाते हो तो तारीख पेशी बढ़ाते क्यों हो ? साफ मना क्यों नहीं करते हो कि मुझे नहीं मालूम ? अपने बच्चों से पराजित होने का सुख कब देखोगे ?' और नमन को पुचकारते हुए बोलीं, 'बेटे ! ऐसे टेढ़े-मेढ़े सवाल नहीं पूछा करते। तेरे दादाजी लोग झूठे घमंड और दंभ में मर जाएँगे। पर यों ही कहेंगे कि उन्हें नहीं मालूम। जा, अपनी पढ़ाई-लिखाई कर या फिर गेंद-बल्ला उठा और मैदान में खेल।'

ख्याति बाबू अपने पराजय-बोध में डूबे, नमन की दादी ने जो कुछ कहा था, उसे अपने अनुभव और उम्र के तराजू पर तौलते रहे। एक परास्त हँसी हँसते हुए उन्होंने पूछा, 'अच्छा नमन बेटे ! आज के साक्षात्कार में और कुछ ?'

'अच्छा दादाजी ! एक बढ़ई से पूछो कि तू क्या कर रहा है, तो वह कहता है—मैं लकड़ी की चौखट बना रहा हूँ; मोची से पूछो कि तू क्या कर रहा है, तो वह कहेगा कि मैं जूता गाँठ रहा हूँ; लुहार से पूछो कि भाई, तुम क्या कर रहे हो, तो वह कहेगा कि मैं लोहा पीट रहा हूँ; किसान से पूछो कि काका, क्या कर रहे हो, तो वह उत्तर देगा कि मैं अपना खेत जोत रहा हूँ, मजदूर से पूछो कि भैया, क्या हो रहा है, तो वह कहेगा कि मैं कारखाना चला रहा हूँ। मास्टर पढ़ाता हुआ मिलेगा—यानी किसी से पूछो कि क्या कर रहा है, तो वह अपने उस काम को बताएगा, जो वह कर रहा होता है। पर अगर आप किसी राजा या नवाब से पूछो कि राजाधिराज ! आप क्या कर रहे हैं ? तो वह कहेगा कि मैं आराम कर रहा हूँ। नवाब कहेगा कि मैं शिकार

करने जा रहा हूँ। ठीक है ना?' नमन का सवाल था।

दादाजी की आँखें फटी-की-फटी रह गईं। पोता ठीक ही बोल रहा था। मात्र बारह बरस का पोता अगर यह विवेचना करे तो ख्याति बाबू को रोमांच हो आना सहज था। वे नमन को अपनी बाँहों में लेकर सीने से लगाने के लिए ललक पड़े।

नमन अपनी अल्हड़ता में खलल होती देख रहा था। उसने कहा, 'दादाजी! आपके जमाने में ऐसे सैकड़ों राजे-महाराजे थे, जो न काम करते थे, न काम करनेवालों को मान-सम्मान देते थे। अब आप समझ गए होंगे कि हमारा भारत परदेशियों का गुलाम क्यों हो गया था? चलिए, आप बॉलिंग करेंगे या बैटिंग? थोड़ी देर मेरे साथ खेल लीजिए, सब ठीक हो जाएगा।'

ख्याति बाबू ने मन-ही-मन प्रभु को धन्यवाद दिया। पीढ़ियाँ कहाँ से कहाँ पहुँच गई हैं! इन बच्चों के पास अपनी इबारतें हैं, अपने अनुवाद हैं, अपनी समीक्षाएँ हैं, अपनी शैली है, अपना तेवर है, अपनी दृष्टि है, अपना सोच और अपनी परिभाषाएँ हैं। उनके मन की निराशा का कुहरा एकाएक छँट गया। पहले वे हलके हुए, फिर उत्फुल्ल हो गए। बहू को आवाज देकर बोले, 'बहू बेटी! इस बच्चे की नजर उतार दे। यह पूरी पीढ़ी की नजर उतारने का प्रसंग है।'

नमन बाहर मैदान में खेलने निकल गया। ख्याति बाबू समझ नहीं पा रहे थे कि अपनी आँखों को किस दिशा की तरफ टिकाएँ? परेशान ख्याति बाबू ने अपनी आँखें अपनी पत्नी के चेहरे पर गड़ा दीं। वे मुसकरा रही थीं। खिलखिलाते हुए उन्होंने ख्याति बाबू से पूछा, 'बुलाऊँ नमन को?'

अब तक वे बिलकुल सहज हो आए थे। आश्वस्त होते हुए बोले, 'हर घर में एक ख्याति बाबू बैठा हुआ है और हर आँगन में एक नमन खेल रहा है। मैं अब समझ पाया हूँ कि हम इन बच्चों से कतराते क्यों हैं? सच कहूँ शुभांगी! मैं जब नमन की उम्र में था, तब मेरी मक्खियाँ भी नहीं उड़ती थीं। देश कहाँ से कहाँ पहुँच गया। बच्चे कैसे से कैसे हो गए! एक तुम-हम हैं कि रोज इन बच्वों को गालियाँ दे रहे हैं, हतोत्साहित कर रहे हैं, अपनी कुंठाएँ और वर्जनाएँ इनपर लाद रहे हैं, अपनी निराशाएँ इन्हें परोस रहे हैं,

अपना अँधेरा इनपर डाल रहे हैं। इसने तो मेरी पूरी क्लास ले ली और मैं सौ में से दो नंबर भी नहीं पा सका। मेरा पोता तो अपने दादा का भी दादा निकला।'

ख्याति बाबू का सारा घर, सारा आँगन, सारा परिवेश नए उजाले से भर गया। एक बार उनके मन में आया कि वे बाहर मैदान में जाकर नमन के साथ उसकी क्रिकेट टीम में शामिल होकर खेलें; पर उठते-उठते वे फिर बैठ गए। वे समझ नहीं पाए कि वे बॉलिंग के लायक हैं या बैटिंग के।

अपनी कल्पनाओं में वे नमन को कभी गेंद फेंकते हुए देखने लगे तो कभी रन बनाते दौड़ते हुए, कभी आउट होते तो कभी आउट करते।

□

होली

विवाद इस बात पर नहीं था कि यह होली जले या नहीं जले; पर रगपट्टा यह था कि यहाँ होली जले या नहीं जले। तरह-तरह के लोग और किस्म-किस्म के दिमाग। पता नहीं किसने यहाँ होली जलाने की सुर्री छोड़ी; पर धीरे-धीरे बात आगे बढ़ती गई और यार लोगों ने होली का डाँडा यहाँ पर गाड़ ही दिया। एक बार जब होली का डाँडा गड़ गया तो फिर किसकी हिम्मत है, जो उसे उखाड़ दे।

वैसे होली के मामले में हजारों सालों से एक परंपरा चली ही आ रही है कि माघी पूनम को होली का डाँडा गाड़ो और फागुन की पूनम को जितना भी अलिद्दर-दलिद्दर उसके आस-पास गाँववाले रख जाएँ या फेंक जाएँ, उसे धूमधाम से ढोल बजा-बजाकर गाते-नाचते जला दो। अब यह अलग बात है कि लोग उसमें न जाने क्या-क्या फेंक-फाँक जाते हैं। अंग्रेजी में जैसे 'सॉरी' कहने से हजार गुनाह माफ हो जाते हैं, वही मामला होली का भी है। आप मनचाही भड़ास निकाल लें और हल्ला करके कह दें, 'बुरा न मानो होली है', बस सारी बात खत्म।

पर इस बार गाँव में होली माता ने नया बखेड़ा खड़ा करवा दिया। ये तो भला हो दो-चार समझदार लोगों का, जो सारा मामला निपटा-निपटू दिया, वरना वह लाठी चलती कि पलाशों की जगी लाशों का रंग बह जाता।

वैसे देखो तो हुआ-हुआया कुछ नहीं। एक जमाना था, जब कि हर

गाँव में एक रावण बनाया और मारा या जलाया जाता था। आज जमाना यह आया कि गाँव-गाँव रावणों की संख्या बढ़ गई। एक के दस हो गए। दस माथों की जगह सौ माथे आसमान में तन गए। जब आप गली-गली रावण बनाने और जलाने से नहीं रोक सकते हैं तो फिर होली पर कौन सा कानून लगा सकेंगे? हमारा गाँव, हमारी गली, हमारा मुहल्ला और हमारी होली। किसी के बाप का हम क्या खा रहे हैं, जो कोई हमें रोक देगा? हम होली में अपने घर का दलिद्दर जलाएँ या दादाजी की दौलत, आप कौन होते हैं आड़ लगानेवाले? गाँव-बस्ती के आजवाले लड़के इस डायलॉग तक आ पहुँचे हैं। फिर इस बार तो इस गाँव की टोपी में एक तुर्रा और भी लग गया है। पंचायत का सरपंच इसी गाँव का अपना आदमी चुना गया और वह भी हमारे अपने इसी मुहल्ले का। उसके घर के सामनेवाले चौक में होली गड़ेगी, फिर पुजेगी और धूम-धड़ाके से जलेगी। जिसको भी राज-कचहरी करना हो, करके देख ले। वो जमाना गया, जब होली पटेल की पोल और सेठजी की हवेली के सामने जलाई जाती थी। अब देश में लोक-तंतर है और जनता खूब जानती है कि किसका तंतर किस तरह कर दिया जाए।

सो इस सरपंच चौकवाली होली के पीछे भी दो-चार लोगों ने कोई-न-कोई तंतर पहले अपने दिमाग में फिट किया और फिर उस तंतर को इस होली माता पर चिपका दिया। वैसे देखो तो बात, न बात का नाम। चुनाव चुनाव की जगह हैं। कभी हो जाते हैं, कभी नहीं होते। पर इस बार पंचायत का चुनाव हो ही गया और लोकल राजनीति की गोटियाँ कुछ ऐसी बैठीं, बालू बा का बेटा बगदीराम ग्राम पंचायत का सरपंच बन बैठा। अब बन क्या बैठा, उसे बना दिया गया। न तो बालू बा चाहते थे, न बगदीराम; पर कहीं-न-कहीं बगदीराम की हथेली में राज रेखा शायद है कि किसी कारण से वह एकाएक गहरी हो गई होगी, सो जोग संजोग में बदल गया।

इस बदलाव का असर गाँव पर पड़ना था, सो पड़ा ही। बरसों से चले आ रहे गाँव के कई समीकरण एकाएक बदल गए। लोगों की लाग और लगावों में गहरा फर्क आ गया। चतुर लोगों के रास्ते बदल गए। और तो और, खेत-खलिहानों पर जाने-आने के सनातन रास्तों से समझदार लोग इधर-

उधर होने लगे। समझदार और सयाने लोग सब समझते थे। कहनेवाले कह भी देते थे; पर बालू बा के व्यवहार और विनम्र बोलचाल से कड़वाहट सतह के ऊपर नहीं आ पाई। बालू बा ने जिंदगी देखी थी। उन्होंने बगदीराम को बार-बार कुल मिलाकर एक ही बात कही कि ये जो राजकाज है, वह नवरात्रि की छाया जैसा मामला है। और नवरात्रि नौ दिन की होती है। दसवें दिन दशहरा और ग्यारहवें दिन ग्यारस माता का व्रत करना ही पड़ता है। अगर ग्यारस माता का व्रत नहीं करो तो बारहवें दिन प्रदोष पक्का। इसलिए इस सरपंची पर इतराना मत। जोग-संजोग है कि लॉटरी में यह पंचायत अपने जैसे समाज के नाम पर खुल गई, वरना सात-सात जनम तक इस खानदान का कोई आदमी सरपंची की कुरसी पर नहीं पहुँच सकता था।' बालू बा समझाते-समझाते यहाँ तक कह बैठते थे कि 'तुझे सरपंच बनानेवाले लोग खुद नहीं बन सकते थे, इसलिए उन्होंने तुझे सरपंच बनाकर अपनी राजनीति पूरी कर ली। अगली बार लॉटरी में यही पंचायत अगर सामान्य खुल गई तो बगदू, तू तो क्या, तेरा बाप भी सरपंच नहीं बन सकेगा। इसलिए गाँव-बस्ती और लोक-मर्यादा का ध्यान रखकर, सबसे मिल-जुलकर काम करना और अपनी राम-राम, श्याम-श्याम की रामाशामी में कहीं कोई बदबू मत मिला देना। जनता का राज और लोक-तंतर तलवार की धार पर चलनेवाली बात है। तेरा सिर जिस दिन अभिमान में ऊँचा होगा उस दिन मेरी नाक नीची हो जाएगी। इस बात का ध्यान रखना।'

बगदू सरपंच रोज इस तरह की बातें सुनता और उनको पल्ले बाँधता। बेशक वह पढ़ा-लिखा लड़का था और उसको सरपंच बनानेवाले करीब-करीब सभी वार्ड मेंबर कमोबेश उसी की उम्र के थे। तब भी सरपंच पद पर आने के छह महीनों में ही उसने अनुभव कर लिया था कि सत्ता का चरित्र वेश्या का चरित्र होता है। वह यह भी समझ गया था कि कुरसी कभी खाली नहीं होती। यह सदा सुहागन रहनेवाली काठ की पुतली है। पद पर रहकर अपने गाँव का विकास करना और जनता की सेवा भी करने का मतलब निकलता है कि आप पनघट के आस-पास पत्थरों पर जमी हुई काई पर नंगे पाँव चलो। इंच-इंच पर पाँव फिसलने का डर। जरा फिसले कि गिरे। सँभलकर

चलो, वरना यार लोग तमाशा देख-देखकर तालियाँ बजाएँगे—और ठट्ठा करेंगे सो अलग। अब अगर गिरेगा तो वह बगदू नहीं गिरेगा, गिरनेवाला बगदू सरपंच होगा।

इतनी समझदारी के साथ काम करनेवाले बगदू सरपंच को भी भाई लोगों ने होली पर लत्ती मार ही दी। होली का एक डाँडा अपनी खुन्नस निकालने के चक्कर में चुपचाप ही चंट-चतुर लोगों ने बगदू सरपंच के वार्ड में उसके घर के पासवाले छोटे से चौक पर गाड़ दिया। नाम दे दिया 'सरपंच साहब की होली'। न जाने कहाँ-कहाँ से लाकर इस होली पर लोगों ने झाड़-झंखाड़, अलिद्दर-दलिद्दर इकट्ठा कर दिया। बालू बा ने समझाया, पर माने कौन! बगदू ने भी हाथ जोड़े कि जहाँ जलती आ रही है वहीं जलने दो। एक नया बखेड़ा मत खड़ा करो। पर जब डाँडा गड़ गया तो गड़ गया। अब यह बखेड़ा नहीं है, होली है और होली को जलना है। बस, बालू बा ने जब तर्क करने की कोशिश की तो भाई लोगों ने तरह-तरह के उदाहरण देकर उन्हें चुप कर दिया।

बालू बा ने कहा, 'भैया! एक गाँव में दो होलियाँ शोभा नहीं देतीं। कल से गली-गली में होलियाँ जलना शुरू हो जाएँगी तो जनता का एका टूटेगा, अलगाव बढ़ेगा। पानी पर लकीरें मत खींचो। एक होली जले, एक रावण मरे तो दशहरे और होली पर गाँव की एकता नजर आती है। अभी भी समझ लो और इस होली को अपने गाँव की जूनी होली में डालकर इस अलगाव को धो डालो। यह कहाँ का बखेड़ा है कि एक होली गाँव की और एक होली सरपंच की।'

पर दाँव लगानेवालों ने बालू बा के नहले पर दहला यों कहकर जड़ दिया कि 'बा, अगर रावण दो होते हैं तो उनको मारनेवाले राम भी तो दो होते हैं। अगर होलियाँ दो हैं तो प्रह्लाद भी दो होंगे न। आप अपनी नजर रामजी और प्रह्लादजी पर रखा करो। इस उम्र में कहाँ आप रावण और होली को देखने बैठ गए।' और सयानों का वह टोला 'होली है' का हल्ला करता हुआ अगली तैयारी में लग गया।

अगली तैयारी होनी भी क्या थी। गाँव के एक उभरते हुए लोक कलाकार

को होली का शानदार पुतला बनाने का ऑर्डर दिया गया। उसकी गोद में प्रह्लाद ऐसा बैठाना है कि होली जल जाए, पर प्रह्लाद का पुतला सही-सलामत और साबुत बच जाए। होली को बदसूरत नहीं बल्कि शानदार और खूबसूरत बनाने की खास हिदायतें दी गईं। सरपंच की शान के मुताबिक होली की बढ़िया वेशभूषा हो। प्रह्लाद राजकुँवर जैसा ही हो, वगैरह-वगैरह। कलाकार को मन का काम मिल गया था। उसे उसका मेहनताना भी पूरा मिल रहा था। उसके पास अभी बीस दिनों का समय शेष था। उसने मन लगाकर दोनों पुतले बनाने का सिलसिला शुरू किया। उसे तरह-तरह के सुझाव मिलते और वह हर सुझाव पर विचार करता और उनके अनुरूप पुतलों को आकार देता। प्रह्लाद के पुतले का उसके सामने कोई विशेष रूप-प्रारूप नहीं था। उसे तो जीवित बचना ही था। वैसे भी प्रह्लाद का पुतला सीमेंट का बनाया जा रहा था, ताकि होलिका दहन के बाद भी प्रह्लाद सुरक्षित रहे। सारी कारीगरी और कलाकारी तो होली के पुतले में थी। बगदू सरपंच इस सारी तैयारी से अनजान अपनी सरपंची कर रहा था। उसे तो बस होली के दिन शुभ मुहूर्त में दहन के लिए होली के आस-पास तीन फेरे लगाकर पुतले को आग लगानी थी।

जिस शाम को होलिका-दहन होना था, अपराह्न में ढोल-ताशों और बैंड-बाजों के साथ भाई लोगों ने ट्रैक्टर-ट्रॉली में जुलूस के साथ दोनों पुतले लाकर बगदू सरपंचवाली नई होली के चौक पर स्थापित कर दिए। ठेले पर लाउडस्पीकर लगाकर गाँव में ऐलान करवा दिया कि स्थानीय कलाकार की शानदार कला के दर्शन करने पधारो। होली माता का ऐसा पुतला आज तक न तो बना है, न बनेगा। मुहूर्त रात साढ़े आठ बजे का। अभी भरपूर समय है। जो भी लोग इस आदर्श होली को देखना चाहें, वे देख लें।

हर गली-मुहल्ले से लोग-लुगाइयाँ नई होली को देखने के लिए ठट्ठ-के-ठट्ठ जुट गए। लोग देख-देखकर तारीफ करते। क्या तो होली का चेहरा, क्या खूबसूरती, क्या उसका पहनावा, क्या उसकी धज और क्या रुतबा! कलाकार कभी रोमांचित होता तो कभी गद्गद। वह जनता का अभिवादन स्वीकार करते-करते थक गया। नौजवानों ने लाउडस्पीकर पर पूरी आवाज

में लोकगीतों के कैसेट बजाने और भरपूर मस्ती के साथ उत्तेजक ढोल बजवाने का काम चालू रखा। होली के आस-पास लोगों की टिप्पणियाँ हो तो रही थीं, पर सुनी नहीं जा रही थीं।

ऐसे में बालू बा भी उस कलाकृति के दर्शन करने पधार गए। बगदू सरपंच को तो मुहूर्त पर ही आना था। उसके तथा गाँव के दो-चार लोगों के लिए कुरसियाँ और बेंचें लगाई जा रही थीं। बालू बा आए। उन्होंने होली के पुतले को पहली नजर देखा और उनकी आँख और मुँह…वे चीखते तो भी वहाँ सुनता कौन? चौक से जरा ही दूरी पर दस-पंद्रह लड़के जान-बूझकर अनजान बने चपर-चपर कर रहे थे। सचमुच में वे किसी हुड़दंग का प्लान बना रहे थे। ये वे ही लोग थे, जिन्होंने इस होली की सारी रचना पहले दिन से आज तक की थी।

बालू बा ने हाथ जोड़कर करीब-करीब रिरियाते हुए उनसे कहा, 'भैया, तुमने ये क्या किया? इस होली के पुतले का तो सारा रूप-रंग, चेहरा-मोहरा, पहनावा और सज-धज सब पुरानेवाले सरपंच की घरवाली जैसा है। उसे पता चलेगा तो अभी यहाँ खून-खच्चर हो जाएगा। तुम अभी ही इस सारे मायाजाल को समेटो और इस गाँव को आराम से रहने दो। मत करो झगड़ा।'

बालू बा अपना मुकदमा पेश कर ही रहे थे कि एक दूसरी टोली पुरानेवाले सरपंच साहब को होली माता के दर्शन करवाने के लिए लेकर वहाँ आ गई। होली का दिन और कुरसी छिन जाने के घाव से लहूलुहान अहंवाला सरपंच अपने घर के भीतरवाले आँगन में शराब पी रहा था। यार लोग उसे उकसाकर उठा लाए। कुहराम और कोलाहल के घनघोर निनाद में पूर्व सरपंच ने होली के पुतले पर ज्यों ही एक नजर डाली, उसकी सारी दारू उतर गई। वह पहले कुछ ठिठका, फिर उसने अपने जबड़े भींचे, आँखों को पूरा विस्तार दिया और आसमान भरकर चीखा। सारे जीवन में उसने गालियों की जो भी संपदा इकट्ठी की थी, वह सब उसने धरती से आकाश तक फैला दी। एक ऐसा तमाशा शुरू हुआ जिसे सँभालनेवाला शायद ही कोई हो। उसने बजते ढोल को दो लात दीं। ढोल फूट गया। लाउडस्पीकर के तारों को तोड़-ताड़कर

तहस-नहस कर दिया। आस-पास पड़े काँटों और लकड़ियों के ढेर में से एक मोटा लट्ठा निकाला और चारों तरफ दौड़ना शुरू कर दिया। बालू बा से उसने कहा, 'बाल्या! बुला अपने बगद्या को। वो तेरी औलाद हो तो आज यहाँ होली जलाकर देख ले। किसने बनाया है यह पुतला?' और पता चला कि सबसे पहले पुतला बनानेवाला कलाकार ही वहाँ से भागा था।

जाते-जाते वह कहता जा रहा था, 'मैंने पूरे सात दिनों तक लोगों के हाथ जोड़े कि मत बनवाओ ऐसी शक्ल; पर मेरी किसी ने नहीं सुनी। मैं क्या करता? इसमें ढाई सौ रुपए के तो कपड़े ही लगे हैं, बाकी खर्चा अलग। प्रह्लाद के पुतले में दो बोरी सीमेंट लगी और रंग-रोगन, कपड़े-लत्ते का पैसा अलग। अभी तो मेरी पेमेंट भी बाकी है। और अब जूते भी मैं ही खाऊँ? जलना हो तो जले और नहीं जलना हो तो नहीं जले, मेरी बला से।'

हालात का पता चलते ही बगदू सरपंच मौके पर पहुँचा। होली जलाने का मुहूर्त निकट आ रहा था।

दर्शकों की भीड़ प्रतिपल बढ़ती जा रही थी और दर्शकों में स्वयमेव दो दल हो गए थे। एक दल कहता था, 'होली जलेगी' और दूसरा कहता था, 'जिसकी माँ ने दूध पिलाया हो, वह जलाकर देख ले।' बगदू निरपराध होते हुए भी सिर झुकाए अपराधी की तरह खड़ा हुआ न जाने क्या सोच रहा था।

(और सुधी पाठक महानुभावो! मैं आपको अपनी पूरी संस्कृति-भावना के साथ यह अधिकार देता हूँ कि कृपया आप इस कहानी को अपनी-अपनी भारतीयता के साथ कोई अंत दे दें। मैं इस कहानी को समाप्त नहीं कर पा रहा हूँ। प्रार्थना मेरी यही है कि कृपया आप इसमें सरकार को नहीं लाएँगे तो आपकी बड़ी मेहरबानी होगी। गाँव की बात गाँव तक ही रहे तो शायद इस कहानी को सही अंत मिल सके। आइए, हम नए और पुराने दोनों सरपंचों से कहें, 'बुरा न मानो होली है।')

□

दवे साहब का कुत्ता

वैसे तो दवे साहब बजात-ए-खुद एक दिलचस्प आदमी हैं, पर जब-जब वे अपने कुत्ते के साथ होते हैं या अपने कुत्ते के बारे में बात करते हैं तब-तब और भी ज्यादा दिलचस्प लगने लगते हैं। अपने कुत्ते के मामले में वे यों कहो कि भक्ति-भाव से ग्रस्त हैं। गनीमत है कि उनका सारा-का-सारा परिवार कुत्ते के प्रति उनकी आसक्ति को खूब समझ गया है, वरना आएदिन बखेड़े हो जाते।

एक तो उन्होंने अपने दरवाजे पर दूसरों की तरह वह तख्ती नहीं लगाई, जिसमें लिखा रहता है—'कुत्तों से सावधान'। विपरीत इसके उन्होंने अपने दरवाजे पर एक बोर्ड लगा दिया, 'दवे परिवार आपका हार्दिक स्वागत करता है। पधारिए, वेलकम'! लोग हैं कि गच्चा खा जाते हैं। अपने कामकाजों को लेकर भले लोग उनके दरवाजे पर जाते हैं और दरवाजा खुलते ही जिस स्वागताध्यक्ष से भेंटार्थियों का पाला पड़ता है, वह होता है दवे साहब का कुत्ता। दरवाजा चाहे दवे साहब खुद खोलें, वे आगंतुक का भरपूर स्वागत पहले अपने कुत्ते से करवाते हैं, बाद में स्वयं अभिवादन करते हैं। कोई भला आदमी कैसे भीतर प्रविष्ट हो!

कई-कई बार तो यहाँ तक हो गया कि कुत्ते ने आनेवाले महाशय की छाती पर अपने दोनों अगले पाँव रख दिए और अपनी लार से लथपथ जबान को आगत के गले और गालों तक लगा दिया। लोग सिर से पाँव तक काँपते

रहे और दवे साहब इत्मीनान से कहते रहे, 'काटेगा नहीं, काटेगा नहीं। चिंता नहीं करें। लाड़ में आ गया है। आपको पहली बार देखा तो आपसे दोस्ती कर रहा है।' यानी वे अपने कुत्ते को कुछ नहीं कहेंगे। जो भी कहेंगे, बस आपसे ही कहेंगे। समझाना हुआ तो भी आपको ही समझाएँगे। कुत्ता तो समझदार है ही, क्योंकि वह दवे साहब का कुत्ता है। उसकी समझदारी पर दवे साहब को कभी शक नहीं हुआ। अपने बाल-बच्चों से ज्यादा ध्यान और खयाल दवे साहब ने अपने कुत्ते का रखा है। चाहे वह खाने-पीने का मामला हो, चाहे गरमी-सर्दी या सम-विषम मौसम का। अपने कार्यालय से कम-से-कम चार या पाँच फोन वे अपने घर, बस अपने कुत्ते का हाल-चाल पूछने के लिए ही करते हैं। उनका गणित सीधा-सा है कि सरकार एक दिन के तीन लोकल कॉल फ्री देती है। उसके बाद एक कॉल का अस्सी पैसा या एक रुपया लगता है। अगर रुपए-दो रुपए रोज अपने एक प्रियजन, परिजन, स्वजन या आत्मीयजन का हाल-चाल पूछने पर खर्च हो गया तो कौन सा पहाड़ टूट पड़ा? श्रीमती दवे की एक शिकायत बहुत वाजिब है। वे कहती हैं कि इस कुत्ते के सिवाय घर में हम लोग भी तो रहते हैं। अपने कुत्ते के समाचार लेने के बाद दो-चार वाक्य हम लोगों के लिए भी बोल लिया करो। पर दवे साहब के दिलो-दिमाग में से कुत्ता निकले तो कामिनी आए। वे हँसते हुए बात बदल देते हैं।

उस दिन तो दवे साहब ने कमाल ही कर दिया। कोई काम लेकर अमुकजी दवे साहब के दरवाजे पर पहुँच गए। उनको पता नहीं था कि वहाँ दवे साहब से पहले उनका कुत्ता स्वागत करेगा। जो श्वान-शैली दवे साहब के यहाँ स्वागत में प्रचलित थी, उससे सर्वथा अनभिज्ञ श्री अमुकजी ने घंटी का बटन दबाया। दवे साहब के, साथ उनका भयानक आतंकवादी कुत्ता बिजली की तेजी से लपकता हुआ अमुकजी की छाती पर अपने दोनों पंजों को गड़ाकर उनका मुँह चाटने की कोशिश में पिल पड़ा। पच्चीस-पचास किलो ऐसे वजन को सहने की आदत अमुकजी को इस तरह की नहीं थी। वे चौकड़ी भूल गए। वे यह भी भूल गए कि उनके आने का निमित्त क्या था। कपड़ों का सत्यानास तो हो ही चुका था। सारा मुँह फसूकर से भर गया।

आँखें फटी-की-फटी रह गईं और माथा भिन्ना गया। चक्कर खाकर गिरते, तब तक हँसते हुए दवे साहब ने उन्हें सँभाला। सँभाला ही नहीं, समझाया भी कि आप कोई ऐसी-वैसी हलचल नहीं करें। अपनी जगह स्थिर खड़े रहें। काटेगा नहीं, बस जरा सा या तो आपको सूँघेगा या थोड़ा सा चाटेगा। अमुकजी को सहज होने में कई मिनट लग गए। दवे साहब इस सादर स्वागत के बाद अमुकजी को अपने ड्राइंगरूम में ले गए। कुत्ता पीछे-पीछे।

अमुकजी जिस सोफे पर बैठे, उसके ठीक सामनेवाले सोफे पर कुत्ते ने भी पोजीशन ली। मानो पूछ रहा हो कि 'कहिए, कैसे पधारना हुआ?'

श्रीमती दवे ने अमुकजी को पानी पिलाया और अपने प्यारे कुत्ते पर एक मीठी सी नजर डालती हुई बोलीं, 'बड़ा हरामी है। नॉटी ब्वॉय।' दवे साहब उठे और अपने नॉटी ब्वॉय को सहलाने लगे। अमुकजी कभी दवे साहब को देख रहे थे तो कभी श्रीमती दवे को। उनकी हिम्मत नहीं हो रही थी उस कुत्ते की आँखों में आँखें डालने की। दवे साहब ने अमुकजी के पधारने का मकसद पूछा। अब जाकर अमुकजी को लगा कि उनसे आने का कारण पूछा जा रहा है। मन की सारी झल्लाहट मुँह पर आ गई। वे करीब-करीब बौखलाकर खीझ पड़े। कोशिश करने पर भी आने का निमित्त याद नहीं आ सका। जी में आया कि दवे साहब को चार तमाचे जड़ दें; पर सामने कुत्ता बैठा हुआ था। दाँत किटकिटाते और जबड़े भींचते हुए बोले, 'झक मारने आया था। अपने इस कमीने को सँभालकर रखो। अगर यही सब आपके यहाँ होता रहा तो कौन आएगा आपके दरवाजे पर? देख रहे हैं मेरी हालत? क्या गत बना दी है आपके इस···' और अमुकजी ने श्रीमती दवे की उपस्थिति का लिहाज भूलते हुए उनके कुत्ते को पाँच-दस भारी गालियाँ जड़ दीं। दवे साहब बैठे-बैठे मुसकराते रहे। श्रीमती दवे चाय बनाने के बहाने किचन में चली गईं। कुत्ता बराबर अमुकजी को देखता रहा।

जब दस-बीस मिनट अमुकजी बोल-बाल लिये, तब दवे साहब ने पूरी सहानुभूति के साथ पहले अमुकजी को देखा और फिर अपने मन की पूरी गहराई से प्यार भरी नजर अपने कुत्ते पर डाली और उठ खड़े हो गए। अमुकजी समझे कि वे अब उनकी बात सुनेंगे। पर दवे साहब ने कमाल कर

दिया। वे करीब-करीब माफी माँगने के अंदाज में अपने कुत्ते के सामने खड़े हो गए। फिर उसे सहलाते हुए, उसे गोद में लेते हुए कुत्तेवाले सोफे पर बैठ गए। खूब लाड़-प्यार और दुलार-पुचकार कुत्ते पर बरसाने के बाद पलकें उठाकर अमुकजी को देखकर कुत्ते से बोले, 'भैया, आज सुबह-ही-सुबह आपको बहुत गालियाँ सुननी पड़ीं न! ये अपने मेहमान हैं। इनकी तरफ से मैं आपसे माफी माँगता हूँ। आपका जीवन सार्वजनिक जीवन है। आपकी लाइफ पब्लिक लाइफ है और पब्लिक लाइफ में ऐसी बातों का बुरा नहीं मानते। इनका काम था गाली देना, आपका काम था गाली सुनना। ये बोल लिये, अपन ने सुन ली। वो कहावत है ना—'गँवार की गाली हँसकर टाली'। अब अपन अपने मेहमान को तो गँवार कह नहीं सकेंगे। तो इस कहावत को यों ठीक कर लेते हैं कि 'मेहमान की गाली हँसकर टाली'। मैं आपसे माफी माँगता हूँ। आप इनको माफ कर दो। पब्लिक लाइफ में भला-बुरा सब सुनना पड़ता है। अपन किस-किससे लड़ने जाएँगे? कल को अगर अपन चुनाव में खड़े हो गए तो अपन को भी इनके दरवाजे पर जाना होगा। आज आपने पूरी गर्मजोशी से इनका स्वागत किया, तब भी आपको गाली खानी पड़ रही है। कल आप इनके दरवाजे पर जाकर दोनों हाथ जोड़कर बात करेंगे, तब भी ये गालियाँ ही देंगे। चलो, सब भूल जाओ। आराम से बैठो।' और दवे साहब ने अपने प्यारे कुत्ते को सिर से पूँछ तक सहलाया। उसे सोफे पर पूरी श्रद्धा से बैठाया। खुद खड़े हुए और पूरी गंभीरता के साथ कुत्ते से परवानगी माँगनेवाले अंदाज में पूछने लगे, 'अच्छा तो मैं अब इनसे बात करूँ? आखिर ये अपने मेहमान हैं। बड़ा करम करके अपने घर पधारे हैं।' और आराम से अपनी सीट पर बैठकर अमुकजी से मुखातिब हुए, 'हाँ तो भाई साहब! कहिए, आपकी क्या सेवा की जाए?'

अमुकजी का खूंन खौल रहा था। धड़कन अभी तक तेज थी। गुस्सा उतरता नहीं लग रहा था। पता नहीं दिमाग कहाँ से कहाँ तक चला गया था। करीब-करीब चीखकर बोले, 'भाड़ में जाए आपकी सेवा! जहन्नुम में जाएँ आप! स्साले को शूट कर दूँगा। कुत्ते को कुत्ते की तरह पालिए। आनेवालों की छाती पर चढ़ता है। बड़े आए सेवा की पूछनेवाले। आधे घंटे से तो आप

इसी से माफी माँग रहे हैं, जैसे मुझसे कोई गलती हो गई हो। लानत है! धिक्कार है!' और कहते-कहते अमुकजी तैश में खड़े हो गए।

श्रीमती दवे चाय की ट्रे लेकर ड्राइंगरूम में प्रविष्ट हुईं। अमुकजी ने पूरी हिकारत के साथ चाय की ट्रे को देखा। चिल्लाकर बोले, 'फेंक दो इस चाय को! हो गई हमारी चाय! जो कुत्ते की औलाद हो, वो आए आपके दरवाजे पर। नमस्ते।' और अमुकजी बाहर की ओर चल पड़े।

दवे साहब ने अमुकजी को रोका नहीं। उन्होंने फिर अपने कुत्ते को आवाज दी, 'जाओ भैया! अमुकजी को दरवाजे तक सादर छोड़ आओ। इनसे कहना कि फिर से पधारना। हमारा दरवाजा आपके लिए चौबीसों घंटे खुला है।'

अमुकजी के पाँव एक बार फिर लड़खड़ाए। आतंक के मारे उनकी आँखें मुँद गईं। उन्होंने पाया कि दवे साहब का कुत्ता उनके जूते सूँघ रहा है और करीब-करीब साथ-साथ चल रहा है।

□

गंगोज

बिलकुल अनजानी जगह हो, आप पहली बार वहाँ गए हों, आपका अपना वहाँ कोई नहीं हो, न आप किसी को जानें, न कोई आपको पहचाने, रास्ता चलते आदमी तो आदमी अनावर-जनावर भी आपको नहीं देखते हों, वहाँ अगर कोई आपके सामने आकर खड़ा हो जाए, फिर बिलकुल आपके पास करीब-करीब सटकर बैठ जाए, आपका नाम बता दे, आपके पिताजी का नाम बता दे, आपकी जाति बता दे, आपका जिला और आपका गाँव ही नहीं, आपके गाँव के दो-चार जाने-पहचाने लोगों के नाम बता दे, तो क्या आप चौंक नहीं पड़ेंगे ? चौंकना तो चौंकना, आपका कलेजा मुँह को आ जाएगा, धक् रह जाएगा, आप चकरा जाएँगे, चक्कर खा जाएँगे, धरती पर धड़ाम हो जाएँगे।

अपने अमरचंद के साथ यही हुआ। जिंदगी में पहली बार हरिद्वार गया। गया क्या, ले जाया गया। उसके सेठ टीटू पंडित की मारुति वैन को टैक्सी के तौर पर चलाता हुआ ड्राइवर अमरचंद जिस परिवार को लेकर हरिद्वार गया, वह परिवार अमरचंद को वहीं हरिद्वार में छोड़कर आठ-दस दिनों के लिए वहाँ से दूसरी रेग्यूलर टैक्सी लेकर बद्रीनाथ-केदारनाथ-गंगोत्तरी-जमुनोत्तरी-चार धाम की पवित्र यात्रा पर चला गया। जाते समय उस परिवार ने अमरचंद को छह सौ रुपयों के नोट थमाए और कहा कि 'हम लोग ज्यों ही वापस आएँगे, फिर अपने घर को निकलना है। इसलिए तू अपने बाल-बच्चों के लिए कुछ खरीद-वरीद लेना। अपना खाना-वाना आराम से खाना। यहीं हर

की पौड़ी पर रोज गंगास्नान करना। अपनी गाड़ी में ही सोना और सँभलकर रहना। किसी अफड़े-लफड़े में मत पड़ जाना, वरना ये हरिद्वार है। यहाँ तेरी जमानत भी नहीं होगी। इतनी सारी हिदायतें सुनकर अमरचंद का मन बहुत टूटा। उसने दस-बीस बार सोचा कि वह भी अपने यात्री परिवार के साथ ही बद्री-केदार हो आए; पर उसकी हिम्मत नहीं हुई। फिर यात्रियों की संख्या का चक्कर भी पड़ता था। टैक्सीवाला पाँच से ज्यादा सवारियाँ लेता नहीं। अमरचंद को और शामिल किया जाता तो सवारियाँ छह हो जातीं। मन मारकर अमरचंद वहीं रुक गया। उसने सोचा, गंगा मैया की यही मरजी है। वैसे भी परिवार का वह पहला आदमी था, जो हर की पौड़ी तक पहुँचा था। उसके पुरखे तो गंगा-यात्रा के सपने देखते-देखते ही दुनिया से चले गए थे। घड़ी-दो घड़ी उसने अपने आपको तसल्ली दी, मन को समझाया और हरिद्वार की रेल-पेल में रम जाने की मानसिकता बना ली। उसे आठ से दस दिन यहीं काटना है। ड्राइवर आदमी अगर दो घंटे भी एक मुकाम पर ठहर जाए तो उसके हाथ-पाँव जाम हो जाते हैं। किलोमीटर के पत्थर तक गिनने की और देखने की जिसकी आदत नहीं रही हो, जो केवल सामने की सड़क और मंजिल का नाम देखता चलता रहे, उसे आप एक जगह, वह भी अपने बच्चों से दूर, अपने साथी-संगातियों से बहुत दूर, अकेला आठ-दस दिन के लिए बैठा दें, यह कैसे हो सकता है ?

पहले अमरचंद अपनी गाड़ी पर गया। उसे उसने प्यार से सहलाया। चारों तरफ घूमकर उसे देखा। पहियों को ठोंक-बजाकर टटोला। अपने गले में पड़े गमछे से स्टीयरिंग की पोंछ-पाँछ की। चारों फाटक बंद किए। फिर गाड़ी लॉक की। एक चक्कर फिर से गाड़ी का लगाया और सामनेवाले होटल पर चाय पीने चला गया। ले-देकर बस यही एक आसरा हो सकता है कि वह इस होटलवाले से दोस्ती गाँठ ले। ड्राइवर आदमी होटलवाले से दोस्ती नहीं करेगा तो क्या किसी सोने-चाँदी की दूकानवाले से करेगा ? उसने चाय पी। फिर होटल से सटी हुई पान की गुमटी के सामने जाकर खड़ा हो गया। सँकरा रास्ता और हरिद्वार की सड़कें। आते-जाते रिक्शे, तिपहिया, टेंपो, जातरी और यात्री। न जाने कहाँ-कहाँ के साधु-संत। भगवान् का नाम लेने की जिन्हें फुरसत नहीं,

ऐसे भगवाधारी। साइकिलों पर पैडल मारते अजब-गजब के लोग। भंडारे की तलाश में घूमते-फिरते न जाने कैसे-कैसे विरक्त और गृहस्थ। इधर भीड़, उधर भीड़। एक पान खाने के लिए पहले पचास धक्के खाओ। अमरचंद दस मिनट में ही बौखला गया। इतनी सारी चहल-पहल में, भागती ही नहीं, करीब-करीब गंगा की धारा जैसी बहती भारी भीड़ में तन से भी अकेला और मन से भी अकेला। गंगा मैया की जय से अधिक कारों, स्कूटरों, मोटर साइकिलों के हॉर्नों की आवाजें। साइकिल-रिक्शा की लगातार बजती घंटियाँ। रगड़ते-छिलते कंधे। अमरचंद को लगा कि एक हफ्ते में तो वह पागल हो जाएगा। बगल में ही उसने एस.टी.डी. टेलीफोन का बूथ देखा; पर फोन करे तो भी कहाँ करे? दुनिया से जुड़ने का सारा साधन सामने। जीती-जागती चलती-भागती दुनिया उसके आस-पास, लेकिन कितना अकेला पड़ गया अमरचंद? उसके मन में आया कि एक बार वह जोर से चीखे। अपने परिवार के किसी भी सदस्य का नाम लेकर चिल्लाए। उसे पुकारे। मंसादेवी की पहाड़ियों से अपनी आवाज को भिड़ा दे। पर यह सब भी अगर वह कर ले, तब भी किसकी सहानुभूति यहाँ मिलनेवाली है। उसे आठ-दस दिन अकेले रहना है और अकेले भी इस भरे संसार में ही रहना है।

पानवाले ने उसे पान दिया। फिर उसने सिगरेट का एक पैकेट खरीदा। इतनी सी देर में दो-तीन लोग और एक-दो रिक्शे उससे साइड माँगते हुए टकराकर निकल गए। उसने लंबा हाथ किया। पचास का नोट पानवाले को दिया।

पानवाले ने अपना पैसा काटकर बाकी रकम उसे लौटाते हुए नसीहत दी, 'भैया! पाई-पैसा सँभालकर रखना! जेबकतरों से सावधान रहना।'

यह नसीहत सुनते-सुनते अमरचंद सिहर पड़ा। अपने यात्रियों के जाने के बाद यह पहला बोल था, जो अमरचंद ने इस पराए तीरथ में किसी के मुँह से उसके अपने हित का सुना था। उसे लगा कि यहाँ भी उसका भला चाहनेवाला भगवान् ने बैठा रखा है। भगवान् है और सचमुच है। वह आश्वस्त होकर सामनेवाले चबूतरे पर बैठ गया। सिगरेट पीते-पीते उसने अपने मन में दस दिनों के लिए दिनचर्या को आकार दिया। रूपरेखा बनाई। सोचा, अमरचंद की आज की उपलब्धि यह रही कि उसे इस सर्वथा अपरिचित शहर में एक

चायवाला और एक पानवाला हासिल हो गया। बोलने-बतियाने का सिलसिला शुरू तो हुआ। उसका अकेलापन टूटा। एक से दो ही नहीं, तीन हो गए। वह कहीं जाकर खड़ा हो सकता है। रेलम-पेल कम हो तो दो-एक बोल बोल सकता है। दो-एक दिनों में उसका अनमनापन कुछ कम हुआ। वह भी इस गहमागहमी का एक हिस्सा बन गया।

शायद यह तीसरा या चौथा दिन था। गंगा के एक घाट पर बैठा-बैठा अमरचंद गंगा मैया के मटमैले पानी पर नजरें गड़ाए राम जाने कहाँ-कहाँ के गढ़े गूँथ रहा था। तभी एक बिलकुल अनजाना, अपरिचित आदमी उसके पास आया। अमरचंद ने उसे भी अपने ही जैसा यात्री मानकर 'राम-राम' भी नहीं की। पर जब सामनेवाले ने साधिकार कहा, 'भैया अमरचंद! तीरथ में आकर गंगा किनारे 'जय गंगा माई' भी नहीं बोलोगे?' तब अमरचंद हक्का-बक्का रह गया। अजनबी ने अमरचंद की मन:स्थिति का आकलन कर लिया। अमरचंद के जिले का नाम लेते हुए उसने पूछा, 'तुम इसी जिले के रहनेवाले हो?'

अमरचंद अवाक्।

फिर उसने अमरचंद के गाँव का नाम लेकर पूछा, 'यही गाँव है न तुम्हारा?'

अमरचंद के मुँह से निकला, 'हाँ।'

'तुम्हारे पिताजी का नाम दीपचंदजी था न?'

सिवाय 'हाँ' कहने के अमरचंद के पास कोई चारा नहीं था।

'तुम लोग सोनकर हो न?' अजनबी का अगला सवाल था।

'हाँ साहब, हम सोनकर हैं।'

बात यहीं खत्म नहीं हुई। सामनेवाला बोला, 'दीपचंदजी को मरे यह चौथा साल है न?'

घबराकर अमरचंद खड़ा हो गया। गंगा के ठंडे किनारे पर भी उसे पसीना छूट गया।

आगत भाई ने अमरचंद को सिखावन दी, 'तू यहाँ बैठा-बैठा पान-सिगरेट कर रहा है। तेरा बाप वहाँ अपने श्राद्ध के लिए छटपटा रहा है। तेरी

माँ के मरने के बाद जिस बाप ने तुझे माँ की तरह पाला हो, तू उसी बाप को गंगा के किनारे आकर भी पिंडदान नहीं दे। उसके फूल गंगा में ब्रह्मकुंड को अर्पण नहीं करे। न माँ का तर्पण करे, न बाप का। अच्छा-खासा खाता-कमाता ड्राइवर है और माँ-बाप अभी तक पानी माँग रहे हैं। वाह रे अमरचंद! वाह रे सपूत! चल उठ, खड़ा हो जा! हर की पौड़ी पर चल। तेरे पंडाजी से मिलवा देता हूँ। केदार-बद्री से तेरी पार्टी वापस आए, तब तक तू इस कर्मकांड से निपट ले, अपना कर्ज उतार ले। माँ-बाप को पिंडदान देकर अपना जन्म सकारथ कर ले। जिंदगी में बार-बार गंगा किनारे आना होता है क्या? हाँ, तेरे चार-पाँच बाप हों तो बात अलग है।'

अमरचंद को लगा कि उसका जन्म अकारथ है। उसके कारण उसके माँ-बाप अधर में लटके हुए हैं। धिक्कार है उसकी जिंदगी को। मन हुआ कि गंगा में छलाँग लगा ले। आँखों में आँसू छलछला आए। हाथ जोड़कर वह खड़ा हो गया।

अजनबी ने ही उसे साइकिल रिक्शा पर अपने साथ बैठाया। पंडाजी के पास ले गया। उसे पंडाजी को सौंपा। अमरचंद की कठिनाई यह थी कि उसके पास न उसकी माँ के फूल थे, न बाप के। दोनों की अस्थियाँ पहले ही चंबल में विसर्जित हो चुकी थीं। जात गंगा को माँ के वक्त उसका बाप और बाप के वक्त खुद अमरचंद भोजन करवा चुका था। पंडाजी के पास ऐसी बातों के लिए पचास रास्ते तैयार थे। अमरचंद को समझाया, 'तू चाहे जजमान! तो सोने के फूल बनवा ले, चाहे तो चाँदी के बन जाएँगे। अगर सोने-चाँदी की हैसियत नहीं है तो कुदरत के खिलाए सफेद चमेली-जूही के फूल तैयार हैं। खर्च-वर्च की चिंता मत कर। हमारे लोग साल--दो साल में उधर आते रहते हैं। तेरी श्रद्धा और हैसियत जो भी हो, तू तब दे देना; पर पहले माथे पर से माता-पिता का यह पिंड-प्रदान का बोझा तो उतार।'

और···और···ठीक चौघड़िया देखकर अमरचंद का माथा मूँड़ दिया गया। सारा श्राद्धकर्म पूरी श्रद्धा से करवाया गया। पंडाजी ने पूरा सत्कार किया। जब तक अमरचंद अभी हरिद्वार में रहे, तब तक उसके खाने-ठहरने की सारी व्यवस्था कर दी। श्राद्ध कर्म के निमित्त वह इस समय जो भी ठीक समझे, राशि

दे दे। बाकी लेन-देन होता रहेगा। पंडों और जजमानों का लेन-देन, रिश्ता-नाता जनम-जनम का रहता है। अमरचंद तो पंडा परिवार के इस उदार आचरण पर हैरान रह गया। अपनी जेब टटोलकर उसने जितना भी इस समय वह दे सकता था उतना पंडाजी को अर्पित कर दिया। बाकी अपने गाँव जाकर वह भेज देगा या पंडाजी के प्रतिनिधि को दे देगा, यह वचन गंगाजल की अंजुलि भरकर कर दिया। पंडाजी ने प्रसादी, गंगाजली, कंठीमाला, गंगाजी का कंड्या और हाथ में यात्रा की डाँगड़ीवाली लकड़ी थमा दी। अमरचंद को भरोसा दिलवा दिया कि वह घर पहुँचेगा, उससे पहले वहाँ उसकी पत्नी को यह सूचना मिल चुकी होगी कि अमरचंद हरिद्वार में अपने माता-पिता का पिंडदान करके आ रहा है। वहाँ सारी तैयारी कर ले। जौ-जुवारे बो दे और गंगा माई के रतजगे शुरू कर ले। अमरचंद जब वहाँ पहुँचे तब सीधा घर में प्रविष्ट नहीं हो जाए। उसे ढोल-ढमाके के साथ बधावे। गाँव में उसके जुलूस निकाले। जाति-समाज को इकट्ठा करे। जब तक गंगोज नहीं हो जाए तब तक अमरचंद मुहल्ले के किसी मंदिर या देवल पर ही अपना डेरा लगाए। इस परिवार में यह पहला गंगोज है, पहली गंगा-पूजा है, इसका ध्यान रखे। गाँव के किसी सीमावर्ती कुएँ या बावड़ी से महिलाएँ कलश भरें। फिर कलश-यात्रा निकले। सबके नए वेश-लुगड़े हों। जिसे कोई देवभाव आता हो, उसका धूप-ध्यान पूरा किया जाए। नाई, कुम्हारों का भाव भरा स्वागत-सत्कार हो। जात गंगा के महत्त्वपूर्ण लोगों को और समाज के पूज्य लोगों को भेंट-दान-दक्षिणा जैसी व्यवस्था की जाए। उस दिन अमरचंद पुराना कपड़ा नहीं पहने। पहले अमरचंद सभी बुजुर्गों को पाँवधोक करे, फिर जो भी लोग गंगा माता को सम्मान देना चाहें, वे अमरचंद के पाँव छुएँ। अमरचंद के घर में केवल इसी के पाँव हैं, जो गंगाजल से भी धुले हैं, वगैरह-वगैरह।

नौवें दिन बद्री-केदारवाली पार्टी वापस लौट आई। वे लोग एकाएक अमरचंद को पहचान नहीं पाए। पर जब पता चला कि अमरचंद ने अपने पुरखों को तार दिया है, तो सभी उसे बधाइयाँ देने लगे।

अमरचंद जब अपनी पार्टी को लेकर वापस लौटने लगा तो उसने चायवाले और पानवाले अपने मित्रों से विदा लेना चाही। अमरचंद अपनी हैरानी को

छिपा नहीं पाया। उसने दोनों से पूछा, 'भैया, मुझे यह तो बता दो कि इन पंडों को मेरा नाम, पता और ये सारी बातें मालूम कैसे हो गईं?'

पानवाला हँसा। बोला, 'अमरचंद! यह हरिद्वार है। यहाँ के पंडे घट-घट और घर-घर की जानकारी पाने का माद्‌दा रखते हैं। इनके लोग अकसर ज्वालापुर से ही यात्रियों को सम्हाल लेते हैं। रहा सवाल तेरा, सो भैये! जब तूने उस दिन पान और सिगरेट खरीदने के बाद,, पचास का नोट मुझे देने के लिए अपना हाथ लंबा किया था, तब तेरे हाथ पर नील से गुदा हुआ तेरा नाम 'अमरचंद' मैंने देख लिया था। इनके आदमी को मैंने तेरा नाम बता दिया और बता दिया कि तू मारुति वैन लेकर एक पार्टी को लाया है। तेरा नाम और तेरी मारुति वैन का नंबर मिल जाने के बाद तो फिर यहाँ का सारा तंत्र संसार, इस एस.टी.डी. पर दुनिया भर से मनचाही जानकारी इकट्‌ठी कर लेता है। इन्होंने यह तक पता लगा लिया होगा कि तेरी घरवाली का नाम क्या है और तेरी जाति पंचायत में क्या हैसियत है? तू घर पहुँच तो सही। जो कुछ वहाँ होने जा रहा है, उसकी जानकारी तुझे यहाँ से नहीं होगी।

एक विचित्र सा रोमांच लेकर अमरचंद ने अपनी वापसी यात्रा शुरू की। उसके लिए यह बिलकुल पहला और अकेला अनुभव था।

और सबकुछ वैसा ही हुआ। पंडाजी ने इस नगर के अपने दो जजमानों को टेलीफोन करके अमरचंद के घर तक सारे समाचार और योजना पहुँचा दी थी। गत दस-बारह दिनों से अमरचंद के यहाँ गंगा माता के गीत गाए जा रहे थे। उसके कई नाते-रिश्तेदार उसका इंतजार कर रहे थे।

गंगोज की सारी तैयारियाँ पूरी हो चुकी थीं। उसके सेठ ने एकाएक अमरचंद को पहचाना नहीं, पर फिर उसे घर जाने के लिए छुट्‌टी दे दी। जब वह घर पहुँचा तो सचमुच उसकी सुहागन ने उसे घर में घुसने नहीं दिया। जैसा-जैसा पंडाजी ने कहा था, वैसा-वैसा होता चला जा रहा था। कुल मिलाकर यही से पच्चीस-तीस हजार के बीच में अमरचंद इधर-उधर का कर्जदार हो गया। ब्याज का घोड़ा लगातार दौड़ रहा है। यह अलग बात है कि जाति समाज में अमरचंद का रुतबा जरा ठीक-ठीक जम गया। उसकी घरवाली का ठसका ही बदल गया। आखिर उसने गंगोज जो कर लिया। □

अंधा शेर

इस कहानी को लिखने की जितनी भी कोशिशें प्रखर बाबू ने कीं उतनी ही विफलता उनके हाथ लगी। हर बार वे कोशिश करते और हार-थककर कलम रख देते। कागज सरका देते। दिमाग में बात पकती, फिर बाहर आने को कसमसाती। शिराओं में झनझनाती, पर उनके कागज कोरे-के-कोरे रह जाते। जब से उनके मस्तिष्क में यह कहानी शोभाराम ने डाली है, तभी से वे इसे लिखने की छटपटाहट में विकल बैठे हुए हैं। महीनों से सहज नहीं हो पाए। पहला मानसिक संघर्ष तो उनके मन में इसी बात को लेकर रहा कि वे इस कहानी का शीर्षक क्या दें? कई शीर्षक उनके मानस-पटल पर उभरे, जैसे—कोशिश, प्रयत्न, संकोच, धर्मसंकट, शशोपंज, गर्भपात, भ्रूण-हत्या वगैरह-वगैरह; पर वे किसी भी शीर्षक को तय नहीं कर पाए। एक शीर्षक 'लिहाज' भी ध्यान में आया, पर फिर कुछ सोच-साचकर, कागजों को कोरा ही सरकाकर अपना पठन-पाठन करने लगे। कहानी बनी नहीं। बन तो गई, पर बाहर नहीं आई। इस कथानक पर उन्होंने अपनी पत्नी से भी बहस की। पत्नी बेचारी क्या करती? वे जब-जब लिखने को बैठते, वह समय भाँपकर चाय का प्याला आगे रख देतीं। बच्चों को कमरे में जाने से रोक लेतीं। वातावरण को अनुकूल रखतीं। टेलीफोन का चोंगा परे रख देतीं। कोई भी मिलने-जुलनेवाला आता तो बाहर से ही उसे रुखसत कर देतीं। तब भी महीनों हो गए, प्रखर बाबू कहानी पर कलम नहीं चला पाए। पत्नी ने एक

दिन बड़ा चोटिल विनोद भी कर लिया। कह पड़ीं, 'लगता है, गर्भाधान ही नहीं हुआ, वरना नौ महीने दस दिन में तो जटिल-से-जटिल प्रकरण में भी प्रसव हो जाता है। अब इस प्लाट को लेकर कोई सीजेरियन तो करने से रहा। कहानी साल भर से ठक-ठक कर रही है, पर दरवाजा ही नहीं खुला, देवता! लगता है, सरस्वती ने दरवाजे पर ताला लगा दिया है।' और प्रखर बाबू हँसकर रह जाते। कलम चलती नहीं।

इस बीच शोभाराम उनसे पचास बार मिल लिया होगा। जब-जब मिलता, पूछता, 'प्रखर भाई! बनी कुछ बात?' और प्रखर बाबू शोभाराम को आश्वस्त करते कि 'बनेगी, बनेगी, शोभाराम। बात जरूर बनेगी।' शोभाराम का एक ही आग्रह था कि कहानी में उसका नाम शोभाराम ही रखा जाए। कोई काल्पनिक नाम उसके चरित्र को नहीं दिया जाए।

कथानक का दूसरा पक्ष कुछ ज्यादा ही उलझानेवाला था। प्रखर महाशय ने शोभाराम को वचन दे रखा था कि वे उसका नाम शोभाराम ही लिखेंगे। पर कहानी में एक और पात्र करीब-करीब केंद्र में था। वह था डॉ. खरे जैसा अति प्रतिष्ठित और लोकप्रिय चरित्र। शोभाराम के कारण डॉ. खरे को भी यह जानकारी मिल गई थी कि प्रखर बाबू उनको और शोभाराम को लेकर किसी कहानी का ताना-बाना बुन रहे हैं। इस सूचना से डॉ. खरे खुश थे। चाहते वे भी थे कि कहानी में उनका जिक्र हो। वे देखना यह चाहते थे कि उनके चरित्र को लेकर कहानीकार चित्रण कैसा करता है। अगर उनका चरित्र विकृत हो गया तो वे न तो शोभाराम को छोड़ेंगे और न प्रखर बाबू को। दोनों की ऐसी-तैसी करके ही दम लेंगे।

कहानी में अगर उसके बीज तत्त्व पर नजर डाली जाए तो विशेष कुछ भी नहीं था। बात, न बात का नाम; पर अगर इस बीज को सही जमीन मिल गई और उस बीज को शब्द का सिंचन सही-सही मिल गया तो कहानी जरूर बनाई जा सकती है। ऐसा प्रखर महाशय सोचते रहते थे।

वह बीज आखिर था कौन सा? उसकी प्राणवत्ता आखिर थी कैसी? बात क़ुल मिलाकर यह थी कि डॉ. खरे इस शहर में आज से यही कोई पच्चीस-तीस साल पहले सरकारी नौकरी पर आए थे। जैसा कि उनका

आडनाम खरे है, वे उसके अनुरूप सचमुच में भी खरे निकले। खरे यानी खरे खट्ट। न किसी से लगाव, न किसी से दुराव। मरीज का इलाज करना और अपने काम से काम रखना। अपनी फीस लेना और मरीज को तंदुरुस्त रखने की पूरी कोशिश करना। उनके विभाग में कहीं किसी जिला अधिकारी से उनका कुछ कहना-सुनना हो गया और सरकार ने उनका तबादला इस शहर से बहुत दूर, प्रदेश के दूसरे छोर पर कर दिया। वैसे भी खरे साहब इस प्रदेश के रहनेवाले नहीं थे। वे पड़ोसी प्रदेश के निवासी थे और आज भी हैं; पर इस शहर में जनता से उनका लाग-लगाव इलाज को लेकर कुछ ऐसा हो गया कि गाँववाले नहीं चाहते थे कि वे यहाँ से चले जाएँ। गाँव के लोगों ने भाग-दौड़ की। कई दिनों तक हलचल रही, पर डॉ. खरे का तबादला स्थगित नहीं हुआ, सो नहीं ही हुआ। गाँववालों ने डॉ. खरे को पटा-पुटू कर उनसे इसी शहर में ही अपना निजी अस्पताल खोलने का आग्रह किया—और डॉ. खरे ने इसे मान भी लिया। सरकार की नाक पर चूना लगाता हुआ डॉ. खरे का अस्पताल धड़ल्ले से चल निकला। इस शहर में इस तरह निजी डॉक्टरों के नाम पर डॉ. खरे पहले एम.बी.बी.एस. डॉक्टर रहे। पर एक बदलाव लोगों ने देखा। धीरे-धीरे डॉ. खरे ने खुद को शहर में जमते-जमाते यह भी समझ लिया कि अब वे यहाँ न तो सरकारी नौकर हैं, न पड़ोसी प्रांत से आए कोई परदेशी। अब वे यहीं के नागरिक हैं, यहीं के निवासी हैं और यहाँ रहना उनकी स्थायी नियति है। उनके और उनके बाल-बच्चों तथा परिजनों के जीवन के सभी सोलह संस्कार यहीं होंगे। वे केवल नागरिक ही नहीं, निवासी भी हैं। यह एक मनोवैज्ञानिक बदलाव था और इसका प्रभाव डॉ. खरे के रोजमर्रा के अपनत्व पर पड़ना एक सहज बात थी। खरे साहब का अस्पताल कुछ ऐसा चला कि बस, पूछिए ही नहीं।

शोभाराम इस अस्पताल में एक दिन खुद बीमार होकर दाखिल हुआ। खरे साहब ने शोभाराम को जाँचा-परखा, देखा-भाला और कहा, 'शोभाराम! जब तक मैं जिंदा हूँ, तू मरेगा नहीं। चिंता मत कर। अपने परिवारवालों को तंग मत कर।' और उसे अस्पताल में भरती कर लिया।

सात-आठ दिन शोभाराम डॉ. खरे के इलाज में रहा। जब वह जाने

लगा तो उसने चाहा कि खरे साहब अपना बिल वसूल कर लें। खरे साहब उसकी पीठ ठोकते हुए बोले, 'अच्छा तो तुझे भगवान् ने किया है। मैंने तो बस, ईश्वर के आदेश का पालन किया है। कोई पैसा-वैसा नहीं। तेरा मन पड़े, उतना पैसा रेडक्रॉस के डिब्बे में डाल देना। जा, अपनी खेती-बाड़ी देख।'

शोभाराम के लिए यह पहला अनुभव था। उसने डॉ. खरे से कहा, 'डॉक्टर साहब! जब मैं आया था तब आपने कहा था कि जब तक मैं जिंदा हूँ तब तक आप मुझे मरने नहीं देंगे। अब अगर यही बात है तो एक बात मेरी भी सुन लो।' शोभाराम का इतना कहना भर था कि डॉ. खरे के अस्पताल की सारी हलचल ठप हो गई।

खरे साहब ने कहा, 'बोल भाई! मुझे दूसरा मरीज देखना है, जल्दी कर।'

शोभाराम बोला, 'जब तक आप जिंदा हैं तब तक अगर मैं मरूँगा नहीं, तो डॉक्टर साहब! यह भी बात पक्की मान लो कि जब तक मैं जिंदा हूँ तब तक इस अस्पताल की शान के खिलाफ अगर कहीं कोई आवाज शोभा के कान में भी पड़ी तो शोभा जान पर खेल जाएगा।' और शोभाराम अपने घरवालों के साथ अपने ट्रैक्टर पर बैठकर अपने गाँव के लिए रवाना हो गया।

भीतर की बात यह थी कि डॉ. खरे को शोभाराम की पब्लिसिटी वैल्यू की जानकारी हो चुकी थी। वे समझ गए थे कि इस अस्पताल को यशस्वी रखने के लिए, जहाँ उपचार और उनका डॉक्टरी अनुभव जरूरी है, वहीं कुछ ऐसे लोग भी जरूरी हैं, जो इन बातों की चर्चा यहाँ-वहाँ करते रहें। इस मायने में शोभाराम एक महत्त्वपूर्ण आदमी था।

शोभाराम चूँकि इसी अंचल का रहनेवाला था, इसलिए अकसर प्रखर बाबू से उसका मिलना-जुलना होता रहता था। शहर से यही कोई चार-पाँच किलोमीटर दूर के एक छोटे से गाँव का निवासी शोभाराम अत्यंत बड़बोला और वाचाल आदमी था। उसके बारे में तरह-तरह की कहावतें बन गई थीं। प्रचलित बात यह थी कि विक्रम पंचांग पर संवत् मिती लग सकती है, पर शोभाराम की बात पर कहीं कोई संवत् मिती नहीं लगती है। अगर उसने

बोलना शुरू कर दिया तो फिर पूर्णविराम का कोई सवाल ही नहीं है। बातचीत की शैली उसकी इतनी दिलचस्प और अपनेपन से भरी हुई थी कि सुननेवाला बस, उसी का होकर रह जाता था। एक तरह से वह सभाजीत आदमी था। जहाँ शोभाराम होता वहाँ बस वह-ही-वह हुआ करता था। उसके गाँव को उसपर गर्व था। गाँव में कोई भी मेहमान किसी के भी यहाँ आता तो उसे शोभाराम से अवश्य मिलाया जाता। अगर शोभाराम को पता भी चल जाता कि अमुक परिवार में कोई अतिथि आया है, तो शोभाराम अपने घर से चाय की केतली, गरमागरम चाय से भरकर, कप-बसी बजाता हुआ मेहमान के सामने जाकर खड़ा हो जाता था। बात-बात में अपनी जनेऊ को कुरते से बाहर खींचकर कसम खाना शोभाराम की आदत थी। सुर उसका हमेशा ऊँचा रहता था। कभी वह लो वॉल्यूम में बोला ही नहीं। बातों में दृष्टांतों और लोक-कथाओं तथा बोध-कथाओं के टुकड़े वह ऐसे फिट कर देता था कि जो भी सुनता, वह सुनता ही रह जाता। वह खुद भी कहता था कि मैं बात शुरू करना तो जानता हूँ, पर बात को समाप्त कहाँ करना है, यह मैं सीख नहीं पाया। अगर मैं कुछ पढ़-लिख जाता और बात को खत्म करने की कला सीख लेता तो देश का उच्च कोटि का कथाकार होता। मेरा ब्राह्मण होना सार्थक हो जाता। पर अब किया भी क्या जा सकता है।

इसके बाद शोभाराम का डॉ. खरे साहब के अस्पताल पर रोज का आना-जाना हो गया। मरीजों की भीड़ में स्वस्थ शोभाराम चुपचाप बैठा-बैठा इस बात का अध्ययन करता रहता कि आज डॉ. खरे ने किस मरीज के साथ किस तरह का सलूक किया। हालाँकि शोभाराम का इससे लेना-देना कुछ था नहीं। वह अपने घर का खाता-पीता एक भद्र और भला आदमी था; पर गहरे मन से चाहता था कि डॉ. खरे का अस्पताल खूब चले और भगवान् डॉक्टर खरे के हाथ की यश-रेखा को और अधिक लंबी और गहरी करे। अपनी खेती-बाड़ी और लेन-देन को लेकर शोभाराम का तीन-चौथाई दिन इस शहर में ही निकलता था। वह अजार-बजार के काम निपटाकर थोड़ा-बहुत वक्त अस्पताल के आस-पास ही बिताता था।

गाँव से चला और गाँव में वापस जाता तो साइकिल को रोककर वह

अपने गाँव के खेड़ापति हनुमान के मंदिर पर ठहरता। अपनी शैली में हनुमानजी से दो बातें करता और फिर अपनी दिनचर्या को आगे बढ़ता। जब वह शहर नहीं आता तो उसका सारा दिन इन हनुमानजी महाराज के मंदिर की चबूतरियों पर ही बीतता। यह शोभाराम का नियम नहीं, उसकी जीवन-शैली थी। वहाँ पर भी वह आते-जाते लोगों को रोक लेता। उनसे गप लड़ाता और अपना मुख्य श्रोता हनुमानजी को मानकर जनेऊ निकालकर शपथ उठाता और अपनी बातों की प्रामाणिकता सिद्ध करता रहता था। इन बातों में वह दो-चार बार डॉ. खरे और उनके अस्पताल की प्रशंसा अवश्य करता।

धीरे-धीरे शोभाराम ने डॉ. खरे में आते बदलाव को सतह पर आते देखा। बदलाव बेशक बहुत धीमा था, पर उसका असर जन-चर्चाओं में शोभाराम के कहे के खिलाफ तो पड़ता ही था। कई बार ऐसा भी हो गया कि डॉक्टर साहब ने अपने मरीज के हित में उसपर अपना अधिकार मानते हुए इलाज करते-करते मरीज के मानवीय असहयोग पर दो-एक तमाचे रसीद दिए। पहले ऐसा यदा-कदा होता था, फिर महीने में दो-चार बार होने लगा। एकाध बार ऐसा भी हुआ कि दूसरे प्रतिद्वंद्वी डॉक्टरों ने इस तरह मार खाए मरीजों को पुलिस थाने की ओर धकेल दिया। डॉ. खरे की प्रतिष्ठा पर चोट करने की कोशिश की। होते-होते डॉ. खरे की छवि कुछ इस तरह की बन चली कि वे जब-तब अपने मरीजों और मरीजों के साथ आनेवाले पारिवारिक सदस्यों के साथ चिढ़कर दुर्व्यवहार और मार-पीट कर बैठते हैं। एक दिन आधी रात को आए मरीज के साथी ने जब बार-बार डॉ. खरे के दरवाजे की घंटी बजाई तो डॉ. खरे ने खीझकर उस घंटी बजानेवाले का स्वागत ही डंडे से किया। सारा सीन देखकर ट्रैक्टर-ट्रॉली में जो मरीज पड़ा हुआ था, वह ट्रॉली से कूदकर अँधेरी रात में सामनेवाली सड़क पर सरपट दौड़ लगाकर भाग गया।

डॉ. खरे ने गुस्से से कहा, 'इसी मरीज के लिए तू इतनी घंटियाँ घनघना रहा है? देख, वो तो तुझसे भी ज्यादा कुलाँचे भर रहा है।' और उस मरीज को कोई चार-पाँच सौ गज दूरी से पकड़कर वापस अस्पताल लाया गया। इलाज तो खैर हुआ ही सही, पर इस तरह की घटनाओं ने शोभाराम को

विचलित कर दिया। अपने ही मरीजों और उनके साथ आनेवाले परिजनों के साथ डॉ. खरे का यह व्यवहार शोभाराम के लिए, और खासकर उसके भीतर के ब्राह्मण जीव के लिए, अधर्म के दायरे में आता था। शोभाराम कहा करता था कि 'जैसा भी हो, मरीज जिए या मरे; पर मरीज आखिर डॉक्टर साहब को फीस देता है और उस फीस से डॉक्टरों की रोटी चलती है। माना कि मरीज किसी डॉक्टर का अन्नदाता नहीं होता, पर मरीज भी मनुष्य तो होता ही है।'

कुछ इसी तरह का सिलसिला चलता रहा। एक दिन शोभाराम ने शाम को शहर से अपने गाँव जाते समय अपने साथ साइकिल पर चल रहे दूसरे ग्रामबंधु से अपनी शैली में डॉ. खरे के लिए कह दिया कि—'कुछ भी हो, डॉ. खरे आदमी खरा है, भला है, भद्र है। और इस इलाके का शेर है।'

साथी ने कहा, 'डॉक्टर शेर तो है, पर यार शोभाराम, यह कैसा शेर है, जो जब-तब अपने ही मरीजों पर हाथ उठा देता है?' बात में कहीं कोई गाँठ या कुटिलता नहीं थी। मन दोनों के साफ थे। पर शोभाराम के मुँह से निकल गया, 'भैया! यह डॉ. खरे शेर तो है, पर यह शेर अंधा शेर है। जब इस शेर को कुछ सूझता नहीं है तो यह अपने ही लोगों पर आ पड़ता है। और अंधा शेर हमला करता है तो फिर पहचानता नहीं है कि सामनेवाला उसका क्या लगता है।' बातें करते-करते रास्ता कट गया। शोभाराम अपने घर और वह अपने घर।

चलते-फिरते बात डॉ. खरे तक पहुँची कि शोभाराम ने खरे साहब को 'अंधा शेर' कह दिया है। वे मरीज देख रहे थे। उन्होंने मरीज को छोड़ा और अपने सफाई कर्मचारी शंकर को आवाज दी, 'शंकर!'

डॉ. खरे की आवाज में शेर की दहाड़ थी। शंकर काँपता हुआ आया। खरे साहब ने कहा, 'जा, ड्राइवर से कह कि वह जीप स्टार्ट करे। जैसा भी हो, जहाँ भी हो, उस शोभा को पकड़कर मेरे सामने ला। कहना कि मैंने उसे तत्काल बुलाया है।'

शंकर न जाने क्या-क्या सोच बैठा।

दस मिनट का ही तो रास्ता था। जीप ठीक शोभाराम के घर के सामने

रुकी। गाँव के लोग जीप के आस-पास इकट्ठे हो गए। आखिर शोभाराम के यहाँ अस्पताल की जीप क्यों आई? शोभाराम भीतर खाना खा रहा था।

शंकर ने बाहर से ही आवाज लगाई, 'शोभाराम दादा! ओऽऽ शोभाराम दादा!'

'कौन?' शोभाराम ने भीतर से ही पूछा।

'मैं शंकर भंगी। चलो, डॉक्टर साहब बुला रहे हैं।' शंकर बोला।

शोभाराम ने भीतर से ही कहा, 'क्या भंगी-भंगी कर रहा है! जानता नहीं है कि सरकार ने भंगी को भंगी कहने पर रोक लगा दी है? कहना ही है तो खुद को 'मेहतर' कह, 'सफाई कामगार' कह। ठहर जा, आता हूँ।'

पाँच-सात मिनट में शोभाराम बाहर आया। मन-ही-मन सोचता रहा कि एक ब्राह्मण के घर बुलाने भेजा भी तो डॉक्टर साहब ने किसे भेजा। उसका सवर्ण झनझना पड़ा। बोला, 'क्या बात है?'

शंकर बोला, 'अपने देवी-देवता मना लो, पंडितजी! आज डॉक्टर साहब आपका खाया-पिया निकाल देंगे। बहुत बड़बड़ करते रहते हो।' उसने आखिर तक नहीं बताया कि बात क्या है। कहा कि बस चलो, और इसी वक्त चलो।

गाँववालों ने समझा कि आज मामला आर-पार का ही होकर रहेगा। या तो शोभाराम अस्पताल में मिलेगा या फिर पुलिस थाने में। खरे साहब की नाराजी के दो ही मतलब निकलने लगे थे।

शोभाराम ने जीप को हनुमानजी के मंदिर के पास रुकवाया। हनुमानजी से साफ-साफ शब्दों में कहा, 'अंजनीलाल! अगर सब ठीक-ठाक रहा तो मैं वापस आते समय आपके सामने सुंदरकांड का पूरा पाठ करूँगा और घर जाकर रात को सत्यनारायण की कथा करवाऊँगा। और अगर बात बिगड़ गई तो…' और यह पहला अवसर था, जब शोभाराम अपना वाक्य पूरा नहीं कर सका। वह मंदिर से बाहर निकल आया। जीप में बैठा। और जीप दस-बारह मिनट में डॉ. खरे के अस्पताल के सामने आकर खड़ी हो गई। अस्पताल में मरीजों की भारी भीड़ थी।

डॉ. खरे ने सारा काम रोक लिया। शोभाराम से पूछा, 'क्यों शोभाराम! तूने मुझे 'अंधा शेर' कहा?'

एक क्षण को शोभाराम सकपकाया। सारी बात उसके दिमाग में कौंध गई। उसने मन-ही-मन चौपाई पढ़ी—'नासै रोग हरै सब पीरा, जपत निरंतर हनुमत बीरा। भूत पिशाच निकट नहीं आवै, महाबीर जब नाम सुनावै।'

डॉ. खरे दहाड़े, 'बोलता क्यों नहीं है? कहा या नहीं?'

'हाँ, मैंने कहा कि आप अंधे शेर हैं।' शोभाराम ललाट का पसीना पोंछते हुए बोला।

'क्यों कहा?' डॉ. खरे का सीधा सवाल था। भीतर वाले मरीज बाहर आ गए थे और सड़क पर जाते हुए लोग ठहरकर अस्पताल के आँगन में जुट गए थे।

'कहा इसलिए कि आप पर जब-जब चिढ़ और गुस्से का अंधापन सवार होता है तब-तब आप यह भी नहीं देखते हो कि आपका हाथ किस पर उठ रहा है? आप जिसके साथ बदसलूकी कर रहे हैं, वह अपना है या पराया? और शेर तो आप हैं ही। क्या आप शेर नहीं हैं? आपने कभी सोचा कि कहीं सामनेवाले का भी हाथ उठ गया तो क्या होगा?'

डॉ. खरे शोभाराम का मुँह देखते रह गए।

शोभाराम ने फिर कहा, 'आप एक काम करो डॉक्टर साहब! यह बाहरवाला बोर्ड बदलवा दो। इसपर पेंटर से लिखवा दो—'डॉ. खरे का पुलिस थाना'। लोग अस्पताल मानकर यहाँ पच्चीस साल से आ रहे हैं। आपने धीरे-धीरे इसे अस्पताल से थाने में बदल दिया है। जैसे प्राइवेट अस्पताल होते हैं, एक प्राइवेट थाना भी सही।'

डॉ. खरे का गुस्सा काफूर हो गया। बोले, 'अच्छा शोभाराम! जा, एक पान लाकर मुझे खिला।' और भीड़ बिखर गई। शोभाराम सामने पान की दूकान पर चला गया।

डॉ. खरे के व्यवहार में कुछ बरसों से एक बदलाव यह भी आ गया था कि वे जिसपर बिगड़ जाते उसपर हाथ उठा देते, पर जिससे खुश होते उससे एक पान मँगवाकर आधा खुद खाते और आधा सामनेवाले को भी खिलाते।

शोभाराम ने जाते समय हनुमानजी के सामने बैठकर सुंदरकांड का पाठ किया। रात को सत्यनारायण की कथा करवाई। डॉ. खरे का अस्पताल पहले

भी चल रहा था और आज भी चल रहा है। यह जरूर है कि यदा-कदा उनके कान पर 'अंधा शेर' जैसा नाम पड़ जाता है।

मात्र इतनी सी बात पर कहानी किस तरह लिखी जाए? प्रखर बाबू बार-बार सोचते रहे कि उनके और डॉ. खरे के पारिवारिक और निजी रिश्तों को देखते हुए उन्हें यह लिखना भी चाहिए या नहीं। लिखेंगे तो डॉ. खरे क्या सोचेंगे। कहानी का नायक कौन होगा? शोभाराम या डॉ. खरे? कथानक के अथ और इति कैसे होंगे? वे विचारमग्न हो गए। आज तक सरपट चलनेवाली उनकी कलम रह-रहकर ठिठकने लगी। वे शीर्षक ही तय नहीं कर पाए। खैर, शीर्षक तो बाद में भी बन जाएगा, पर कहानी पाठकों को कैसी लगेगी? जनजीवन पर इसका प्रभाव क्या होगा? कहीं लिहाज टूट तो नहीं जाएगा? आखिर किसी कहानी का धर्म क्या होता है? कहानी कहानी रहेगी या नहीं? वह कहीं उपदेश तो नहीं बन जाएगी? वे सोचते-सोचते शून्यलोक में चले गए।

उनको चेत तब आया जब पत्नी ने कहा, 'अब उठो भी। नहा-धोकर खाना खा लो। बात नहीं बनती है तो रखो कलम। सरकाओ कागजों को। क्या लिखने का ठेका आपने ही ले रखा है?'

प्रखर बाबू ने इतना ही कहा, 'भली मानस! तुझे क्या पता कि मैं किस पीड़ा से गुजर रहा हूँ! तुझे क्या पता कि मेरा मानसिक उद्वेलन किस बात को लेकर है! तू कब समझेगी कि मेरी सरस्वती आज मुझपर किस व्यंग्य से देख रही है!' और उन्होंने कागजों को सरकाते हुए कहा, 'चलो, फिर कभी लिखेंगे, पहले सरस्वती माता को पहले जैसी ही ममतालु हो जाने दो।'

और प्रखर बाबू नहाने के लिए उठ गए।

□

पुल पर एक शाम

यदि यह आलेख मैं नहीं लिखूँगा तो मेरा दम घुट जाएगा।

अपने मानसिक स्वास्थ्य और लेखकीय सहजता को लौटाने के लिए मैं इस प्रसंग को लिख ही देना ठीक समझता हूँ।

आप इस सबको पढ़कर अपनी प्रतिक्रिया व्यक्त कर सकते हैं कि इसे कहते हैं बिना किसी बात के बेबात अपना और अपने पाठकों का समय नष्ट करना; पर मैं यह इलजाम भी अपने माथे लेने के लिए तैयार हूँ।

देश का पहला 'युवा उत्सव' समाप्त हो चुका होगा। तब कहीं ये पंक्तियाँ आपके सामने आ पाएँगी।

स्वामी विवेकानंदजी का जन्मदिन भी बीत गया।

'युवा वर्ग' और 'युवा' शब्द आज हमारी राष्ट्रीय चेतना में चिंतन और बहस का मूल बनता जा रहा है।

तब मेरे मानस-पटल पर रह-रहकर एक आकृति कौंध-कौंध जाती है। इतने दिन हो गए, मैं इस दृश्य को अपने रक्त-प्रवाह में दौड़ता महसूस करता हूँ और शायद तब तक करता रहूँगा जब तक मैं व्यक्त नहीं हो जाता।

मैं अपने एक मित्र की मारुति वैन से भोपाल के लिए निकला हूँ। जाना मुझे कर्नाटक था। ड्राइवर का नाम है बाबू। उसके पासवाली अगली सीट पर मैं हूँ। मेरे पीछेवाली सीटों पर जावद (मंदसौर, म.प्र.) के विधायक श्री घनश्याम पाटीदार और उनके पास हमारे एक सहयात्री श्री चंद्रकुमार जैन बैठे

हुए हैं। हमारी यात्रा नीमच से शुरू हुई। हम लोग बतियाते-बतियाते चले जा रहे हैं। आगे सड़क अत्यंत खराब है, सो हम जावरा से ही मुख्य मार्ग छोड़कर उपमार्ग पर महिदपुरवाला रास्ता ले लेते हैं। सूरज हमारी पीठ पर है। शाम ढलने को है। जावरा से कुछ ही किलोमीटर चलकर उस 'मलैनी' नदी के पाट को पार करने के लिए उसकी रपटनुमा पुलिया पर प्रवेश करने वाले हैं। हम चारों जो बातें कर रहे हैं वे संगत भी हैं और विसंगत भी। हमारी बातों का दायरा फैलता भी है, सिकुड़ता भी है। मैं 'मलैनी' का सही नाम अपने सहयात्रियों को बताता हूँ। इस नदी का नाम वस्तुतः 'मलयिनी' रहा होगा। सैलाना के आस-पास किसी जमाने में अत्यंत घने मलय वन (चंदन वन) से चंदन की सुगंध लेकर यह नदी ललककर लपक चली थी। अच्छा-भला नाम था 'मलयिनी', पर कालांतर में हो गया 'मलैनी'। और जिस समय अस्ताचलगामी क्लांत रवि की सांध्य रश्मियाँ 'मलैनी' के पानी पर पड़ती दीखती हैं तो वह पानी अपेक्षाकृत कुछ अधिक ही गंदा और लाल-लाल लगता है। उसकी गंदगी का और भी कोई कारण हो सकता है। जल प्रदूषण हमारी नदियों का दुर्भाग्य ही कहा जा सकेगा। 'मलैनी' भी इस अलंकार से अछूती नहीं है। होगी भी कैसे ?

मेरी नजर पुलिया के ठीक बीच के दृश्य पर ठिठक जाती है। मेरा भावुक मन, संवेदनशील मानस एकाएक विकृत हो जाता है। उस गोधूलि वेला में मैं देखता हूँ कि हमारी गाड़ी के ठीक आगे-आगे एक पंद्रह-सोलह वर्ष का किशोर अपने गाँव की ओर भागता जा रहा है। वह अकेला नहीं है। उसके पाँवों में औसत से ज्यादा कीमत के नई डिजाइन के बंदवाले गुदगुदे बढ़िया जूते हैं। मैं सोचता हूँ कि उन जूतों की कीमत आज के हिसाब से दो सौ से तीन सौ रुपयों के बीच जरूर होगी। आधुनिक फैशन की जींस उसकी टाँगों पर कसी हुई है। एक अच्छी सी रेशमी जैसी कमीज उसकी काया पर है, जो जींस के भीतर डली हुई है और माथे पर धूप से बचानेवाली 'क्रिकेट कैप' जैसी टोपी। उसके हाथों में तीन-चार पुस्तकें हैं और दो एक कॉपियाँ भी। यह तो एक सामान्य सा साधारण दृश्य है; पर विशेष बात यह है कि यह किशोर हमारी गाड़ी को रास्ता देने के लिए अपने आगे-आगे भागते चल रहे

चार-पाँच गधों को अपनी पुस्तकों से उनके पुट्ठों पर हलकी थापें लग-लगाकर तेज दौड़ाने की कोशिश कर रहा है। इतना ही नहीं, वह उन गधों को तरह-तरह के नामों से पुकारता, पुचकारता, दुलारता, फटकारता बराबर भागा जा रहा है। मैं इस दृश्य को देखकर मुग्ध रह गया। मैंने चंद्रकुमार से इस किशोर के जूतों, जींस, कमीज, टोपी वगैरह की कीमत का जोड़ लगाने का आग्रह किया। अपने विधायक बंधु से कहा, 'आगे भाग रहे गधों की कीमत कितनी हो सकती है?' ड्राइवर बाबू से मैंने कहा, 'बाबू! गाड़ी को चुपचाप इन गधों से आगे निकालकर बीच पुलिया पर रोक लो। मैं इस बच्चे से बात करना चाहता हूँ।' और बाबू ने पुलिया के उस छोर से पहले ही यह काम कर दिया। हमारी गाड़ी रुक गई। गधे पुल के उस पार तक पहुँच गए। भागता किशोर ठिठककर खड़ा हो गया। मैंने अपनी खिड़की का शीशा नीचे उतारा। उस किशोर को आवाज दी। सूरज की किरणें मेरे चेहरे और उसकी पीठ पर थीं। मैंने देखा, एक श्यामल वर्ण, तंदुरुस्त, चुस्त और चाक-चौबंद किशोर का अद्‌भुत दीप्ति से दमकता चेहरा। मैं अनुमान लगा रहा था कि एक पूरे अपराह्न की थकान और उड़ती गोधूलि से इसका चेहरा म्लान हो गया होगा; पर मेरा अनुमान गलत था। यद्यपि वह तरोताजा नहीं था, तब भी थका और मुरझाया भी नहीं था।

मुझे अपना खुद का विपन्न बचपन याद आ गया। मैं आज के विधायक भाई घनश्याम पाटीदार के उस रूप को याद करने लगा, जब कि अपने युवाकाल के आरंभ में घनश्याम मंदसौर के एक पेट्रोल पंप पर हाथों से हैंडल हिला-हिलाकर सारा दिन बसों, मोटरों और कारों में ईंधन भरता रहता था। एक संघर्षरत मजदूर के तौर पर घनश्याम ने इस जीवन को ठाट से जिया था। घनश्याम ने भी अपनी तरफ का शीशा नीचे उतारा।

मैंने उस किशोर से पूछा, 'क्या नाम है तुम्हारा?'

मैं प्राय: ठगा सा देखता रह गया, जब कि उसने पहले सभ्यता के साथ हम सभी को प्रणाम किया, फिर अपने बेतरतीब भागते गधों पर एक नजर डाली और संतुलित स्वर में उत्तर दिया, 'भूपेंद्र प्रजापति।' उसने यह उत्तर बिना किसी कुंठा और बिना किसी संकोच या झिझक के दिया। मेरी आँखें

छलछला आईं। वह चाहता तो अपना नाम 'भूपेंद्र कुमार' बता सकता था। कुंठित होता तो 'प्रजापति' नहीं भी बताता। पर उसके चेहरे की उस आभा को मैं आज सहेजे बैठा हूँ। बोला—

'भूपेंद्र प्रजापति।'

'ये गधे किसके हैं?' मेरा प्रश्न था।

'जी, मेरे हैं।'

'क्या तुम पढ़ते हो?'

'जी हाँ, मैं दसवीं कक्षा का विद्यार्थी हूँ। पढ़ रहा हूँ।' उसने अपनी पुस्तकों को सहेजते हुए उत्तर दिया।

'कहाँ से आ रहे हो, कहाँ जा रहे हो?' मैंने सवाल किया।

'जी, गधे चराने गया था। वहाँ कुछ पढ़ा, होमवर्क किया। अब शाम ढल रही है, अपने पशुधन को लेकर घर जा रहा हूँ।' उसका निस्संकोच उत्तर था।

मेरी भावुकता मुझे अपने बचपन के अत्यंत विपन्न और विवश संघर्षकाल में घसीटकर यही कोई पचास बरस पीछे खींच ले गई। मैं रो पड़ा। मैंने कहा, 'जियो बेटा भूपेंद्र! तुम खूब तरक्की करोगे। अपने माता-पिता और शिक्षक-गुरुओं को प्रसन्न रखना। तुम एक ऊर्जस्वी और कुंठाविहीन किशोर हो। तुम्हारा भविष्य अत्यंत उज्ज्वल है। तुम अपने माता-पिता को मेरा प्रणाम कहना और उनके पशुधन के रखवाले के तौर पर तुम्हारी भूमिका पर हम सभी की बधाई देना। ईश्वर तुम्हें सफलता भरा सुयशपूर्ण समृद्ध जीवन दे। जाओ।'

मैंने देखा कि भूपेंद्र अवाक् हम सभी को देख रहा है। शायद हमारा परिचय जानने की उत्सुकता उसकी आँखों में तैर रही थी।

मैंने अपने आँसू पोंछे। पहले ड्राइवर का परिचय दिया, 'यह बाबू है। यह गाड़ी इसके मालिक की है।' फिर चंद्रकुमार का परिचय करवाया और फिर भाई श्री घनश्याम पाटीदार विधायक का।

अब भूपेंद्र की नजर मुझपर और केवल मुझपर थी। भाई श्री घनश्याम पाटीदार ने बताया, 'ये बालकवि…' और 'बैरागी' शब्द स्वयं भूपेंद्र के मुँह

से निकल पड़ा। उसने अगला दरवाजा खोला, मेरे पाँव छुए और सिर झुकाकर बोला, 'सर! सब आपका आशीर्वाद है।' और भूपेंद्र ने मेरी गाड़ी का दरवाजा बंद कर दिया। वह पुस्तकों सहित हाथ जोड़े प्रणाम की मुद्रा में एक तरफ खड़ा हो गया।

'चलो बाबू!' मैंने कहा।

बाबू ने कार स्टार्ट की, गियर लगाया। हम लोग चल पड़े।

चंद्रकुमार ने पीछेवाले शीशे में देखकर कहा, 'दादा! भूपेंद्र अभी तक वहीं खड़ा है।'

यह रतलाम जिले की जावरा तहसील के गाँव दूधाखेड़ी के पास बहती 'मलैनी' नदी के पुल का परिदृश्य था। मैं प्रकृति-पुत्र सूर्य को डूबते देख रहा था; पर साथ ही मैं एक उदित होते सूर्य का भी दर्शन कर रहा था। मन-ही-मन मैंने गायत्री पढ़ी। प्रभु! हमारे आँगन को ऐसी उन्मुक्त पीढ़ियाँ दे। निस्संकोच और कुंठाविहीन। अपनी पढ़ाई मन लगाकर करना भूपेंद्र!

विशेष-

- इस पुस्तक के प्रकाशन काल में श्री घनश्याम पाटीदार मध्य प्रदेश सरकार में श्री दिग्विजयसिंहजी के मंत्रिमंडल में सामान्य प्रशासन तथा विधि विभागों के स्वतंत्र प्रभार वाले राज्यमंत्री हैं।
- लेखक राज्यसभा का सदस्य है।
- ईश्वर जाने आज भूपेंद्र कहाँ होगा? कैसा होगा? क्या होगा?

□

छात्र

अब अगर किस्मत ही काली स्याही से लिखी गई हो तो कोई क्या करे। तत्पर भाई का जब-जब साबका पड़ा, ऐसे ही लोगों से पड़ा। वैसे उनकी दुनिया विद्यार्थियों की दुनिया रही। छात्र संसार में उन्हें हमेशा सम्मानित स्थान मिला। अगर यूनियनबाजी करते तो शायद वे एकच्छत्र छात्र नेता होते, 'स्टूडेंट लीडर' कहलाते। आड़े वक्त छात्रों के काम आना उनका व्यसन रहा। लेकिन इन दिनों में उनका अनुभव यह रहा कि छात्रों के सामने आड़ा वक्त ज्यादा आने लगा। कभी-कभी तो सारा-का-सारा दिन उन्हें इस आड़े वक्त को खड़ा वक्त बनाने में ही लगाना पड़ जाता है। एक आता है तो एक जाता है। पहला जाता है तो दूसरा आ जाता है। काम भी उनके टेढ़े-मेढ़े। एक तो विश्वविद्यालय वाले शहर में तत्पर भाई का निवास। फिर खुद का सामाजिक और राजनीतिक रुतबा। सबसे ज्यादा कष्टदायक बात यह कि तत्पर भाई ने किसी को ना कहना नहीं सीखा। उनके साथी मित्र उनकी इस आदत को लेकर न जाने कैसे-कैसे मजाक करते रहते हैं। प्रचलित मजाक यह है कि अगर तत्पर भाई को भगवान् ने कहीं लड़की बना दिया होता तो ये दस-बीस हजार लड़कों का जीवन तबाह कर देते। तत्पर भाई हैं कि सारी बातों को हँसकर पी जाते हैं; किंतु यदा-कदा वे ऐसे करिश्मे भी कर बैठते हैं कि बड़े-बड़े बीहड़ छात्र नेता तक अपनी दादागिरी भूलकर उनके पाँव पकड़ लेते हैं। छात्र नेताओं और छात्र संगठनों की दीमक लगी खोखली नींव

के हजार किस्से तत्पर भाई की जबान पर हैं। कभी-कभी तो वे खुद ही कह बैठते हैं कि ऐसी खोखली नींव पर छात्र राजनीति किस तरह छात्रों के भविष्य का स्वप्न-महल खड़ा कर सकेगी। पर तब भी वे अपनी सदाशयता और आड़े वक्त को खड़ा वक्त बनाने की तत्परता से बाज नहीं आते। आखिर तत्पर भाई जो ठहरे। तब भी कल उन्होंने कमाल कर दिया।

दो नवयुवक छात्र नेता उनके किसी सुपरिचित सज्जन का अनुशंसा-पत्र लेकर तत्पर भाई के सामने खड़े हो गए। तत्पर भाई ने पत्र पढ़ा। दोनों नवयुवकों को सादर बैठाया। उनको चाय-नाश्ता करवाया। फिर विस्तार से परिचय पूछा। दोनों को भरपूर आत्मीयता से अपनापन दिया। मन-ही-मन सोचा कि अगर ये फिल्म या किसी टी.वी. सीरियल में ट्राई करते तो हीरो या साइड हीरो अवश्य बनाए जाते। पर उन्होंने अनुशंसा-पत्र की गंभीरता को देखते हुए उनसे कोई छेड़-छाड़ नहीं की। वे सीधे काम की बात पर आ गए।

'हाँ तो हीरो! तुम्हारी सूचना पक्की है कि तुम्हारी कॉपियाँ यहीं आई हुई हैं?' तत्पर भाई का प्रश्न था।

'जी सर! हमारी सूचना पक्की है। कॉपियाँ यहीं हैं और जायसवाल सर आपके अच्छे मित्र ही नहीं, आपसे उपकृत भी हैं। वे आपका कहा टालेंगे नहीं। हमारे भविष्य का सवाल है। अगर कुछ नंबर बढ़ जाएँगे तो…' दोनों में से एक बोला। दूसरा अपनी कमीज पर पड़ी सलवटों को ठीक करता हुआ जीन्स की जेब से कंघा निकालकर अपने बालों में लच्छे डालता तत्पर भाई की बैठक में लगे शीशे का उपयोग करता रहा।

'चलो, जायसवालजी से बात कर लेते हैं।' और तत्पर भाई उठ खड़े हुए।

यह देखते ही दोनों चौंक गए।

'सर! आप तो फोन कर दीजिए। जायसवाल सर से हम मिल लेंगे।' एक बोला।

'नहीं भाई! जो कुछ होना है, वह तुम्हारे सामने ही होना है। चलो, वक्त बरबाद मत करो।' तत्पर भाई की तत्परता ने दोनों को कुछ सोच में डाल दिया।

और तत्पर भाई आधे घंटे के भीतर ही जायसवालजी के घर पहुँच गए।

जायसवालजी को कुछ भी नया नहीं लगा। वे समझ गए कि यह नंबर बढ़ाने का चक्कर है। समय के सत्य से वे भलीभाँति परिचित थे। उन्होंने केवल दोनों छात्रों से उनके विश्वविद्यालय का नाम पूछा। फिर परीक्षा केंद्र का नाम पूछा। फिर स्वयमेव ही कह दिया, 'हाँ! आपकी कॉपियाँ मेरे पास हैं। अभी उन्हें जाँचना शुरू नहीं किया है। बताइए अपने रोल नंबर?'

दोनों ने अपने-अपने रोल नंबर बताए।

जायसवाल सर ने एक बंडल की तरफ इशारा किया, 'उठाओ और निकालो अपनी-अपनी कॉपी।'

दोनों ने अपनी-अपनी कॉपी निकाली। तत्पर भाई देखते रहे। कॉपियाँ निकालकर वे जायसवाल सर को देने लगे। जायसवाल सर ने तत्पर भाई से कहा, 'भाई! देख लो इन कॉपियों को। मेरी अपनी नौकरी दाँव पर लग ही रही है। खुद ही जाँच कर नंबर दे दो। शेष मेरी जिम्मेदारी।'

दोनों खुश। तत्पर बाबू पानी-पानी। पर वे बात को पेंदे तक समझ गए। उन्होंने कॉपियों का पन्ना देखा। मुश्किल से एकाध सवाल का उत्तर लिखने की कोशिश की गई थी। शेष सारी कॉपी कोरी पड़ी थी।

दोनों से तत्पर भाई ने उनके राजनीतिक दलों की जानकारी ली। दोनों अलग-अलग राजनीतिक दलों के छात्र नेता थे।

तत्पर भाई ने अपना खुद का कलम एक छात्र को दिया। जायसवाल सर से एक कलम माँगकर दूसरे हीरो को दिया। बंडल पर जो प्रश्नपत्र था वह दोनों के सामने रखा। पुस्तकों की अलमारी की तरफ इशारा किया। पूरी गंभीरता से कहा, 'हीरो! सामनेवाली अलमारी से इन सवालों के उत्तरवाली तुम्हारी कोर्स बुक्स रखी हैं। मैं तुम लोगों के भोजनादि की व्यवस्था करवाता हूँ। चाय-पानी यहाँ मिल जाएगा। जायसवालजी के सामने बैठो। पुस्तकें लो। प्रश्नपत्र यह रहा। पूरे छह घंटों का समय आप लोगों को मैं देता हूँ। अपनी उत्तर पुस्तिकाओं में अपने हाथ से सही उत्तर लिख दो। मार्किंग तुम्हारे सामने हो ही जाएगा। शाम की ट्रेन से अपने घर के लिए निकल जाना। समझ गए?'

जायसवाल सर चुप।

दोनों ने एक-दूसरे की तरफ देखा। अपनी कॉपियों को देखा। फिर एक-दूसरे को देखा। कभी जायसवाल सर को तो कभी तत्पर भाई की तरफ देखकर फिर से एक-दूसरे को देखा। कमरे में सन्नाटा गहरा गया।

एक बोला, 'हम बड़ी उम्मीद से आए थे, सर।'

'आप तो हमें टाल रहे हैं, सर!' दूसरा बोला।

तत्पर भाई ने धीरे से पूछा, 'आप हम दोनों में से किससे कह रहे हैं? जिससे भी कह रहे हों उसकी आँखों में आँखें डालकर कहो। हमें पता तो चले कि आपको कौन टाल रहा है!'

'खैर सर! हम जा रहे हैं, पर आप यह अच्छा नहीं कर रहे हैं।' एक बोला।

तत्पर भाई ने एक सुझाव और रखा, 'चलो! ऐसा करते हैं कि सवालों के जवाब जायसवाल सर बोल देंगे, तुम अपने हाथ से लिख तो दो।'

'अब छोड़िए भी, सर! यही सब करना होता तो हम आपके पास क्यों आते!' पता नहीं दोनों में से कौन बोला।

न किसी ने धन्यवाद दिया, न किसी ने धन्यवाद लिया।

दोनों उठकर बैठक से बाहर होने लगे।

'ना! ना!! ऐसे नहीं। अपनी कॉपियों को वापस उसी बंडल में बाँधकर वहीं रख दो, जहाँ से तुमने उठाया था।'

दोनों मेधावी छात्रों ने जब उस बंडल को बाँधना शुरू किया तो तत्पर भाई को लगा जैसे वे अपनी-अपनी राजनीतिक पार्टियों और छात्र संगठनों की गतिविधियों का बंडल बाँध रहे हैं। तत्पर भाई ने एक बार फिर काली स्याही से लिखी किस्मत को पढ़ने की कोशिश की।

□

विकृत

शालाएँ खुल गईं, विद्यालयों के कमरे बच्चों से लबरेज हो गए, जन-जीवन की चहल-पहल में एक सात्त्विक बदलाव आ गया। जिम्मेदार शिक्षकों ने पढ़ाई शुरू कर दी। एकाध सप्ताह पाठ्य पुस्तकों का हो-हल्ला मचा और गाड़ी फिर पटरी पर आ गई। दो-ढाई हजार की आबादीवाले इस छोटे से गाँव में सरकार ने मिडिल स्कूल दे रखा था, जैसाकि आम वतीरा है, यहाँ भी कमरे कम थे और बच्चे अधिक। परिवार नियोजन की विफलता और नागरिक भावना में देश के प्रति अवमानना का सीधा प्रभाव यह पड़ा कि छठी, सातवीं और आठवीं कक्षा के दो-दो सेक्शन करने की नौबत आ गई। हेडमास्टर श्री मसर्रत खान अपने घिचपिच ऑफिस में साल भर तक पेश आनेवाली दुश्चिंताओं से घिरे बैठे अपने भृत्य पन्नालाल से कुछ कहने ही वाले थे कि उनके कमरे में बिना किसी पूछताछ, बिना किसी पूर्वाज्ञा और बिना किसी औपचारिक परवानगी के पदक बाबू घुस आए। आए वहाँ तक तो ठीक है, पर वे बिना पूछे ही सामनेवाली अकेली कुरसी पर बैठ भी गए और हेडमास्टर साहब से उन्होंने शुद्ध अंग्रेजी में पूछा, 'मे आई कम इन सर ?' मसर्रत साहब का मुँह फटा-का-फटा रह गया। उनके दिमाग में न जाने क्या-क्या कौंध गया। पन्नालाल का मन हुआ कि वह जोर से खिलखिलाए; पर अपनी हँसी दबाकर वह खान साहब की तरफ आदेश के लिए देखने लगा।

खान साहब ने पदक बाबू से पूछा, 'फरमाइए! क्या बात है ?' हालाँकि

वे जानते थे कि बात क्या हो सकती है।

पदक बाबू ने पहले कुरसी पर खुद को बिलकुल सीधा किया, रीढ़ की कमान को ताना और बोले, 'मिस्टर खान! अहं ब्रह्मास्मि। मैं कल विवेकानंद था, आज वशिष्ठ नारायण सिंह हूँ, कल सुकरात होऊँगा और फिर अरस्तू। कहिए, आपकी तत्काल जिज्ञासा क्या है? आपकी जन्म-जन्मांतरों की कोई तपस्या फलीभूत हुई है जो मुझ जैसा अप्रतिम ऋषि मार्ग-प्रदर्शन और आशीर्वचन के लिए आपको उपलब्ध है। मैं इस विश्व को प्रभु का दिया हुआ पदक हूँ। स्पीक ऑन, बोलो, मैं सन्नद्ध हूँ, उपलब्ध हूँ।'

मसर्रत साहब ने अपनी दोनों कुहनियाँ मेज पर टिकाकर 'हे भगवान!' की सिसकारी भरते हुए अपना माथा दोनों हथेलियों में दबाकर अंततः मेज पर रख दिया। पन्नालाल के लिए यह कोई नई बात नहीं थी।

मसर्रत खान सहज होते, तब तक पदक बाबू फिर बोले, 'इतनी ग्लानियुक्त मानसिकता से आप प्रधानाध्यापकी किस तरह कर सकेंगे, मिस्टर खान? वैसे मैं प्रकटतः यह कहने आया हूँ कि इस विद्यालय का प्रधानाध्यापक मुझे होना था और आपको होना था मेरा सहायक। सहायक ही क्या, आपको तो पन्नालाल का सहायक होना था; पर मैं एक 'अस्तु' लगाकर आपसे कहना चाहता हूँ कि आप अपनी समस्याओं का समाधान मुझसे प्राप्त कर सकते हैं, अहं ब्रह्मास्मि। यदा-यदा हि धर्मस्य…'

इससे आगे मसर्रत खान के लिए सुनना कठिन था। उनका मन हुआ कि वे चीखें और पन्नालाल से कहें कि पदक बाबू को अपने कक्ष से बाहर फिंकवा दें। पर तभी परिवेश में बढ़ती हुई धर्मांधता का जहर उनके आड़े आ गया। वे सोच बैठे कि बिना किसी बात के गाँव में न जाने कैसा तनाव हो जाएगा। लोग अपने मतलब निकालेंगे और…।

पदक बाबू उठे, फिर अभय मुद्रा में हथेली को फैलाकर बुद्ध की मुद्रा में तर्जनी को अँगूठे से मिलाकर वर्तुल बनाकर बोले, 'आपकी सुविधा के लिए मैं आपके कक्ष से बहिर्गमन करता हूँ। हमारी याद जब आए तो दो आँसू बहा लेना। विदा दो मेरे महबूब! मैं जा रहा हूँ। कल पुनः प्रविष्ट होकर आपका स्वास्थ्य-परीक्षण करूँगा। ओ.के.। पुनरपि पुनरपि, थैंक्यू मिस्टर

ग्लॉड!' और पदक बाबू कमरे से बाहर हो गए।

मसर्रत खान कातर दृष्टि से सामने लगा अपने प्रदेश का नक्शा देखते रह गए। पन्नालाल फर्नीचर की धूल पोंछने का बहाना करके दीवार की तरफ मुँह करके हँसता रहा। तटस्थ होने की कोशिश में उसे कुछ नहीं सूझा तो मसर्रत साहब से पूछ बैठा, 'किसी को बुलाऊँ, सर?'

मसर्रत साहब खीझकर बोले, 'अब और किसको बुलवाना चाहता है? साल भर तक अब इस कमरे में किसी के आने की जरूरत नहीं है। जो भी आए, उसे धक्के···' कहकर अपनी कुरसी से वे खड़े हुए। गांधीजी के फोटो को देखकर उन्होंने तौबा की मुद्रा में दोनों कान पकड़े। अपने ही गालों पर दो तमाचे जड़े, बालों को नोचा, दीवारों को सुनाकर बोले, 'या अल्लाह! तौबा! लानत है इस नौकरी पर। कैसे-कैसे जाहिल मेरी किस्मत में लिख दिए हैं तूने।' और फिर धम्म से अपनी कुरसी में धँस गए।

वे इतने हताश हो चुके थे कि चपरासी पन्नालाल से ही कह बैठे, 'तबादलों पर वापस बेन लगने वाला है, सरकार में किसी की सुनी जाती हो तो भाग-दौड़ करके इस पागल को यहाँ से कहीं बदलवाओ। पचास बार लिख चुका हूँ कि यह आदमी पागल हो चुका है। इससे मेरी जान छुड़ाओ; पर कोई सुनता ही नहीं है। अपनी रंगबाजी के लिए दूसरे मास्टर आएदिन इस पागल को मेरे कमरे में दाखिल कर देते हैं। कुछ कमजर्फ चाहते हैं कि इस बस्ती में किसी-न-किसी तौर पर हिंदू-मुसलिमवाला कमीना फसाद हो जाए, पन्नालाल! तुम मेरी क्या मदद कर सकते हो? कुछ करो, भाई!'

पन्नालाल बेचारा क्या करता? वह अपनी हस्ती को बढ़ता देखकर पल-दो पल के लिए फूलकर कुप्पा हो लेता, यह वैसा ही अवसर था।

पदक बाबू को लेकर मसर्रत खान साहब के सामने नई-नई मुसीबतें पेश आने लगीं। एक तो पदक बाबू इस बस्ती और शाला में सबसे ज्यादा पढ़े-लिखे आदमी। तीन-चार डिग्रियाँ उनके पास अलग-अलग विश्वविद्यालयों की, फिर वे खुद भी नहीं जानते हैं कि किस क्षण कौन सी भाषा बोलने लग जाएँगे, भाषाओं के विविध योग-प्रयोग करें, वहाँ तक तो ठीक है, पर न जाने कहाँ-कहाँ के श्लोक, कविताएँ, वाक्यांश, सूत्र संगत-

असंगत न जाने कहाँ से कहाँ फिट कर दें—यह उनको भी पता नहीं रहता था। अर्थ के अनर्थ हो जाते और गलियों में झगड़े होते-होते समझदार लोगों के बीच-बचाव के कारण रह जाते।

रोज सवेरे स्नान-ध्यान तिलक-चंदन के बाद पदक बाबू अपनी कपिला गाय को लेकर चराई के लिए चौंपे में छोड़ने जाते। अपने घर से गाँव के अंतिम छोर तक चलते-चलते वे अपनी गाय से हिंदी, अंग्रेजी, संस्कृत, गुजराती, मराठी—न जाने कौन-कौन सी भाषाओं में बातें करते। सामान्य लोगों का अनुमान था कि रात में सोते वक्त से लेकर प्रभात में उठते वक्त तक—और खासकर स्नान-ध्यान के समय तक—पदक बाबू सामान्य ही रहते थे; पर ज्यों ही अपनी धोती पहनते, कुरता डालते, उसके ऊपर जैकेट पहनते और फिर नुकीली टोपी लगाकर आईने के सामने खड़े होते वैसे ही उनके भीतर विद्या का उफान उफन पड़ता। वे वहीं से बुदबुदाना, फिर बड़बड़ाना और आखिरकार ऊल-जुलूल बोलना शुरू कर देते थे। रास्ते भर मुहल्लों के लोग उनकी इस वाणी का आनंद उठाते। ज्यों ही पता चलता कि पदक बाबू गाय लेकर आ रहे हैं त्यों ही मनचले लोग अपना काम छोड़-छाड़कर चबूतरियों पर आ जाते और कान लगाकर सुनते कि पदक बाबू गाय से क्या बातें कर रहे हैं। पदक बाबू गाय के पीछे से एकाएक उछलकर सामने आ जाते, गाय ठिठककर खड़ी हो जाती। वे घुटनों के बल गाय के सामने बैठ जाते, फिर प्रार्थना के स्वर में कहते, 'हैलो मदर काऊ! आप सृष्टि-माता हैं। मैं आपका वत्स हूँ। संध्या को यथासमय लौटने की कृपा करना। दिन भर कोई आवारागर्दी मत करना, अन्यथा आपकी संतति का अपयश होगा।' और गाने लग जाते, 'जाओ, पर संध्या के संग लौट आना तुम, चाँद की किरन निहारते न बीत जाए रात'। फिर कहते, 'ओ होली मदर! यू आर लवली। हूँ तमारे माटे प्रणय निवेदन करूँ छुँ, सेज की शिकन सँवारते न बीत जाए रात। लौट आओ माँग के सिंदूर की सौगंध तुमको।'

लड़के-बच्चे खिलखिलाते, बहुएँ लंबे घूँघटों को छोटा करतीं और बेतहाशा हँस पड़तीं। पदक बाबू की भाषा न गाय समझती, न बहू-बेटियाँ; पर एक दृश्य तो वैसा बन ही जाता था कि गलियों का सवेरा सही हो जाए।

एक दिन तो गजब हो गया। पदक बाबू स्कूल जाने के लिए घर से निकले, मुख्य मार्ग से गली में मुड़े। मन-ही-मन बुदबुदाते जा रहे थे कि सामने से पानी भरे बेवड़े माथों पर लिये घूँघटवाली तीन-चार बहुएँ उन्हें आती दिखाई दीं। पदक बाबू पर अपनी विद्या का दौरा पड़ गया। वह बीच रास्ते में घुटनों के बल उनके सामने बैठ गए। फिर हाथ पसारकर थिएटर की मुद्रा में शुरू हो गए, 'किस पिपासु की पिपासा शांत करने के लिए यह उपक्रम कर रही हो, सुभगे! तृषित को पहचानो। वह आपके समक्ष याचक मुद्रा में प्रस्तुत है।' और दोनों हाथों की ओक मांडकर पानी पिलाने का आग्रह करने लगे।

बेचारी लड़कियों के होश उड़ गए, लाज-मर्यादा भूलकर एक चिल्लाई, 'कमीने! बेवड़ा जो माथे पर मार दिया तो भेजा बाहर आ जाएगा।' पर बात इतनी ही नहीं रही, अनायास बैठे-ही-बैठे पदक बाबू की नजर पड़ गई गली के मंदिर के शिखर पर, जहाँ शिखर कलश के पास ही ध्वज-स्तंभ पर एक मोर पक्षी बैठा-बैठा कूक रहा था। पनिहारिन रास्ता बनाएँ तब तक पदक बाबू ने अपने जीवन का अभी तक का सर्वश्रेष्ठ प्रदर्शन कर दिया। उन्होंने आव देखा न ताव, अपनी धोती की काँछ पीछे से खोली। खुली काँछ को पीठ पर पूरा-का-पूरा सिर से ऊपर तक खींचा, धोती के उस पल्लू को दोनों हाथों से पीठ पर चौड़ाई में फैलाया और नर्तन करने लग गए। घरों से पचासों नर-नारी निकलकर गली में एकत्र हो गए। बच्चे किलकारी भरकर तालियाँ बजा रहे थे। पदक बाबू बोले, 'दूर हटो, मेरा मन मयूर नाच रहा है। मैं नर्तन कर रहा हूँ। आषाढ़स्य प्रथम दिवसे—'मेघदूतम्' में यही हुआ था। मेरा यह कटिवस्त्र मयूर पंखों का पुंज है, राशि है। मयूर पंख फैल गए हैं। बड़ी मुश्किल से सयानों ने उन्हें फिर से धोती पहनाई और स्कूल की तरफ चलता किया।

बात मसर्रत साहब तक भी पहुँची। उन्होंने लिपिक से कहकर तत्काल सारा मामला लिखकर वरिष्ठ कार्यालय तक लिखकर भेजा। पर दोपहर ढलते-ढलते मसर्रत साहब के सामने गाँव के नवयुवकों का एक शिष्टमंडल आ धमका। वातावरण से डरे-सहमे मसर्रत साहब खौफ खा गए कि अब

होगी तोड़-फोड़। पर उनके दीदे फटे रह गए, जब कि उस शिष्टमंडल में शामिल कई नवयुवकों ने उनसे निवेदन किया, 'मसर्रत साहब! कुछ ऐसी व्यवस्था कर दें कि पदक बाबू अपनी गाय छोड़ते समय और स्कूल आते-जाते समय प्रतिदिन एक ही गली से नहीं निकलें। वे रोज अलग-अलग गलियों से गुजरें, ताकि उनकी प्रबल मेधा का प्रदर्शन सारे गाँव में समान रूप से देखने को मिल सके।'

यह माँग सुनते ही मसर्रत खान बदहवास होकर खड़े हो गए। उन्होंने गांधी बाबा की तसवीर के सामने हाथ जोड़े, अपने दोनों कान पकड़े, गालों पर तमाचे मारे और चीखे, 'या अल्लाह! तौबा, रहम कर, हे भगवान्! तुम कहीं हो भी या...क्या हो गया है इस गाँव को?' और सारा शिष्टमंडल खिलखिलाता हुआ बाहर निकल गया।

शिष्टाचार के नाते मसर्रत साहब उस शिष्टमंडल को विदाई देने पीछे-के-पीछे बाहर आए तो देखते क्या हैं कि अपने बस्ते ले-लेकर बच्चे घर की ओर भाग रहे हैं। शोर उठ रहा था, 'छुट्टी! छुट्टी!' वे लपककर बच्चों के आगे खड़े हो गए। उनको रोका। पूछा, 'कहाँ हुई छुट्टी? चलो जाओ, अपनी क्लास में बैठो।' बात की तह में जाने पर पता चला कि पदक बाबू ने क्लास में जाते ही बच्चों से कहा, 'मेरे प्रिय बटुको! हे मेरे शिष्यवृंद! उच्चारित करो कि तुम आज मुझसे क्या पढ़ना चाहते हो? आज मैं तुम्हें धन्य कर दूँगा, निहाल कर दूँगा, मालामाल कर दूँगा। मैं कुबेर हूँ, मैं वृहस्पति हूँ, मैं गरुड़ हूँ, मैं परमहंस हूँ। ओ मानस के राजहंस! तुम भूल न जाना आने को। इस महान् विश्व में आज के ही दिन क्रूड आइल का आविष्कार हुआ था। जाओ सभी 'क्रूड आइल डे' मनाओ, छुट्टी।' और बच्चे 'क्रूड आइल दिवस' मनाने के लिए निकल भागे।

थक-हारकर आखिर एक दिन मसर्रत खान ने गाँव के समझदार लोगों की बैठक बुलाई। उनसे निवेदन किया कि 'बदनामी आपके गाँव की हो रही है। आपसे कुछ हो सकता हो तो आप करें, वरना आप लोग मुझे एक ज्ञापन दे दें, ताकि मैं सारा मामला पुलिस को देकर पदक महाशय को मेडिकल के लिए भिजवा दूँ और चाहे इंदौर बाणगंगा, चाहे जयपुर, चाहे बरेली, चाहे

आगरा, कहीं-न-कहीं इनका इलाज हो सके। भविष्य बिगड़ रहा है तो आपके बच्चों का बिगड़ रहा है। मैं सीधे-सीधे लिख दूँगा तो आप कहेंगे कि खान साहब से एक पागल भी नहीं पचा।'

बड़ी अवहेलना के भाव से गाँववालों ने कहा, 'वो तो ठीक है, सर! पर पड़ा रहने दो। एक पागल के कारण गाँव में रौनक है। आपका क्या लेता है? क्यों परेशानी में पड़ते हैं आप? छोड़िए भी।'

मसर्रत खान के लिए यह उदासीनता नया झटका था। वे हतप्रभ थे—क्या हो गया है इस गाँव को? न अपने बच्चों की चिंता, न अपनी बहू-बेटियों की परवाह। एक पूरा गाँव तबाह हो रहा है और यारों को मनोरंजन की पड़ी है। वे बुरी तरह खीझ गए। वक्त की नजाकत को देखते हुए बोले कुछ नहीं और यह विचार बैठक उठने को ही थी कि पदक बाबू आ धमके।

आते ही उन्होंने समवेत बैठक को संबोधित करते हुए कहा, 'इफ यू मीट ए फेअरी, डोंट रन अवे। शी विल नॉट वांट टू हर्ट यू। शी विल वांट टू ओनली प्ले विद यू।' फिर पूछा, 'समझे? नहीं समझे न? इस महान् कविता का अर्थ है—अगर कहीं तुम्हारी भेंट किसी परी से हो जाए तो उससे दूर मत भागो, डोंट रन अवे। वो तुम्हें कष्ट नहीं देना चाहेगी, वह केवल तुम्हारे साथ खेलना चाहेगी।' और आँखें मूँदकर बोलते चले गए, 'मैं एक परी हूँ। मुझसे दूर मत भागो, प्यारे बच्चो! मैं तुम्हारे साथ खेलना चाहती हूँ।' कहकर फटाक से मुड़े और 'ओ.के., टा-टा' कहते हुए परिदृश्य से दूर हो गए।

मसर्रत साहब के लिए यह पराकाष्ठा थी। उनका बस चलता तो वे चीख-चीखकर रोते; पर हालात की मजबूरी थी। तब भी उनकी आँखों में आँसू छलछला आए। शिष्टमंडल कनखियों से एक-दूसरे को देखता हुआ खिसक लिया। पर इस सबका चरम यह रहा कि तबादलों पर बेन लगने से पहले एक दिन की डाक में लिपिक ने जब डाक खोलकर मसर्रत खान साहब के सामने फैलाई तो वे पचास-साठ बार अपनी आँखों को मसलकर एक कागज को देखते रह गए। सचमुच यह तबादला आदेश ही था। विभाग ने तो उनकी नहीं सुनी, पर शायद भगवान् ने उनकी सुन ली थी। यह तबादला आदेश खुद मसर्रत खान साहब के लिए था। इस गाँव से उनको कहीं दूसरे

मिडिल स्कूल में रख दिया गया था।

उन्होंने गांधीजी के फोटो को फिर से देखा। एक हलकी सी मुसकान उनके चेहरे पर खिल आई। उन्होंने पन्नालाल से कहा, 'जाओ पन्नालाल! पदक बाबू को बुला लाओ।'

पन्नालाल चौंका, 'क्या हो गया, सर! कोई खास बात?'

वे हँसे। बोले, 'जाओ, जितना कहें उतना करो।'

पदक बाबू कमरे में आए। मसर्रत खान ने खड़े होकर उनका अभिवादन किया, सामनेवाली कुरसी दी। बोले, 'पदक बाबू! पहले मैं बोल लूँ, फिर आप बोलना। सरकार ने ऐसी व्यवस्था कर दी है कि मैं अब आपके सत्संग से वंचित रहूँगा। मेरा तबादला कर दिया गया है। इस स्कूल को आप सँभालना। सीनियरिटी के लिहाज से इस अमले में मेरे बाद अब आप ही यहाँ का चार्ज लेंगे।' और लिपिक को देखकर बोले, 'बड़े बाबू! चार्ज देने की सारी तैयारी कर लो।'

पदक बाबू न पहले कुछ समझते थे, न अब कुछ समझे। अपनी रौ में कहने लगे, 'हे पार्थ! इस तरह शस्त्र मत फेंक। तू यह धर्मयुद्ध लड़। यह मेरा आदेश है।' और बोले, 'माननीय प्रधानाध्यापक महोदय! तब कृष्ण ने अर्जुन से कहा—त्वया चा पि मया चा पि। आप इसका मतलब समझे? जब भगवान् कृष्ण ने देखा कि अर्जुन पर मानसिक कायरता का दौरा पड़ गया है तो उन्होंने अर्जुन को ढाढ़स देते हुए कहा—'हे अर्जुन! त्वया चा पि अर्थात् तू भी चाय पी ले और मया चा पि, मैं भी चाय पी लूँ। यानी खूब सोच ले, खूब समझ ले, चाहे तो कुछ उत्तेजक औषधि ले ले, पर यह युद्ध तो तुझे करना ही पड़ेगा, तू लड़, उठ, खड़ा हो जा!'

मसर्रत खान ने दाँत पीसे, मन-ही-मन कुछ बुदबुदाए, फिर बोले, 'मिस्टर पदक! तुम्हारे कारण शास्त्रों का मखौल हो रहा है। तुम्हारे कारण पीढ़ियाँ बरबाद हो रही हैं। तुम्हारे कारण सरकार, शासन, यह गाँव, बस्ती सब-के-सब बदनाम हो रहे हैं। तुम अपना उपचार क्यों नहीं करवाते? तुम्हारे घरवाले तुम्हें किस तरह बरदाश्त कर रहे हैं? मेरा बस चलता तो…'

पदक बाबू एक क्षण भी विचलित नहीं हुए। कड़क आवाज में बोले, 'मिस्टर

खान! मुझसे बराबरी का व्यवहार करो। महाराजाधिराज पुरु की जगह मैं हूँ। आप इस समय वक्त के सिकंदर हैं। आप भी हेडमास्टर और अब मैं भी हेडमास्टर।' और उन्होंने बिना किसी लाग-लपेट के गाना शुरू कर दिया, 'ओ जानेवाले, हो सके तो लौट के आना।' फिर कहा, 'यह संसार असार है, बच्चा! न यहाँ कोई आता है, न यहाँ से कोई जाता है। सब लीलाधर की लीला है।'

पन्नालाल आज परेशान था। जब तक नया हेडमास्टर नहीं आए तब तक उसे पदक बाबू के मातहत ही काम करना है, यह सोचकर वह चुपचाप खड़ा रहा। पदक बाबू ने कमरे से निकलने के पहले आज की तारीख में अपना अंतिम वाक्य कहा, 'पन्नालाल! राम झरोखे बैठकर सबका मुजरा लेत, जैसी जाकी चाकरी तैसा ताको देत।' और मसर्रत खान की तरफ देखकर कह बैठे, 'जाओ रानी! याद रखेंगे ये कृतज्ञ भारतवासी—तेरा यह बलिदान जाएगा स्वतंत्रता अविनाशी।'

पदक बाबू कमरे से बाहर निकल रहे हैं। मसर्रत खान कुरसी छोड़ने के लिए कुरसी पर बैठ रहे हैं और पन्नालाल कभी इधर देख रहा है तो कभी उधर।

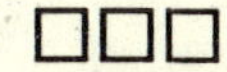